HEYNE BÜCHER

W0277237

SCIENCE FICTION

Herausgegeben
von Wolfgang Jeschke

Ein Verzeichnis der STAR TREK®-Serien finden Sie am Schluß des Bandes.

STAR TREK™

GENE DeWEESE

DIE KOLONIE DER ABTRÜNNIGEN

Roman

STAR TREK®
CLASSIC SERIE
Band 62

Deutsche Erstausgabe

WILHELM HEYNE VERLAG
MÜNCHEN

HEYNE SCIENCE FICTION & FANTASY
Band 06/5375

Titel der Originalausgabe
RENEGADE
Übersetzung aus dem Amerikanischen von
RONALD M. HAHN

Umwelthinweis:
Dieses Buch wurde auf
chlor- und säurefreiem Papier gedruckt.

Redaktion: Rainer Michael Rahn

Erstausgabe bei POCKET BOOKS,
a division of Simon & Schuster, Inc., New York

Printed in Germany 1996
Umschlagbild: POCKET BOOKS/Simon & Schuster, Inc.
Umschlaggestaltung: Atelier Ingrid Schütz, München
Technische Betreuung: M. Spinola
Satz: Schaber Satz- und Datentechnik, Wels
Druck und Bindung: Ebner Ulm

ISBN 3-453-09440-9

Fahf zum Gedenken

1974 – 1991

– eine so gewissenhafte Katze,
wie man sie sich
nur wünschen kann.

Historische Anmerkung

Die in *Die Kolonie der Abtrünnigen* geschilderten Ereignisse spielen im letzten Jahr der ersten Fünfjahresmission der *Enterprise.*

PROLOG

Hargemon – er verwendete den Namen nun schon so lange, daß er ihm inzwischen wie sein wirklicher vorkam – blickte zu seinem Commander auf und lachte so laut, daß es in dem vollgestopften und spartanischen Computerlabor widerhallte.

»Dann ist es also doch die *Enterprise* – und der *tolle* Captain James Tiberius Kirk nimmt im Schleudersitz Platz!« Seine Stimme troff vor Sarkasmus.

Der Commander lächelte. »Sie haben das große Los gezogen. Ich dachte mir doch, daß es Sie freuen würde.«

»Es hätte keinen besseren Raumschiffcaptain treffen können. Wie er es genießt, sich den anderen ständig als großes Vorbild zu präsentieren!«

»Sie werden natürlich Ihr Aussehen verändern müssen – nur für den Fall des Falles.«

»Es wäre auch für jedes andere Schiff nötig gewesen. Alle Starfleet-Offiziere brüsten sich mit ihren Erinnerungen – und anderen, weniger nützlichen Charakterzügen. Doch unter den gegebenen Umständen erfordert es nicht mehr als das, was die Natur schon von selbst getan hat.« Er grinste und strich mit den Fingern über seinen sauber gestutzten, rotgrauen Vollbart.

»*Ich* entscheide, was erforderlich ist«, sagte der Commander, und sein Lächeln gefror schlagartig. »Ich dulde in dieser Angelegenheit keine halben Sachen. Dafür steht zuviel auf dem Spiel. Zu viele Leute haben zu hart gearbeitet, als daß ein einzelner durch seine Sorglosigkeit alles aufs Spiel setzen durfte. – Oder«, fügte er hinzu, wobei sich seine Augen warnend verengten, »durch seinen Größenwahn oder irgend etwas, das einem persönlich wichtig ist.«

»Keine Sorge«, erwiderte Hargemon. »Mir ist die Wichtigkeit unseres Ziels ebenso bewußt wie Ihnen!« Er deutete auf die Regale mit der Ausrüstung, die das winzige Labor verstopfte. »Vergessen Sie nicht, daß ich derjenige war, der Tausende von Stunden an diesen primitiven Geräten zugebracht hat, die Sie Computer nennen! Aber ebenso bin ich mir bewußt, daß Sie ohne mich wohl kaum …«

»Ohne Sie kann ich mein Ziel nicht erreichen. Ja, mir ist durchaus klar, wie wichtig Ihre Talente sind. Immerhin habe ich Sie gefunden und angeheuert. Doch im Fall eines Fehlschlages wäre ich gezwungen, mein anfängliches Urteil noch einmal zu überdenken. Vergessen Sie nicht, daß *ich* es bin, der eine zweite Chance bekommt. Nicht *Sie*. Und jetzt gehen Sie; bereiten Sie sich vor. Ich sehe mir die Ergebnisse an, wenn Sie fertig sind.«

»Ich brauche mich nicht …«

»Ich sehe mir die Ergebnisse an, wenn Sie fertig sind«, wiederholte der Commander mit eisiger Stimme. Dann wandte er Hargemon den Rücken zu und schob sich durch die einfache Metalltür, den einzigen Ausgang des Raumes.

Dieser selbstgerechte Schweinehund, schäumte Hargemon, *entwickelt sich allmählich zu einem ebensolchen Tyrannen wie Kirk!* Aber er sagte kein Wort, als die Tür sich schloß. Er setzte nur eine finstere Miene auf. Dann wandte er sich wieder der Steuerkonsole zu und holte tief Luft, um sich abzuregen. Wenn er erst einmal mit Kirk abgerechnet hatte, würde er genug Zeit für den ›Commander‹ und die anderen haben. Jede Menge Zeit und Gelegenheit.

1

CAPTAINS LOGBUCH, NACHTRAG:

Wir sind zum Planeten Chyrellka unterwegs, um – wie Dr. McCoy es ausdrücken würde – ein Feuerchen zu löschen.
Wir haben erst vor zehn Jahren Kontakt mit den Chyrellkanern aufgenommen. Sie haben eine Mitgliedschaft in der Föderation abgelehnt, aber damals, bei der ersten Begegnung, fiel Captain Brittany Mendez von der *Exeter* auf, daß sie und ihre Kolonie auf Vancadia geradezu ein Lehrbuchbeispiel dafür sind, wie man Kolonien friedlich aufbaut und verwaltet.
Im Gegensatz zu den meisten technischen Zivilisationen, auf die wir treffen, verfügten die Chyrellkaner, bevor sie ihre Welt verließen, schon über eine funktionierende Weltregierung. Als sie von ihren Sonden erfuhren, daß die Biosphäre Vancadias – wenn man einmal davon absieht, daß dort keine höheren Lebensformen als baumbewohnende Primaten leben – fast mit der Chyrellkas identisch war, fingen sie an, die Kolonie mit beinahe vulkanischer Logik und Zielstrebigkeit aufzubauen.
Ohne Impulstriebwerke war es früher unmöglich, von Vancadia nach Chyrellka zurückzukehren. Die Chyrellkaner ließen sich von Raumfähren in eine Umlaufbahn um ihren Planeten bringen, stiegen dann auf in der

Kreisbahn gebaute interplanetare Schiffe um und ließen sich von Landefähren auf Vancadia absetzen. Es hat fast vierzig Jahre gedauert, bis die Kolonisten ein Stadium erreichten, in dem sie Trägerraketen entwickelten, die es ihnen erlaubten, in die Kreisbahn zurückzukehren.

Die Chyrellkaner hatten von Anfang an geplant, den vancadischen Kolonisten irgendwann, sobald sie völlige Autarkie erlangten, die Unabhängigkeit zu schenken. Vor einem Jahrzehnt hat Captain Mendez gemeldet, die Unabhängigkeit sei nun, da die Bevölkerung Vancadias acht Millionen betrage, nicht mehr fern.

Trotz alledem hat die Föderation nun einen dringenden Hilferuf erhalten, um in einer Angelegenheit zu vermitteln, die die chyrellkanische Nachricht als »zunehmend giftiger werdenden Disput zwischen Chyrellka und der rebellierenden Kolonie« beschreibt.

Das Gesicht des chyrellkanischen Führers war groß auf dem Bildschirm der *Enterprise* zu sehen. Seine blasse Haut wurde von einer enganliegenden pechschwarzen Kappe lockigen Haars und einem sauber gestutzten Bart betont. Im Hintergrund waren etwas unscharf weitere Gesichter auszumachen.

»Willkommen im chyrellkanischen Machtbereich«, sagte der Führer. »Ich bin Kaulidren. Mein Volk und ich wissen die Schnelligkeit, mit der Ihre Föderation auf unser Ersuchen reagiert hat, sehr zu schätzen.«

»Vielen Dank, Kaulidren«, sagte Kirk. »Sie sind der Premier, nicht wahr?«

Kaulidrens Kopf neigte sich bestätigend in einem kaum merklichen Nicken. »Sie sind Captain James Kirk, der Kommandant der USS *Enterprise*, nehme ich an?«

»Ganz recht, Premier. Wir erreichen in wenigen Minuten die Kreisbahn. Dann können wir Sie an Bord beamen.«

»Das ist zwar sehr freundlich von Ihnen, Captain«, sagte Kaulidren und hob abwehrend eine Hand, »aber nein, danke. Halten Sie mich meinetwegen für abergläubisch, aber die Vorstellung, daß die Atome meines Körpers aufgelöst und schutzlos durch das All transportiert werden, während ich mich in der Hoffnung üben soll, daß man sie später wieder zusammensetzen kann, bereitet mir Unbehagen.«

»Ich halte Sie keineswegs für abergläubisch, Premier«, sagte Kirk und unterdrückte ein Lächeln, denn er sah, daß der außerhalb des Aufnahmebereichs der Kamera stehende Dr. McCoy das Gesicht ebenso verzog wie Kaulidren. »Ich kann Ihnen freilich versichern, daß der Transporter absolut sicher ist. Wenn Sie aber lieber ...«

»Mir ist alles andere lieber, Captain – speziell seitdem ich weiß, daß Ihr Schiff das meine ganz in sich aufnehmen kann. Ich hoffe doch nicht, man hat mich falsch informiert?«

»Nicht im geringsten, Premier. Ihr Schiff ist zwar etwas größer als unsere Beiboote, aber es kann problemlos auf dem Hangardeck landen. Unsere Traktorstrahlen werden leicht damit fer ...«

»Ich würde lieber unseren eigenen Antrieb benutzen, wenn es möglich ist.«

Kirk unterdrückte ein Stirnrunzeln. »Möglich ist es schon, aber soweit ich weiß, wird Ihr Schiff von konventionellen Raketen angetrieben. Es ist gefährlich, wenn man sie in geschlossener Umgebung einsetzt – auch dann, wenn diese so groß ist wie unser Hangardeck.«

»Mein Schiff ist mit Steuerdüsen ausgerüstet, die ganz sicher keine Bedrohung darstellen. Sie können problemlos Andockmanöver im Weltraum ausführen.«

»Ja, bei Nullgravitation. Aber auf dem Hangardeck halten wir, wie in allen anderen Sektionen der *Enterprise,* konstant 1 G aufrecht.«

Premier Kaulidren schwieg einen Augenblick. »Künstliche Schwerkraft«, sagte er schließlich. »Ich hatte es vergessen. Ist es denn nicht möglich, die Schwerkraft in bestimmten Gebieten teilweise aufzuheben?«

»Es wäre einfacher, den Traktorstrahl zu nehmen.« *Oder das Transportersystem,* fügte Kirk stumm hinzu.

»Aber die Möglichkeit besteht? Ohne, daß Sie allzu viele Unannehmlichkeiten auf Ihrem Schiff bekommen?«

»Ja, es ist möglich.« *Die Diskussion ist sinnlos,* dachte Kirk. *Spar dir deinen Atem für die Dinge, die wirklich zählen ... Zum Beispiel, daß es dir gelingt, den Premier und seinen Kolonisten-Gegenspieler an einen Tisch zu bringen, damit sie miteinander reden.*

»Vielen Dank, Captain. Ich freue mich darauf, Sie mit eigenen Augen zu sehen, damit wir unser Problem besprechen können.«

Der Bildschirm wurde schlagartig leer.

»Sie haben die Sendung abgebrochen, Sir«, meldete Lieutenant Uhura. »Soll ich's noch einmal versuchen?«

»Im Moment nicht, Lieutenant. Mr. Sulu, wie lange noch bis zum Rendezvous?«

»Knapp fünf Minuten, Captain.«

Kirk drückte einen Knopf in der Lehne des Kommandosessels. »Mr. Scott? Haben Sie mitgehört?«

»Aye, Captain, hab' ich. Kann zwar nicht sagen, daß ich mich drüber freue, aber gehört hab' ich's.«

»Ganz meine Meinung, Scotty. Aber lassen wir dem Premier bei diesen Kleinigkeiten sein Späßchen. Wenn ich mich nicht sehr irre, stehen uns bald größere Problemen bevor.«

»Aye, Captain. Ich weiß, was Sie meinen. Wenn das Hangartor aufgeht, schalten wir auf Nullgravitation. Ich geh' davon aus, daß Sie die Leute warnen, die's angeht. Zwei von meinen Jungs sind in der Fährengarage und prüfen ...«

»Diese Ehre überlasse ich Ihnen, Mr. Scott«, sagte Kirk. Er stand auf und ging zum Turbolift. »Mr. Spock?

Dr. McCoy? So, wie der Premier klang, rechnet er wohl mit nichts geringerem als einer Begrüßung durch die Stabsoffiziere.«

Zehn Minuten später – es war Scotty gelungen, im hinteren Drittel des Decks die Schwerkraft beizubehalten – standen die drei auf der hinteren Beobachtungsgalerie, blickten in den Hangar hinunter und schauten zu, als das chyrellkanische Schiff langsam durch das offene Tor hereinschwebte. Das von den präzisen Stößen der Steuerdüsen manövrierte Schiff erinnerte Kirk an nichts geringeres als die kleinen und schlanken Versionen der alten NASA-Raumfähren, die noch heute gewienert und blitzend im Raumfahrtmuseum standen. Sogar die Hoheitszeichen – sieben siebenzackige Sterne auf einem diagonal gestreiften rotgrünen Hintergrund – erinnerten irgendwie an die Frühzeit der Raumfahrt auf der Erde.

Als das Schiff das mattschimmernde atmosphärische Eindämmungsfeld hinter sich ließ, glitten die Torhälften langsam aufeinander zu.

Das Schiff jedoch schwebte weiter. Der Pilot hatte die auf den Boden aufgemalte Landemarkierung entweder verfehlt oder ignoriert.

»Was hat er vor, verdammt?« murmelte McCoy, als das Schiff zwischen die Deckoperationskontrolltürme trieb und sich dem Raumfährenlift näherte. »Wenn er bis zu uns herüberkommt, wo noch Schwerkraft herrscht ...«

»Keine Sorge, Pille«, sagte Kirk und warf einen Blick auf die beiden Fähnriche, die an der Steuerung des Traktorstrahls standen. »Falls das passiert, sind wir darauf vorbereitet.«

Aber es kam nicht – ganz – dazu. Sekunden bevor Kirk entschied, daß es an der Zeit war, den Fähnrichen zu signalisieren, daß sie die Landung übernehmen sollten, erwachten die Frontsteuerdüsen endlich zum Leben und brachen den Vorwärtsflug ab.

Allerdings, wurde Kirk kurz darauf klar, bewegte sich

das Schiff nun zur Seite. Er wollte den Fähnrichen gerade stirnrunzelnd den Einsatzbefehl geben, als eine letzte Reihe von Schnaufern das Schiff anhalten ließ und eine scharfkantige Finne beinahe die Wand unter dem Laufgang der vorderen Beobachtungsgalerie berührte. Mit einem leisen Rumsen und Knirschen setzten seine Landestützen auf. Die Reifen quollen leicht auf, als Scotty kurz nach der Bodenberührung die Schwerkraft wieder einschaltete.

Im gleichen Augenblick, in dem Kirk und die anderen sich die Treppe vom Laufgang hinunter zum Hangarboden aufmachten, glitt eine der Schiffsluken nach innen. Eine Treppe klappte aus der Öffnung nach unten, und Kaulidren trat aus dem dunklen Inneren des Schiffes. Er trug eine dunkelgraue, nicht unbedingt militärisch aussehende Uniform und blieb schweigend stehen, als die drei Offiziere sich ihm näherten. Als sie in Position standen, kam er schnell die Treppe herunter. Er vermied es, das Geländer zu berühren, um sein Gleichgewicht zu stabilisieren, als wolle er ihnen beweisen, daß er den abrupten Wechsel von Null auf 1 G in Null Komma nichts hinter sich gebracht hatte. Die vier glattrasierten Männer, die hinter ihm auftauchten, trugen ähnliche, aber hellere Uniformen als er. Sie schienen sich weniger rasch anzupassen, denn sie griffen bei jedem Schritt ans Geländer. Einer der Männer – er trug einen metallenen, aktentaschenähnlichen Behälter, der wie ein altmodischer Datenblock aussah – rutschte beim ersten Schritt beinahe aus.

»Willkommen an Bord der *Enterprise,* Premier Kaulidren«, sagte Kirk und neigte kurz den Kopf, da er aus seinem Informationsmaterial wußte, daß dies die örtliche Form der Begrüßung war. Doch statt den Gruß zu erwidern, trat Kaulidren vor und streckte die Hand aus.

»Wir sind auf einem Föderationsschiff«, sagte er gelassen. »Also gehorchen wir den Bräuchen der Föderation.«

Es ist auch Föderationssitte, Transporter zu benutzen,

dachte Kirk. Dennoch lächelte er, als er dem Premier die Hand schüttelte. Kaulidrens Griff, fiel ihm auf, war so fest und geübt wie der jedes Admirals. Auch die vier anderen reichten ihm die Hand, als Kaulidren sie kollektiv und anonym als seine ›Berater‹ vorstellte, doch ihr Griff war vorsichtig, sogar unbehaglich.

»Mr. Spock, mein Erster Offizier«, sagte Kirk, als der letzte des Quartetts zurückgetreten war, um Kaulidren zu flankieren. »Und mein Chefarzt, Lieutenant Commander Leonard McCoy.«

Kaulidren reichte beiden die Hand, doch dann wandte er sich Spock zu. »Sie sind Vulkanier, wenn ich mich nicht irre, Commander?«

»Das ist zutreffend, Premier«, erwiderte Spock.

»Das ist gut«, sagte Kaulidren nickend. »Soweit ich weiß, sind die Vulkanier wegen ihrer Logik und ihrer Unparteilichkeit bekannt.«

»Stimmt«, sagte Kirk, der den Anfang eines Stirnrunzelns auf McCoys Gesicht übersah. »Sie sind bemerkenswert gut informiert, Premier.«

»Auch wenn wir beschlossen haben, von der Föderation unabhängig zu bleiben ... Wir haben uns bemüht, jede Information aufzunehmen, die uns angeboten wurde. Commander Spocks Anwesenheit ermutigt mich sehr. Wenn wir unsere momentanen Schwierigkeiten lösen wollen, werden seine Talente in Sachen Logik und Unparteilichkeit dringend benötigt.«

»Ich werde Ihnen natürlich auf jede erdenkliche Weise dienlich sein, Premier«, sagte Spock.

»Das versteht sich doch von selbst«, sagte Kaulidren und wandte sich wieder Kirk zu. »Ich habe erfahren, daß Ihre Computer – sie werden wohl Duotroniken genannt – in der Lage sind, Informationen einzulesen, die unsere vergleichsweise primitiven Systeme erstellt haben.«

»Aller Wahrscheinlichkeit nach, ja«, sagte Kirk. »Duotroniken sind – wie Sie sicher wissen – äußerst vielseitig.«

»Ja«, sagte Kaulidren und schaute sich auf dem Hangardeck um. »Wie ich gehört habe, steuern sie praktisch das ganze Schiff.«

»Überwacht von der Mannschaft«, warf McCoy ein.

»Natürlich. Computer sind schließlich nur Maschinen, so komplex sie vielleicht auch sind. Sie erfordern eine ständige Überwachung durch den Menschen. Wenigstens ist es bei den unseren so. Ich nehme an, bei Ihnen wird es auch nicht anders sein.«

»Sie haben vollkommen recht«, sagte McCoy so betont, daß Spock kurz eine Braue hob und Kirk ihn schnell von der Seite ansah.

»Sehr gut.« Kaulidren deutete auf den kofferähnlichen Behälter, den einer seiner Begleiter trug. »Ich habe Ihnen Unterlagen mitgebracht, die einen kleinen Teil der Greuel dokumentieren, die die terroristischen Rebellen begangen haben. Ich nehme an, ihr Computer ist in der Lage, ihre Echtheit zu bestätigen.«

»Er ist in der Lage zu bestätigen, daß die aufgezeichneten Ereignisse wirkliche Ereignisse und keine computererzeugten Bilder sind«, sagte Spock, »aber das ist auch alles. Was die Identität und Herkunft der betreffenden Individuen angeht, ist eine solche Bestätigung unmöglich. In dieser Hinsicht müssen wir uns völlig auf Ihr Wort verlassen, Premier.«

»Wollen Sie damit andeuten ...«, begann Kaulidren mit finsterer Miene.

»Ich wollte nichts andeuten, Premier. Ich habe nur eine Tatsache ausgesprochen.«

Kaulidrens finstere Miene verschwand so schnell, wie sie gekommen war. »Natürlich. Verzeihen Sie, Commander Spock. Ich fürchte, meine Beschäftigung mit den Rebellen – von denen ich einst einige für meine Freunde hielt – lassen mich zu schnell mißtrauisch werden. Ich bitte Sie nur, daß Sie sich ansehen, was ich Ihnen zu zeigen habe. Und daß Sie sich anhören, was ich zu sagen habe.«

Kaulidren holte tief Luft und warf einen Blick über seine Schulter auf das Schiff. Ein sechster Mann – er war einige Zentimeter größer als Kaulidren und die anderen und trug eine dunklere Uniform, an deren Gürtel irgendeine Schußwaffe hing – war aus dem Schiff getreten und stand nun steif am oberen Absatz der Treppe – vor der Luke, die sich nun von allein schloß.

»Ich hoffe, es beleidigt Sie nicht, Captain, wenn einer meiner Männer hier auf Posten bleibt, solange wir nicht an Bord unseres Schiffes sind.«

»Natürlich nicht«, sagte Kirk und unterdrückte ein Stirnrunzeln. »Aber ich versichere Ihnen, daß es unnötig ist.«

»Ich verstehe. Ich würde mich jedoch, und mag es noch so irrational sein, wohler fühlen, wenn er hier bliebe.«

»Wie Sie wünschen, Premier. Wenn Sie nun mitkommen wollen, können wir uns an die Arbeit machen.« *Hoffen wir, daß es überhaupt etwas bringt,* fügte Kirk im Geiste skeptisch hinzu, als er den Weg zu den Aufzügen einschlug, *wenn du nicht einmal uns traust.*

Minuten später saßen sie in den Sesseln des Konferenzraums, und Spock schob Kaulidrens Datenbänder in den Computer. Die Lichter der Steuerkonsole flackerten, als der Rechner anfing, die chyrellkanischen Daten zu analysieren und zu konvertierten, um sie lesen zu können.

»Soweit ich weiß, Premier«, sagte Kirk, während sie darauf warteten, daß der leere Computerschirm sich erhellte, »sollte Vancadia in zwei Jahren unabhängig werden – am hundertsten Jahrestag der ersten chyrellkanischen Landung auf diesem Planeten.«

Kaulidren schnaubte. »Genau so ist es. Aber jetzt wollen die Vancadier nicht mehr warten.«

»Laut den Starfleet-Aufzeichnungen gab es keinerlei Anzeichen von Ärger, als ihre Welten erstmals kontaktiert wurden. Zumindest hat keiner unserer Vertreter irgend etwas davon bemerkt.«

»Nein, *damals* hat es noch keinen Ärger gegeben.«

»Aber jetzt offenbar doch. Was ist in der Zwischenzeit geschehen, Premier? Wie haben sich die Beziehungen zwischen ihren Welten so schnell verschlechtert?«

Kaulidren deutete flink auf das Terminal, in das Spock die Datenbänder gesteckt hatte. »Es ist alles da drin – der Terrorismus, die Morde, die Zerstörungen.«

»Trotzdem«, beharrte Kirk. »Erklären die Daten auch, wie alles angefangen hat? *Warum* alles angefangen hat? Es muß doch Gründe geben. Wenn wir Ihnen helfen sollen, müssen wir sie kennen.«

Kaulidren setzte eine finstere Miene auf. Dann zuckte er die Achseln. »Wenn Sie mit den Rebellen sprechen, können *sie* es Ihnen vielleicht sagen. Mir ist alles ein absolutes Rätsel. Wie Sie schon sagten: Laut Plan sollte Vancadia in zwei Jahren die Unabhängigkeit *geschenkt* werden. Doch vor drei Jahren haben die Vancadier offenbar beschlossen, daß sie sie sofort haben wollen. Ihr Wortführer ist ein Betonkopf namens Delkondros.«

»Haben sie irgendwelche Gründe für ihre… Ungeduld genannt?«

Kaulidren zuckte die Achseln. »Ich kann nur annehmen, daß sie des Wartens müde waren. Oder Delkondros hat sie davon überzeugt, daß kein Grund mehr zum Warten besteht. – Er war damals zwar nur einer von zwanzig Räten, aber sehr ehrgeizig«, fügte er hinzu und verzog das Gesicht. »Oder, besser vielleicht, sehr opportunistisch. Jedenfalls fing er, ein paar Wochen nachdem er Ratspräsident geworden war, lauthals an, die sofortige Unabhängigkeit zu verlangen, und erhob unerhörte Anschuldigungen über unsere Kolonialverwalter. Dann wandte er sich offen der Gewalt zu, bis mehrere vernünftige Räte sich gegen ihn wandten. Aber man konnte nicht mit ihm reden, und schließlich hatten wir keine andere Wahl, als ihn und seine Gesinnungsgenossen für gesetzlos zu erklären. Sie sind in den Untergrund gegangen und bekämpfen uns seither mit terroristischen Mitteln.«

Kaulidren brach ab und schaute ungeduldig auf Spock und den Computer.

»Die Daten werden überprüft, Captain«, sagte Spock. »Sie scheinen echt zu sein.«

Kaulidren schnaubte. »Natürlich sind sie echt! Glauben Sie, wir sind so dumm, daß wir versuchen würden, einen Starfleet-Computer zu narren? Können wir die Daten jetzt sehen?«

Spock drehte den Bildschirm, damit auch die anderen ihn sehen konnten. Ein starres Bild erschien: das Innere eines kleinen Raumes, ein überladener Schreibtisch, zwei Holzstühle und mehrere altmodische Aktenschränke. Die Kamera hatte sich offenbar oben an der Wand befunden. Ein leicht grauhaariger Mann in einer dunklen, losen Uniformjacke und dazu passender Hose saß hinter dem Tisch und wandte dem Fenster den Rücken zu. Ein jüngerer Mann in einer helleren Jacke stand vor ihm; er beugte sich vor und stützte beide Hände auf die Schreibtischplatte. Die beiden studierten irgendwelche Papiere, die auf dem Papierstapel lagen. In den ersten Sekunden war das Bild körnig und unscharf, doch dann verbesserte sich seine Qualität.

»Stimmt irgend etwas nicht?« fragte Kaulidren jäh. »Warum bewegt sich denn nichts?«

»Er rechnet noch«, erklärte Kirk. »Der Computer zeigt nur das erste Bild, solange er den Rest lesbar macht. Sobald ...«

Nun bewegte sich das Bild. Stimmen wurden laut.

»Ach so«, sagte Kaulidren und deutete mit einer Geste an, der Ton solle leiser gestellt werden. »Dies ist der erste ›Zwischenfall‹, von dem wir eine direkte Aufzeichnung haben. Es gab ein halbes Dutzend Überfälle, bevor wir unsere sämtlichen Büros ständig von Kameras überwachen ließen. Der Mann hinter dem Schreibtisch ist – war – unser Chefadministrator für den nordwestlichen Koloniedistrikt. Der andere war sein Assistent und selbst Kolonist. Aber für sie war er offenbar ein Feind, weil er für uns gearbeitet hat. Oder er war einfach nur entbehrlich.«

Kaulidren schluckte und wandte den Blick ab. »Ich habe den ›Zwischenfall‹ schon zu oft gesehen, Captain Kirk. Die ›Lesequalität‹ Ihres Computers kann die Sache nur noch unappetitlicher machen.«

Die beiden Männer auf dem Bildschirm unterhielten sich weiter. Plötzlich zersprang hinter ihnen das Fenster. Bevor sie reagieren konnten, flogen Glasscherben durch den Raum, und ein Paket von der Größe und der Form eines Ziegelsteins klatschte gegen den Mann hinter dem Schreibtisch. Die Männer fuhren herum und musterten den Gegenstand für den Bruchteil einer Sekunde; das Gesicht des Mannes hinter dem Schreibtisch war schmerzverzerrt.

Dann, obwohl keiner von ihnen den Gegenstand genau inspiziert gesehen hatte, sprangen beide auf und ergriffen die Flucht.

Doch sie kamen nicht weit. Der Mann vor dem Tisch fuhr herum und machte einen einzelnen, weiten Schritt zur Tür. Der Mann hinter dem Schreibtisch fuhr hoch, warf den Stuhl um und setzte zu einem Sprung an, der ihn über die Schreibtischplatte bringen sollte.

Dann ertönte die Explosion.

Sie war in einer Sekunde vorbei. Der Körper des hinter dem Tisch befindlichen Mannes wirbelte durch die Luft, und das Objektiv der Kamera zersprang, als irgend etwas – ein Splitter des Stuhls? – gegen sie knallte. Augenblicke später erschien ein neues Bild, diesmal von dem Gang aus aufgenommen, der vor dem zerstörten Raum lag. Man sah ein halbes Dutzend Menschen, die die Leichen unter den Trümmern des zerfetzten Tisches, der teilweise zusammengebrochenen Wände und der Decke hervorzogen.

»Das, was Sie da sehen«, sagte Kaulidren und warf einen kurzen Blick auf den Bildschirm, »ist für die Greueltaten der Rebellen typisch. Sie warnen einen nie – es sei denn, ihre ersten Morde sollten eine Warnung für alle sein, die danach folgten. Die beiden Männer – beide waren, wie ich hinzufügen möchte, meine Freunde – hatten keine Chance zur Flucht. Sie wurden ganz einfach hingerichtet.«

»Besteht der Rest der ›Informationen‹, die Sie mitgebracht haben, aus vergleichbaren Aufnahmen?« fragte Kirk leise.

»Es handelt sich um Dokumentationen der Brutalitäten der Rebellen, gewiß.«

»Sonst haben Sie nichts?«

»Wenn Sie die Echtheit anzweifeln ...«

»Es gibt keinen Zweifel an der Echtheit der Aufnahmen«, sagte Kirk. »Aber wie Mr. Spock bereits ausgeführt hat, besteht keine Möglichkeit der Überprüfung, wer die Opfer und ihre Mörder waren. All dies kann uns nicht helfen, unser Ziel zu erreichen. Wir brauchen einfach ...«

»Aber die Aufnahmen *zeigen* doch, mit welchen Leuten wir es zu tun haben. Das müssen Sie doch einsehen!«

Kirk unterdrückte einen Seufzer, eine Mischung aus Verständnis und Irritation. »Premier Kaulidren«, sagte er, »wir sind auf Ersuchen Ihrer Regierung hier, um den Versuch zu machen, zwischen Ihnen und den Rebellen einen Frieden auszuhandeln. Der erste Schritt auf dem Weg zu diesem Ziel besteht für uns darin, die Ursache zu ermitteln, die dem Konflikt zugrundeliegt.«

»Aber wir haben gedacht, wenn Sie sich der Tatsachen erst einmal bewußt sind ...«

»... würde sich die Föderation in dieser Auseinandersetzung auf Ihre Seite stellen?«

Kaulidren blinzelte. Kirks Direktheit schien ihn sprachlos zu machen. Er holte tief Luft. »Sie würden doch wohl nicht Partei für Mörder und Terroristen ergreifen!«

»Premier Kaulidren ...« Kirk breitete in einer flehenden Geste die Arme aus. »Bitte, verstehen Sie ... Wir sind *nicht* hier, um für irgend jemanden Partei zu ergreifen.

Die Erste Direktive *erlaubt* es uns gar nicht. Wir sind gekommen, um so viel wie möglich über die Wahrheit in Erfahrung zu bringen – und dieses Wissen anschließend dazu zu nutzen, ein Ende der Feindseligkeiten zu erreichen.«

»Aber, Captain Kirk ...«

»Captain«, meldete sich nun Uhuras Stimme über das Interkom. »Wir empfangen einen Funkspruch von Vancadia.«

Kirk schaute Kaulidren an, der aufgrund der Unterbrechung die Stirn runzelte. »Durchstellen, Lieutenant«, sagte er.

»Sofort, Sir.«

Kurz darauf wurde Uhuras Stimme durch die eines wütenden Mannes ersetzt. »... Kaulidrens nur seiner Sache dienenden Lügen zu erfahren!« begann sie, allem Anschein nach mitten in einem Satz.

»Ich lüge nicht!« explodierte Kaulidren und stieß, bevor Kirk ihm mit einer Geste zu verstehen gab, er solle schweigen, eine weitere Wortkaskade aus.

»... bevor es zu spät ist!« Die Stimme schwieg.

»Es ist eine Aufzeichnung, Sir«, sagte Uhura schnell. »Ich spiele sie noch einmal ab.«

»Sie dürfen nicht auf Kaulidren hören!« begann die Stimme ohne Einleitung. »Was er Ihnen auch an Lügen über den sogenannten Terrorismus aufgetischt hat: Ich spreche für die Kolonisten! Wenn die Föderation wirklich die Gerechtigkeit vertritt, müssen Sie mit *uns* reden, bevor Sie irgendwelche Aktionen einleiten. Sie müssen nach Vancadia kommen, um die Wahrheit über Kaulidrens nur seiner Sache dienenden Lügen zu erfahren! Sie müssen uns anhören, bevor es zu spät ist!«

»Haben Sie die Quelle lokalisiert, Lieutenant?« fragte Kirk.

»Lieutenant Pritchard nimmt gerade die Sensorabtastung vor, Captain.«

»Lieutenant Pritchard?« sprach Kirk den jungen Offizier an, der an der wissenschaftlichen Station saß, da Spock sich nicht auf der Brücke befand.

»Ja, Sir, ich habe sie. Die Nachricht kommt von einem kleinen Schiff, das vor wenigen Minuten von Vancadia gestartet ist. Seine Triebwerke arbeiten noch; es wird gleich in eine Kreisbahn gehen.«

»Lieutenant Uhura, versuchen Sie, Kontakt aufzunehmen.«

»Schon dabei, Sir, aber es ist keine Subraum-Nachricht. Bei dieser Entfernung wird es mindestens drei Minuten dauern, bis eine Antwort möglich ist.«

»Verstanden, Lieutenant. Bleiben Sie dran. Wir gehen etwas näher heran.« Kirk wandte sich zu Kaulidren um. »Wenn Sie wollen, können wir den Abflug verzögern, bis Sie und Ihre Leute an Bord Ihres Schiffes sind.«

»Was?!« explodierte Kaulidren. »Sie gehen? Captain – Sie wollen sich doch wohl nicht mit diesen Schlächtern treffen!«

Kirk nickte lebhaft. »Genau das werden wir tun, Premier. Wenn Sie an Bord bleiben möchten, sind Sie willkommen. Wenn nicht ...«

»Natürlich bleibe ich! Glauben Sie etwa, es interessiert mich nicht, welche neuen Lügen sie nun wieder ausgekocht haben?«

»Na schön, Premier.« Kirk stand auf und trat ans Interkom. »Wir sind zur Brücke unterwegs. Lieutenant Sulu, nehmen Sie Kurs auf Vancadia.«

»Aber wir haben noch viel mehr Daten ...«, begann Kaulidren und deutete aufgebracht auf den nun leeren Computerbildschirm.

»Sie sind auch noch da, wenn wir Vancadia erreicht haben, Premier.«

»Wie Sie meinen, Captain, aber ...«

»Captain!« mischte sich Lieutenant Pritchard ein. »Das Schiff, das uns die Nachricht gesandt hat – es ist vernichtet worden!«

2

»Einzelheiten, Mr. Pritchard«, fauchte Kirk, während er am Interkom stehenblieb, um Kaulidren und seinem Gefolge einen schnellen Blick zuzuwerfen. Die Gesichter der Männer waren jedoch nur starre Masken.

»Ein Dutzend größere Schiffe befand sich bereits in einer Kreisbahn um Vancadia«, meldete Pritchard. »Zwei von ihnen haben fast gleichzeitig auf das Schiff gefeuert, als es gerade in die Kreisbahn ging. Es hat von dem Moment an, in dem es die planetare Atmosphäre verließ, pausenlos gesendet.«

»Überlebende?«

»Für die Sensoren zu weit entfernt, um Überlebende aufzuspüren, Sir. Wir wissen auch nicht, ob und wie viele Lebewesen sich vor dem Angriff an Bord befanden. Provisorische Massenberechnungen deuten auf ein Schiff hin, daß zu klein war, um mehr als zwei Insassen zu befördern.«

»Vielen Dank. – Mr. Sulu, wir starten. Volle Impulskraft.«

»Aye, aye.«

Kirk schaltete das Interkom aus. »Wenn Sie nun mit auf die Brücke kommen wollen, meine Herren ...« Er führte sie zum nächsten Turbolift. Kaulidren und sein Gefolge schlossen sich ihm an. Spock und McCoy bildeten die Nachhut.

»Was wissen Sie über das Geschehene, Premier?« fragte Kirk, als sich die Tür zischend hinter ihnen schloß. »Sie wirken nicht im geringsten überrascht.«

»Bin ich auch nicht, Captain. Ich nehme an, eins unserer Überwachungsschiffe war dafür verantwortlich.«

»Überwachungsschiffe?«

»Wir halten Vancadia unter ständiger Beobachtung. Die Versuche der Rebellen, ihre terroristischen Aktivitäten auf unseren Planeten auszudehnen, machen es leider nicht anders möglich.«

»Der Abschuß eines unbewaffneten Schiffes hat allerdings nichts mit Überwachung zu tun, Premier«, merkte Spock an.

Bevor Kaulidren antworten konnte, öffnete sich die Tür zur Brücke. Das Bild des Planeten Vancadia nahm bereits den Frontbildschirm ein.

»Habe auf ein Viertel Impulskraft reduziert, Captain«, meldete Sulu. »Gehe in Standardkreisbahn um Vancadia.«

Kaulidrens Augen weiteten sich, als er Kirk auf die Brücke folgte. »Wir haben Vancadia so schnell erreicht?«

»Für ein interstellares Schiff sind interplanetare Entfernungen sehr kurz, Premier. – Mr. Pritchard, gibt's in Sensorreichweite irgendwelche Hinweise auf Überlebende?«

»Keine, Sir.« Pritchard schaute auf, erblickte Spock und trat von der wissenschaftlichen Station zurück, um seine Meldung abzugeben. »Aber ebensowenig haben wir Hinweise darauf, daß sich vor dem Angriff jemand an Bord befand. Die Trümmeranalyse verringert unsere vorherigen Schätzungen der Schiffsgröße. Es kann nicht mehr als einen Insassen gehabt haben. Aber noch wahrscheinlicher war es unbemannt und ferngesteuert.«

»Wenn jemand an Bord war, Captain«, warf Uhura ein, »hätte er genug Zeit gehabt, unsere Antwort vor dem Beschuß zu empfangen. Sie wurde aber nicht bestätigt. Der Funkspruch wurde bis zur letzten Sekunde gesendet.«

»Sind Sie sicher, Lieutenant?«

»Ja, Sir. Die Vernichtung fand etwa eine Minute nach einem möglichen Empfang unseres Funkspruches statt.«

Was aber auch nichts beweist, dachte Kirk grimmig. Wenn man von Überwachungsschiffen angegriffen wurde, hatte man als Pilot an alles andere zu denken.

Als er seine Aufmerksamkeit auf den Frontbildschirm richtete, sah er ein Schiff – möglicherweise eine chyrellkanische Überwachungseinheit –, das in der Ferne im Nichts schwebte. Es war hundertmal größer als das schlanke Schiff auf dem Hangardeck, und seine klotzige Form dokumentierte, daß es nicht dazu konstruiert war, in die Atmosphäre eines Planeten einzutauchen. An seinem rechteckigen Bug waren Lasergeschütze zu erkennen, die wie tödliche, geometrisch perfekte Sommersprossen wirkten.

»Ein gewaltiges Schiff, Premier«, bemerkte Kirk und wandte sich zu Kaulidren um. »Sollten wir etwa unseren Schutzschild aktivieren?«

Kaulidren wirkte entsetzt. »Ich möchte zwar nicht, daß es bis zu den Vancadiern durchsickert«, sagte er und trat in die Kommandozone der Brücke, um sich neben Kirk aufzubauen, »aber bis auf drei sind all diese Lasergeschütze Attrappen, und der Hauptteil des Schiffes besteht aus Leerraum. Wir sind der Ansicht, je schrecklicher eine Waffe aussieht, desto geringer die Chance, daß man sie je einsetzen muß.«

»Aber diese Waffen dort wurde allem Anschein nach doch eingesetzt, Premier«, beharrte Kirk. »Wir haben es *gesehen.* Und Laser dieser Stärke – selbst wenn es nur drei sind statt dreiundzwanzig – können einem unbewaffneten Schiff trotzdem gefährlich werden. Ich frage Sie noch einmal: Brauchen wir unseren Schutzschild?«

»Bestimmt nicht, um sich vor *uns* zu schützen«, sagte Kaulidren beleidigt.

»Aber zum Schutz gegen die Rebellen? Wollen Sie das sagen?«

»Sie würden nichts unversucht lassen.«

»Das Schiff, das Sie gerade abgeschossen haben«, mischte sich McCoy ein. »Was hat es denn ›versuchen‹ wollen?«

»Meine Herren, Sie müssen die Situation verstehen, in der wir leben«, sagte Kaulidren ernsthaft. »Würden wir ihnen ungehinderten Zugang zum Weltraum gestatten…«

»Captain«, sagte Uhura, »wir empfangen ein elektromagnetisches Signal von dem Planeten. Kein Bild.«

»Auf den Audiokanal legen, Lieutenant. Und schalten Sie auch zu Mr. Scott durch. – Scotty, Sind Sie da?«

»Aye, Captain«, meldete sich Scottys Stimme über das Interkom.

Kurz darauf wurde eine weitere Stimme auf der Brücke hörbar. Es war die gleiche, die sie von dem vernichteten Schiff aus empfangen hatten. »Ich rufe der Föderationsschiff«, sagte sie, diesmal eher besorgt als wütend, da es sich um keine Aufzeichnung handelte. »Können Sie mich hören?«

»Wir können Sie hören«, erwiderte Kirk. »Hier ist Captain James Kirk von der USS *Enterprise.* Identifizieren Sie sich.«

Aus dem Lautsprecher erklang ein kurzes Stimmengewirr, dann meldete sich der erste Sprecher wieder, der nun ruhig und gelassen klang. »Ich bin Delkondros, der Präsident des vancadischen Unabhängigkeitsrates. Die mutwillige und grundlose Vernichtung unseres Schiffes hat Ihnen das wahre Gesicht der chyrellkanischen Tyrannen gezeigt! Falls…«

»Sie haben doch *gewußt,* daß wir es abschießen würden!« warf Kaulidren wütend ein. »*Deswegen* haben Sie es doch geschickt!«

»Kaulidren?« Die geschraubte Formalität schwand aus Delkondros' Stimme und wurde durch kalte Wut ersetzt. »Welche Lügen haben Sie verbreitet, damit man Ihnen den Zutritt zu einem Föderationsschiff gestattet hat?«

»Fragen Sie ihn doch!« verlangte Kaulidren. »Fragen

Sie ihn, warum er ein Schiff hat starten lassen, von dem er *wußte*, daß es abgeschossen wird!«

»Und fragen Sie *ihn*«, fauchte Delkondros zurück, »*warum* es abgeschossen wurde! Sie haben nicht mal eine Warnung ausgesprochen. Sie haben es kaltblütig vernichtet! Ihre Robotkiller haben nicht einmal gewußt, ob jemand an Bord war! Sie wissen es nie! Weil es Sie nicht *schert!*«

»Und wer hat *angefangen?*« schrie Kaulidren. »Wer hätte Tausende von Menschen umgebracht, wenn man Sie nicht aufgehalten hätte? Machen Sie Chyrellka doch nicht für die Ergebnisse Ihres Irrsinns verantwortlich, Delkondros!«

»Meine Herren!« fuhr Kirk jäh dazwischen. »Wir sind hier, um zu vermitteln, nicht um Partei zu ergreifen.«

»Aber Sie haben doch selbst gesehen, was Kaulidrens Truppen mit unserem Schiff gemacht haben!« protestierte Delkondros' Stimme.

»Das haben wir«, sagte Kirk. »Aber wir haben uns auch Aufzeichnungen von Greueltaten angesehen, von denen der Premier behauptet, Sie hätten sie begangen.«

»Lügen! Alles Lügen! Wenn Sie die Wahrheit wissen wollen, kommen Sie her – nach Vancadia! Wir haben *echte* Beweise: die Leichen unserer ermordeten Führer! Wenn Ihre medizinische Wissenschaft so großartig ist, wie man uns glauben machen will, finden Sie das chyrellkanische Gift noch in ihrem Gewebe!«

»Hören Sie nicht auf ihn!« mischte Kaulidren sich ein. »Selbst wenn ein solches Gift existiert: *Er* hat es getan, nicht unsere Leute! Fragen Sie ihn doch mal, wie er überhaupt zum Ratspräsidenten gewählt wurde und woran sein Gegenkandidat eine Woche vor der Wahl gestorben ist!«

»Mein Gegenkandidat *›starb‹*, Premier Kaulidren, weil Sie geglaubt haben, *ich* sei leichter zu steuern und hinters Licht zu führen! Aber Sie haben sich getäuscht! Und als Ihnen der Irrtum klar wurde, haben Sie Ihre Marionetten von der Kolonialregierung auf mich gehetzt, um *mich* zu ermorden! Und als auch das nicht funktionierte, wollten Sie die ganze Regierung umbringen!«

»*Sie* haben Ihre Regierung umgebracht, als Sie zum Terroristen wurden und anfingen, *uns* umzubringen!«

»Meine Herren, bitte!« fauchte Kirk, der nun allmählich die Geduld verlor. Er hatte eine Weile gehofft, er könne wichtige Informationen aus den Anschuldigungen der beiden Starrköpfe ziehen, aber dies war allem Anschein nach nicht der Fall. »Wenn Sie sich gegenseitig Beschuldigungen an den Kopf werfen, ist dies wenig hilfreich. Falls einer von Ihnen etwas anderes als die nächste Haßtirade über das abzulassen hat, was die andere Seite angeblich ...«

»Na schön, Captain Kirk!« wandte Delkondros grob ein. »Wenn Sie an meinen Worten zweifeln, schicken Sie jemanden herunter! Schicken Sie uns einen *Arzt!* Er soll sich unsere Beweise ansehen und jene untersuchen, die das Gemetzel überlebt haben! Dann soll *er* entscheiden, wer die Wahrheit sagt! Vielleicht könnten wir sogar die *Herkunft* des Giftes feststellen! Oder das Gegenmittel herstellen, das Kaulidren sich weigert, uns auszuhändigen!«

Kirk warf McCoy einen fragenden Blick zu. »Pille?«

»Glaubst du wirklich, du müßtest mich *bitten,* Jim?« sagte McCoy und eilte zum Turbolift. »Ich hole nur noch meinen Tricorder und mein Medokit.«

Kirk lächelte matt. »Wenn Sie wünschen, Präsident Delkondros, kann unser Schiffsarzt zu Ihnen hinunterbeamen und die ... Beweise untersuchen. Er kann außerdem feststellen, ob ein Mittel gegen das Gift existiert oder synthetisiert werden kann. Sind Sie damit zufrieden?«

»Natürlich! Wir wollen nur eine ehrliche Untersuchung, die die Wahrheit ans Licht bringt. Und Leben retten!«

»Und der Vulkanier?« mischte Kaulidren sich ein.

»Fragen Sie Delkondros, ob er einen Beobachter akzeptiert, der sich nur von der Logik leiten läßt – und nicht von den Emotionen billiger Schmierenkomödianten.«

»Es ist ein Vulkanier an Bord?« sagte Delkondros' knisternde Stimme, ohne jedoch das amüsierte Schnauben zu übertönen, das aus dem Turbolift kam, bevor sich die Tür hinter McCoy schloß.

»Mr. Spock, mein erster Offizier, ist Halbvulkanier«, sagte Kirk ruhig.

»Dann heißen wir ihn natürlich willkommen«, sagte Delkondros. »Wir fürchten uns weder vor der Logik noch vor der Unparteilichkeit. Im Gegenteil, wir können damit sehr viel anfangen!«

Kaulidren setzte eine finstere Miene auf, sagte aber nichts.

»Mr. Spock?« Kirk wandte sich zur wissenschaftlichen Station um. »Möchten Sie sich Dr. McCoy und mir anschließen?«

»Natürlich, Captain.«

»Captain!« Kaulidren runzelte die Stirn. »Sie wollen doch nicht etwa *mitgehen?*«

Kirk drehte sich zu ihm um. Er konnte seine Überraschung diesmal nicht verbergen. »Genau das hatte ich vor, Premier. Gibt es einen Grund, weswegen ich es nicht tun sollte?«

»Er fürchtet zweifellos um Ihre Sicherheit, Captain«, wandte Delkondros' Stimme ein. Sie troff nun vor Sarkasmus und wirkte gar nicht mehr ärgerlich. »Aber um die Wahrheit zu sagen… Ich hätte es auch lieber, wenn Sie an Bord Ihres Schiffes blieben – wo sie den Premier im Auge behalten können. Ich würde ihm nicht trauen…«

»Wie Sie wollen, meine Herren«, sagte Kirk, wobei seine Stimme einen Teil des Sarkasmus des Präsidenten widerspiegelte. »Ich wäre der letzte, der Ihnen den ersten Wunsch abschlägt, auf den sie sich seit unserer Ankunft geeinigt haben. Präsident Delkondros, ich lasse Sie direkt mit dem Transporterraum verbinden. Sie können dem Offizier vom Dienst die Daten für das Herunterbeamen geben.« Kirk nickte Uhura zu, die auf ihrer Konsole einen Schalter bediente. »Und jetzt, Premier Kaulidren ...«

»Captain Kirk«, sagte Kaulidren. »Ich bin strikt dagegen, daß Sie die Männer dort hinunterschicken.«

Kirk drehte sich stirnrunzelnd zu dem Chyrellkaner um. »Und warum, Premier? Gerade schienen Sie doch noch bereit – beziehungsweise sehr bereit – zu sein, daß wenigstens Spock dort hinuntergeht.«

»Ich habe keine Sekunde daran geglaubt, daß Delkondros ihn akzeptieren würde! Doch nun, da er es getan hat, ist mir klar, daß es eine Falle sein muß. Sie hatten noch nie mit diesen Leuten zu tun, Captain. Sie wissen nicht, wozu sie fähig sind. Bitte – Sie müssen sich unbedingt auch den Rest der mitgebrachten Daten ansehen, bevor Sie sich dazu entscheiden, ihre Leute Delkondros' Händen zu überlassen.«

Kirk schüttelte den Kopf. »Die Rebellen müssen sich klarmachen, daß jede Handlung, die sie gegen meine Leute ausführen, völlig kontraproduktiv ist.«

»Aber sie sind alle völlig verrückt!« brach es aus Kaulidren hervor. Kirk fing Spocks Blick auf und erkannte, daß die Gedanken seines Ersten Offiziers den seinen entsprachen: *Ein Irrer bezeichnet einen Irren als irre.* Wäre die Situation nicht so eindeutig verzweifelt gewesen, hätte er am liebsten gelacht. »Premier ...«, begann er. Doch bevor er fortfahren konnte, unterbrach ihn die weibliche Stimme des Computers.

»Alarm«, sagte sie so neutral wie immer. »Eindringling an Bord. Im Hauptcomputerraum auf Deck acht wurde eine unautorisierte Person entdeckt.«

3

Kirk fuhr zum Hauptbildschirm herum. Sein Blick flog über Kaulidrens Männer hinweg. Keiner fehlte.

»Computer«, fauchte er und drückte einen Knopf in der Lehne des Kommandosessels. »Zugänge zum Hauptcomputerraum versiegeln. – Sicherheitsabteilung? Hauptcomputerraum auf Deck acht untersuchen. Eindringling an Bord.«

»Sicherheitsabteilung hat verstanden«, bestätigte Lieutenant Shantis leicht akzentuierte Altstimme eine knappe Sekunde später.

»Mr. Spock – den Computerraum auf den Bildschirm.«

»Schon dabei, Captain«, sagte Spock, ohne aufzuschauen. »Steuerstromkreis reagiert nicht.«

»Computer«, sagte Kirk, während ein Gefühl von Unbehagen an ihm nagte. »Eindringling identifizieren.«

»Unbekannter Humanoide«, sagte der Computer und verfiel wieder in Schweigen.

»Computer?«

Die Maschine antwortete nicht.

Kirk warf Spock, der noch immer an den Kontrollen der wissenschaftlichen Station arbeitete, einen Blick zu. »Sind die Zugänge versiegelt?«

»Widersprüchliche Angaben, Captain.«

Kirk durchquerte schnell die Brücke und blieb neben dem Ersten Offizier stehen. »Handsteuerung, Mr. Spock!«

Der Vulkanier schüttelte den Kopf. »Unter diesen

Umständen nicht möglich, Captain. Keine der Kontrollen ist ...«

Spock brach ab. Kurz darauf tauchten die vollgestopften Gänge des Hauptcomputeraums auf dem Bildschirm auf. Niemand war zu sehen. Der Eingang, dem Bild nach versiegelt, glitt kurze Zeit später auf.

»Die Monitor-Stromkreisfehlfunktion«, gab die monotone Computerstimme bekannt, »wurde isoliert und korrigiert.«

»Monitor-Stromkreisfehlfunktion?« fragte Kirk scharf. Er drehte sich zu Spock um.

»Ich glaube, Captain, der Computer sagt, daß der Alarm das Ergebnis einer Fehlfunktion war.«

»Dann war also niemand im Hauptcomputerraum?« fragte Kirk.

»Bestätigt.«

Kirk runzelte die Stirn. »Lieutenant Shanti, Lagebericht.«

»Verlassen Turbolift auf Deck acht, Captain. Sind unterwegs zum Hauptcomputerraum.«

»Es könnte ein Fehlalarm gewesen sein, Lieutenant. Aber seien Sie trotzdem vorsichtig. Melden Sie mir die geringste Unstimmigkeit.«

»Jawohl, Sir.«

»Mr. Spock, irgendein Hinweis auf die Ursache der Fehlfunktion?«

»Keine, Captain. Die Anzeige weist nur darauf hin, daß es zu einem Konflikt zwischen zwei Sensoren im Inneren des Raumes kam. Die Bemühungen des Computers, den Konflikt zu schlichten, hat offenbar in der zeitweisen Arretierung des Steuerstromkreises und wenigstens der teilweisen Löschung der sich widersprechenden Messungen resultiert.«

Dr. McCoy würde sagen, es klingt nach einem Nervenzusammenbruch, dachte Kirk. »Und worin genau bestand dieser Konflikt, Mr. Spock?«

»Unbekannt, Captain. Hätten wir genug Zeit, könnten

wir ein Diagnoseprogramm starten, aber wegen der augenscheinlichen Löschungen ist die Chance, eine spezifische Ursache zu isolieren, geringer als 10,7 Prozent. Es existiert zwar ein von mir entwickeltes Sonderprogramm, das die Chancen steigern könnte, aber es wurde noch nicht getestet.«

Kirk nickte und wandte sich wieder dem Hauptbildschirm zu. »Tun Sie, was Sie können, Mr. Spock.«

»Natürlich, Captain.«

»Captain«, kam Lieutenant Shantis Stimme über das Interkom, »der Computerraum ist leer, und alles scheint in Ordnung zu sein. Einer meiner Männer hat allerdings gemeldet, daß er eine Turboliftbewegung gehört hat.«

»Computer«, fauchte Kirk. »Innenansicht des Turbolifts.«

Der Bildschirm flackerte einen Moment lang völlig untypisch auf, als der Computerraum verschwand und durch das Innere des Turbolifts ersetzt wurde. Er war leer. Die sich gerade schließenden Türflügel erlaubten der Brückenmannschaft einen kurzen Blick auf das Hangardeck. Die chyrellkanische Raumfähre stand in der Ferne.

»Computer«, sagte Kirk. »Hangardeck anzeigen. Lieutenant Shanti, gehen Sie sofort zum Hangardeck.«

»Jawohl, Sir.«

Auf dem Frontbildschirm tauchte nun der Hangar auf. Kaulidrens Schiff sah nicht anders aus als während des kurzen Blicks durch die Turbolifttür. Der klobig gebaute Wächter stand unbeweglich am oberen Treppenabsatz und richtete den Blick kühl und gelassen auf die verlassene Fläche des Decks. Neben ihm standen die geparkten Raumfähren der *Enterprise,* außer der einen, an der Scottys Männer in der Werkstatt auf Deck zwanzig arbeiteten. Der Traktorstrahl-Steuerraum hoch oben an der einen Wand war leer. Die beiden Fähnriche, die Kirk zeitweilig dort postiert hatte, waren zu ihren regulären Aufgaben zurückgekehrt.

Von irgendwoher kam ein Geräusch, das feine Kratzen von Metall auf Metall, doch es wurde sofort vom Zischen der Turbolifttür übertönt. Lieutenant Shanti trat heraus. Ihre kleine Silhouette wirkte winzig neben den beiden stämmigen und hochgewachsenen Männern, die zu ihrem Einsatzkommando gehörten. Doch ihre Größe täuschte: Kirk wußte, daß ihre Kampfkünste es mit denen der beiden Männer aufnehmen konnten.

»Lieutenant Shanti«, sagte er, doch er wurde sofort von Kaulidren unterbrochen, der während des Alarms auf sehr untypische Weise ruhig geblieben war.

»Was geht hier vor, Captain Kirk? Warum haben Sie diese Leute zu meinem Schiff geschickt?«

»Lieutenant Shanti«, wiederholte Kirk, ohne sich um Kaulidrens Worte zu scheren, »als sie das Hangardeck betraten, war ein metallischer Klang zu hören. Sehen Sie irgend etwas, das ihn hervorgerufen haben könnte?«

»Wir haben es auch gehört, Captain«, sagte Shanti. »Im gleichen Augenblick, als die Tür aufging. Es schien aus der Richtung des fremden Schiffes zu kommen.«

»Ach so.« Kirk wandte sich von der wissenschaftlichen Station ab und warf Kaulidren einen Blick zu. »Mr. Spock, suchen Sie das Hangardeck nach Lebewesen ab.«

Spock konzentrierte sich kurz auf die Anzeigen seiner Station. »Nur das Sicherheitskommando und der Wächter, Captain.«

Kirk wandte sich wieder dem Hangarbild zu und musterte es einige Sekunden lang schweigend. »Lieutenant Shanti«, sagte er dann, »kehren Sie in den Hauptcomputerraum zurück. Überprüfen Sie ihn gründlich nach jedem Hinweis darauf, daß die Fehlfunktion gewesen sein könnte.«

»Jawohl, Sir«, erwiderte Shanti. »Sie meinen nach Beweisen eines echten Eindringlings?«

»Genau, Lieutenant.«

»Captain Kirk«, mischte Kaulidren sich nun ein, »wollen Sie damit sagen, daß tatsächlich jemand in Ihrem Computerraum gewesen sein könnte?«

»Ich darf keine Möglichkeit außer acht lassen, Premier.«

»Wenn es so wäre … Hätte ein solcher Eindringling in dem besagten Raum Zugriff auf Ihren gesamten Schiffscomputer?«

»Natürlich. Warum?«

»Die Daten, die ich mitgebracht habe … die Ihr Erster Offizier in den Computer im Konferenzraum überspielt hat … Könnte dieser hypothetische Eindringling sie manipulieren?«

Kirk unterdrückte ein Stirnrunzeln sowie den Impuls, dem Premier klarzumachen, daß es nur eine Möglichkeit gab: Wenn sich wirklich ein Eindringling an Bord befand, mußte er mit Kaulidrens Schiff gekommen sein.

»Wenn es wirklich einen Eindringling gibt«, sagte er gleichmütig, »der genau weiß, wonach er suchen muß und *außerdem* über ein enzyklopädisches Wissen in Bezug auf Computer und das außergewöhnliche Geschick verfügt, dieses Wissen für sich zu nutzen, besteht eine geringe Möglichkeit dazu. Nach einer konservativen Schätzung jedoch sind bei Starfleet höchstens zwei oder drei Dutzend Personen mit diesem Wissen und diesem Geschick beschäftigt.«

»Und von denen ist niemand an Bord der *Enterprise?*«

»Nur einer, Premier, aber ich versichere Ihnen, daß er während der Fehlfunktion nicht einmal in der Nähe des Computerraums war.«

»Woher wissen Sie das so genau, Captain?«

»Ich weiß es ebenso wie Sie, Premier. Seit Sie an Bord gekommen sind, ist Mr. Spock weder mir noch Ihnen von der Seite gewichen.«

Kaulidren warf Spock einen Blick zu, dann schien er sich zu entspannen. »Natürlich, Captain. Verzeihen Sie. Es fällt mir seit einigen Monaten schwer, mich nicht paranoid zu verhalten. Aber schon die Vorstellung, es könnte meinen Gegnern gelungen sein, dieses Wissen zu erringen und eine Möglichkeit zu finden, sich an Bord dieses Schiffes zu schleichen, um meine Daten zu manipulieren, übertrifft meine schlimmsten Phantasien. Ich entschuldige mich noch einmal. Was jedoch Ihren Beschluß angeht, Ihren Leuten zu erlauben, nach Vancadia zu ...«

Wie aufs Stichwort öffnete sich die Turbolifttür. Dr. McCoy erschien und schaute sich um. »Wie ich sehe, bummelst du mit meinem vulkanischen Lieblingslogiker noch immer hier herum. Soll das heißen, daß man dich überredet hat und ich allein runtergehen muß?«

»Wir hatten einen Fehlalarm im Computerraum«, erklärte Kirk, »aber jetzt ist alles unter Kontrolle. – Nicht wahr, Mr. Spock?«

»Die Anzeigen wirken zwar alle normal, Captain, aber ...« Spocks Stirn runzelte sich. »Ich war noch nicht in der Lage, den präzisen Charakter der Fehlfunktion zu bestimmen.«

McCoy lachte prustend. »Habe ich Sie richtig verstanden, Spock? Haben Sie gerade zugegeben, daß es etwas gibt, das Sie *nicht* können? Und daß es auch noch mit einem Computer zu tun hat? Wie konnte ich das nur versäumen! Sind Sie nun zum Abmarsch bereit, oder muß ich mich selbst nach unten beamen?«

»Spock ist bereit, Pille«, sagte Kirk, verzog leicht das Gesicht und winkte Lieutenant Pritchard an die wissenschaftliche Station zurück. »Ich bleibe allerdings an Bord. Unser Gast und sein Gegenspieler auf Vancadia haben mich darum gebeten.«

»Captain Kirk!« Kaulidren hatte von dem Augenblick an, als McCoy auf die Brücke gekommen war, immer angespannter gewirkt. »Ich halte es für meine Pflicht, Sie noch einmal zu warnen! Man kann diesen rebellischen Terroristen nicht trauen! Holen Sie Delkondros auf Ihr Schiff, falls es sich nicht vermeiden läßt, aber ...«

»Ich habe Ihre Warnung zur Kenntnis genommen«,

sagte Kirk. »Mr. Spock, Dr. McCoy, falls einer von Ihnen Bedenken hat ...«

»Nach dem Abschuß des Schiffes nicht mehr«, wandte McCoy ein. »Was ist, Spock, kommen Sie nun oder nicht?«

»Ich komme, Doktor«, sagte Spock, schlang den Riemen des Tricorders über seine Schulter und ging zum Turbolift, um sich zu McCoy zu gesellen.

Als die Tür zischend zuglitt, drehte sich Kirk der Kommunikationskonsole zu. »Lieutenant Uhura, können Sie mich noch mal mit Delkondros verbinden?«

»Jawohl, Sir.« Ihre Finger flogen über die Tasten. »Bitte sprechen, Captain.«

»Präsident Delkondros«, sagte Kirk, »zwei meiner Leute – Lieutenant Commander McCoy, unser Chefarzt, und Commander Spock, unser Wissenschaftsoffizier – sind bereit, zu den Koordinaten zu beamen, die Sie dem Transporterraum durchgegeben haben.«

»Ich fühle mich sehr geehrt«, erwiderte Delkondros' Stimme. »Ich bin sicher, wenn Sie unsere Beweise erst einmal gesehen haben ...«

»Ich bin sicher, daß sie sie unparteiisch bewerten werden«, sagte Kirk.

»Natürlich. Mehr wollen wir auch gar nicht.«

Kaulidren verzog das Gesicht, sagte aber nichts.

Eine Minute später wurde die Verbindung zum Transporterraum geöffnet. Kirk unterdrückte ein Lächeln, als er im Hintergrund McCoys Stimme hörte. Sie war zwar nicht verständlich, aber eindeutig verstimmt, und belehrte Spock über irgend etwas. Dann wurde sie abrupt abgeschnitten.

»Bereit, Captain«, sagte der Transporterchef nach einigen zögernden Sekunden.

»Weitermachen, Mr. Kyle«, sagte Kirk und nahm wieder in seinen Sessel Platz. »Aber bereiten Sie sich darauf vor, sie beim geringsten Anzeichen von Problemen wieder raufzuholen. Peilen Sie ihre Kommunikatoren an.«

»Jawohl, Sir.« Kyle hielt inne. Dann sagte er: »Gebe jetzt Energie.«

Die Brückenmannschaft verfiel in Schweigen. Kirk musterte Kaulidren und bemühte sich, den Ausdruck auf dem Gesicht des Premiers einzuschätzen. Furcht? Verärgerung?

»Sie sind unten, Sir«, meldete Lieutenant Pritchard von der wissenschaftlichen Station. »An den angegebenen Koordinaten.«

»Lieutenant Uhura, sind Sie noch mit Delkondros verbunden?«

»Nein, Sir. Als Mr. Spock und Dr. McCoy gebeamt wurden, hat er die Verbindung abgebrochen.«

Kirk runzelte die Stirn. »Neue Verbindung herstellen.«

»Jawohl, Sir«, erwiderte Uhura. Ihre Finger flogen über die Kontrollen.

»Ich habe Sie gewarnt, Captain«, begann Kaulidren, doch Kirk schnitt ihm mit einer Geste das Wort ab und wirbelte herum, um Pritchard anzusehen.

»Lieutenant ...«

»Eine Art Schild, Captain. Er blockiert die Sensoren.«

»Funkverkehr ebenfalls blockiert, Sir«, sagte Uhura. Ihre Stimme klang besorgt.

»Transporterraum«, fauchte Kirk. »Holen Sie sie sofort zurück, Mr. Kyle!«

Unmöglich! Der Gedanke blitzte im gleichen Moment in Kirks Hirn auf. *Welten wie diese können Schilde dieser Art in frühestens fünfzig Jahren entwickeln! Laut den Angaben der ersten Expedition ...*

»Versuche es, Sir, aber wir haben ihre Kommunikatoren nicht mehr in der Peilung, und ...«

»Der Schild, ja. Bereitmachen, falls er zusammenbricht. – Mr. Pritchard, Schildanalyse! Können wir ihn neutralisieren? Oder durchdringen?«

»Durchdringen, ja, mit unseren Waffen. Er dient wohl primär dazu, elektromagnetisch strukturierte Kommunikation im Normalraum zu verhindern. Zwar würde er materiellen Objekten wie Photonentorpedos und Phaserbeschuß einigen Widerstand entgegensetzen, aber keinesfalls genug, um sie abzublocken. Selbst Phaserbeschuß mit geringer Energie müßte ...«

»Und einen Transporter?«

»Wenn man die Energie erhöhen könnte ...«

»Das würd' ich nich' machen«, unterbrach Scotty, der gerade über den Brückenlaufgang kam und neben Uhura stehenblieb. »Es sei denn, als letztes Mittel. Es würd' ohnehin nur 'n bißchen Gerangel erzeugen.«

»Verstanden, Mr. Scott. – Lieutenant Pritchard, Sie haben gesagt, daß auch die Sensoren blockiert sind. Das bedeutet doch, daß der Schild auch eine Subraumkomponente hat.«

»Hat er, Captain, aber sie wirkt ... nun, vielleicht sollte man ›unbeabsichtigt‹ sagen. Sie ist nur eine Nebenwirkung des Schildes an sich.«

»Dann blockiert er die Sensoren gar nicht?«

»Nicht ganz, Sir. Es ist mehr wie ... eine Störung. Ein Haufen Details sind verlorengegangen, und das, was man an Details sieht, ist wahrscheinlich nicht verläßlich.«

»Welche Fläche des Planeten ist davon betroffen?«

»Ungefähr zehntausend Quadratkilometer, Sir.«

»Man kann es auf dem Schirm sehen, Captain«, meldete sich Sulu.

Kirk drehte sich abrupt zum Frontschirm um. Sie schwebten gerade über die Nachtseite des Planeten. Der größte Teil der Welt sah mit seinen Meeren, Landmassen und Wolken wie jeder andere Planet der Klasse M aus – wenn man von dem einzelnen kreisförmigen Gebiet an der gezackten Küstenlinie eines annähernd rautenförmigen Kontinents absah, der die halbe südliche Hemisphäre ausfüllte. Dort sah die Oberfläche trotz der fast völlig fehlenden Wolken verschwommen und fast zerfasert aus. Über hundert Kilometer war die Grenze zwischen dem Wasser und dem Land, die an allen anderen

Stellen scharf skizziert war, nicht nur verwischt, sondern schien auch zu zittern, als sähe man sie durch ein verzerrendes Objektiv, das zudem auch ständig schwankte.

»Könnte eine Welt mit diesem technischen Niveau die Möglichkeiten haben, einen solchen Schild herzustellen?« fragte Kirk, obwohl er die Antwort kannte.

»Würd' ich nicht sagen, Sir«, erwiderte Scott. »Für einen Schild dieser Größe braucht man unbedingt Antimaterie.«

»Und die wäre laut den Angaben der Föderationsexpedition, die vor knapp zehn Jahren hier war, für beide Welten erst in einem Jahrhundert technisch erschwinglich.«

»Aye, Captain, aber selbst wenn man die dazu nötige Energie hätte ... dann wüßte man noch längst nicht, wie man einen Schild erzeugt. Ich kann mir nicht vorstellen, daß die Leute das ohne Hilfe von anderer Seite hingekriegt haben.«

»Sie nehmen mir die Worte aus dem Mund, Mr. Scott«, sagte Kirk. Er verzog das Gesicht, denn die Erinnerung an seinen alten Freund Tyree wurde plötzlich in ihm lebendig. Tyree war der Anführers des Bergvolkes auf einer primitiven Welt. Auch auf seinem Planeten hatte es so ausgesehen, als hätten die Einheimischen in weniger als einem Jahrzehnt einen plötzlichen Entwicklungssprung gemacht. Bei ihnen hatte die neue Technik zwar nicht aus einem Zehntausend-Kilometer-Schild bestanden, aber aus Schießpulver und Steinschloßgewehren. Doch das Unerwartete und die Unwahrscheinlichkeit der beiden Fälle waren durchaus vergleichbar.

Auf Tyrees Welt war der ›Fortschritt‹ das Werk einer kleinen Klingonenbande gewesen, die den Einheimischen insgeheim mit ›Erfindungen‹ geholfen hatten, um Kriege anzuzetteln und Kontrolle über sie auszuüben.

»Maximale Sensorenerfassung, Mr. Pritchard«, befahl Kirk und stand abrupt aus dem Kommandosessel auf, um sich an die wissenschaftliche Station zu begeben.

»Falls sich in diesem Sonnensystem irgendein Schiff aufhält, das mit Warp fliegen kann, will ich es wissen! Und halten Sie nach weiteren abgeschirmten Gebieten Ausschau – auf dem Planeten und anderswo!«

»Maximale Sensorenerfassung«, wiederholte Pritchard und warf einen kurzen Blick über seine Schulter, um den Captain anzuschauen. Kirk spürte die Nervosität des jungen Offiziers und wußte, daß seine Nähe noch zu ihr beitrug, aber er konnte nichts dagegen machen. Dort unten stand das Leben von Spock und McCoy auf dem Spiel – da konnte er es sich nicht leisten, auf Pritchards Gefühle Rücksicht zu nehmen.

Einige Minuten später schaute Pritchard entschuldigend auf. »Tut mir leid, Sir, aber da ist nichts. Nur ein romulanischer Tarnschirm könnte ...«

Kirk schüttelte den Kopf. »Ich bezweifle, daß die Romulaner dahinterstecken, Mr. Pritchard. Falls sie sich nicht radikal geändert haben, neigen sie viel eher dazu, die Föderation offen anzugreifen. Solche Taktiken sind nicht ihr Stil. Machen Sie weiter, Lieutenant. Halten Sie nach allem Ungewöhnlichen Ausschau. Nach *allem.*«

Kirk richtete sich auf, wandte sich von Pritchard ab und schaute Kaulidren an. »Was wissen Sie über diesen Schild, Premier?«

»Was soll ich darüber wissen? Ich bin doch kein Wissenschaftler! Aber ich habe Sie vor Delkondros' Heimtücke gewarnt. Ich ...«

»Aber nicht vor seinem Schild. Ist er neu?«

»Ich wußte nichts von seiner Existenz, wenn Sie das meinen. Soweit ich weiß, ist er noch nie eingesetzt worden. Aber ich kann nicht sagen, daß ich überrascht bin.«

»Und warum nicht? Haben die Rebellen dergleichen schon einmal getan?«

Kaulidren nickte heftig. »Warum sollten wir sonst ihre Welt ständig überwachen? Ihre Schiffe, sogar die kleinen, die nicht größer sind als das, mit dem ich an Bord gekommen bin, können Vancadia nicht nur umkreisen, sondern auch nach Chyrellka fliegen – und zurückkehren! Ihre Energiequelle …«

»Captain!« unterbrach Pritchard jäh. »Schildenergie nimmt rapide ab!«

Kirk wirbelte zu ihm herum und schaute auf den Hauptbildschirm. Das Abbild Vancadias schillerte.

Dann löste sich die Verzerrung auf und man sah die planetare Oberfläche kristallklar. Praktisch im gleichen Augenblick war die Verbindung zum Planeten wiederhergestellt. Delkondros' Stimme dröhnte durch die Brücke, seine Worte jagten sich, waren aber unheilvoll deutlich.

»Jeder Versuch, Ihre Männer zu transportieren, hat ihren sofortigen Tod zur Folge.«

Kirk riß ungläubig die Augen auf. Er verbiß sich die Frage, ob der Mann irre geworden war, und gab Uhura ein Zeichen, die Verbindung der *Enterprise* mit dem Planeten zu unterbrechen.

»Transporterraum«, fauchte er. »Kommunikatoren anpeilen – aber erst auf meinen Befehl zurückbeamen.«

»Angepeilt, Sir. Erwarte Befehl.«

»Lieutenant Pritchard, maximale Sensorenerfassung des Gebietes.«

»Elf Humanoide in unmittelbarer Umgebung der Kommunikatoren. Identitätsbestimmung bei dieser Entfernung unmöglich. Kein Hinweis auf fortgeschrittene Energiewaffen.«

»Captain Kirk«, meldete sich nun Delkondros' Stimme, »ich weiß, daß Sie mich gehört haben. Haben Sie mich auch verstanden?«

»Transporterraum bereithalten«, sagte Kirk und gab Uhura ein Zeichen, die Frequenz wieder zu öffnen.

»Ich habe Sie zwar gehört, Delkondros«, fuhr er fort, »aber ich hoffe, daß ich Sie nicht genau verstanden habe. Haben Sie gesagt, daß meine Leute nun Ihre Geiseln sind?«

»Grundsätzlich ja. Es ist die einzige Möglichkeit …«

»Es ist die schnellste Möglichkeit«, unterbrach Kirk ihn ätzend, »um zu beweisen, daß Kaulidren die Wahrheit über Sie erzählt hat! Haben Sie *das* verstanden?«

»Wenn man kurzsichtig ist, Captain Kirk, könnte man es so sehen, aber wir sind der Meinung, daß uns keine andere Wahl zur Verfügung steht – speziell seit Kaulidren sich auf Ihrem Schiff befindet. *Er* ist der Irre! Sie müssen es glauben!«

»Ich würde Ihnen viel eher glauben, Delkondros, wenn Sie das Leben meiner Offiziere nicht bedrohen würden! Lassen Sie sie frei, dann können wir reden. Wenn Sie wollen, können wir auch *Sie* an Bord beamen. Wir sind bereit, uns alles anzuhören, was Sie zu sagen haben und uns all Ihre Beweise anzusehen! Deswegen sind meine Leute doch zu Ihnen gekommen – um sich Ihre Beweise anzusehen! Wenn Sie also wirklich Beweise haben, lassen Sie meine Leute frei, damit sie sie begutachten können!«

»Genau das habe ich doch vor!« schnaubte Delkondros. »Nur nicht in dieser Reihenfolge!«

»Ich möchte mit ihnen sprechen«, sagte Kirk fest.

»Tut mir leid, aber das ist unmöglich. Aber glauben Sie mir, ich habe nicht vor, ihnen etwas anzutun. Es sei denn, Sie zwingen uns dazu ...«

»Er ist wahnsinnig!« warf Kaulidren ein. »Ich habe Sie gewarnt! Der Mann ist vollkommen irre!«

»Sicherheitsdienst!« fauchte Kirk. »Bereithalten, Kaulidren und seine Begleiter auf meinen Befehl von der Brücke zu entfernen!«

Die beiden Sicherheitsleute am Turbolift traten vor.

»Ich bin nicht wahnsinnig, Captain«, schrie Delkondros. »Ich bin nur verzweifelt! Und wie könnte es auch anders sein, wo *er* doch bei Ihnen an Bord ist! Er lügt ...«

Plötzlich wurde aus den Lautsprechern ein Chor anderer Stimmen laut, die einander überschrien, so daß man nichts mehr verstehen konnte.

»Was ist da los?« rief Kirk in den Tumult hinein.

Aber die Antwort war unverständlich – sie bestand aus fortwährendem Geschrei und den Geräuschen umstürzender und zerbrechender Gegenstände.

Dann war die Funkfrequenz plötzlich wieder frei und übertrug die gleichen Geräusche aus einem anderen Teil des Raumes, wie gedämpfte Echos. Einen Moment lang verblaßten sie und wurden wieder lauter, als suche eine Antenne nach der passenden Richtung, doch dann blieb die Qualität der Übertragung gleich. Und ein neues Geräusch wurde hörbar, das nicht über die offene Frequenz kam: Da kratzte etwas an einem Kommunikator, als zöge man ihn über eine rauhe Oberfläche.

Dann die Stimme Spocks. Es war kaum mehr als ein Flüstern, aber seine präziser Tonfall und seine absolute Beherrschung waren unmißverständlich. »Transporterraum«, sagte er, »beamen Sie uns rauf – sofort!«

»Tun Sie's!« bestätigte Kirk sofort und wandte sich zur wissenschaftlichen Station um. »Lieutenant Pritchard, überwachen Sie das Unternehmen mit den Sensoren.«

»Jawohl, Sir. Transporter läuft an ...«

Über das aus Delkondros' Hauptquartier kommende Stimmengewirr hinweg ertönte das knisternde Geräusch von Energiewaffen. Für einen Augenblick war es auf der einen Funkfrequenz lauter als auf der anderen, dann fiel der Kommunikator abrupt aus.

»Laserbeschuß!« fauchte Pritchard. Dann keuchte er. »Beide Männer ... keine Lebensanzeige mehr! Sie müssen getroffen worden sein!«

»Transporter – beamen Sie sie sofort ins Lazarett! – Lazarett? Verwundete treffen ein. McCoy und Spock. Verletzungen unbekannt.«

»Peilung verloren, Captain!« fiel der Transporterchef Kirk ins Wort.

»Die Kommunikatoren«, sagte Pritchard. »Sie sind bei dem Beschuß vernichtet worden!«

»Transporter, Feld ausweiten«, fauchte Kirk. *»Holen Sie die beiden rauf!«*

»Versuche es, aber irgend etwas ...«

»Der Schild ist wieder da, Captain!« meldete Pritchard.

»Transporterenergie erhöhen!«

»Das ist nicht gut, Sir«, erwiderte die Stimme des Transporterchefs. »Ein breites Feld ist nicht konzentriert genug, um ...«

»Schilddichte steigt!« sagte Pritchard. »Der Transporter ist nicht mehr stark genug, um ihn zu durchdringen, selbst wenn man die Kommunikatoren anpeilen könnte! Wenn der Schild nicht deaktiviert werden kann ...«

»Die Antimaterie, die der Schild als Energiequelle braucht«, fauchte Kirk. »Können Sie sie lokalisieren?«

Pritchard drückte rasch ein halbes Dutzend Knöpfe und sah sich die Messungen an. »Negativ, Captain. Die Subraum-Komponente des Schildes ist nun noch höher als alles andere. Die Sensormessungen sind alles andere als zuverlässig.«

»Die Messungen, die Sie vorgenommen haben, als der Schild abgeschaltet war ... Zeigen *sie* irgend etwas?«

»Negativ, Captain. Wenn diese Energiequelle Antimaterie einsetzt, muß sie über eine eigene Abschirmung verfügen.«

Kirk knallte die Hände frustriert auf die Lehnen des Kommandosessels. »Uhura ...«

»Sämtliche Verbindungen wurden abgebrochen, Captain. Ich konnte keine neue herstellen. Keine Reaktion, weder auf Subraum-, noch auf Standardfrequenz.«

Einen langen Augenblick herrschte Stille. Kirk drehte sich wieder zum Frontbildschirm und dem hundert Kilometer durchmessenden Kreis aus schwankenden Verzerrungen um, der das von dem Schild markierte Gebiet bedeckte. Er war nun deutlicher zu sehen; an manchen Stellen war die Verzerrung so stark, daß sie lichtdurchlässig wirkte.

Seine Kehle schmerzte, sein Magen fühlte sich hohl an.

Hilflos, dachte er und ballte die Hände zu Fäusten. *Trotz allem, was wir haben, sind wir völlig hilflos. Ob mit oder ohne Schild, wir hätten den Planeten ausradieren können. Aber das hätte Pille und Spock nicht gerettet.*

Wir können nicht einmal ihre Leichen bergen ...

4

Glauben Sie diesem schrägen Vogel etwa?« murmelte McCoy kopfschüttelnd, als die Tür des Turbolifts sich zischend schloß und Kaulidren sowie sein auf der Brücke versammeltes Gefolge aus ihrem Blickfeld verbannte.

»Wenn Sie meinen, Doktor, ob ich glaube, daß die Aussagen Premier Kaulidrens absolut der Wahrheit entsprechen – nein, ich glaube es nicht. Doch im Augenblick haben wir keine praktische Möglichkeit, sie auf ihren Wert hin zu überprüfen und daraus Schlüsse zu ziehen.«

McCoy schnaubte. »Ach, wirklich?«

»Damit meine ich lediglich, Doktor, daß es unlogisch wäre, sie vollständig zu mißachten.«

»Für Sie vielleicht. Ich würde mir mehr Sorgen machen, wenn wir auf *seinen* Planeten beamen müßten, und besonders dann, wenn er dabei wäre. Der Premier jagt mir viel mehr Angst ein als seine sogenannten Terroristen.«

»Ich kann Ihnen nicht widersprechen, Doktor. Premier Kaulidrens Objektivität scheint eindeutig von einem gewissen Maß an Emotionalität beeinträchtigt zu sein. Trotzdem kann man seine Warnungen nicht gänzlich ignorieren. Wie Sie selbst oft gesagt haben, entkräftet ein Vorhandensein von Gefühlen nicht unbedingt das …«

»Wenn Sie *so* besorgt sind, Spock, dürfen Sie überhaupt nicht mitkommen! Ich kann auch allein runterbeamen!«

»Ich bin nicht ›besorgt‹, Doktor. Ich schlage, wie schon

gesagt, Kaulidrens Behauptungen nur nicht in den Wind. Und ich möchte Ihnen raten, hinsichtlich dieses Themas einen ähnlich offenen Geist zu zeigen.«

»Ich tue alles, um Ihre ›geistig offene‹ vulkanische Logik zufriedenzustellen«, murmelte McCoy, als die Tür aufging und sie in den Korridor traten, der zum Transporterraum führte. »Aber er gibt sich doch alle Mühe, die Sache nur noch zu verschlimmern. Das ist Ihnen doch bestimmt auch aufgefallen, Spock. Und wir haben *beide* gesehen, was seine ›Überwachungsschiffe‹ mit dem Schiff gemacht haben, das zu uns durchbrechen wollte! Selbst wenn Delkondros es nur geschickt hat, um zu beweisen, daß Kaulidrens Bande es vernichten würde... Sie *haben* es vernichtet, und Delkondros hatte recht. Wer es auch abgeschossen hat, er konnte nicht wissen, ob es bemannt war – nicht ohne Sensoren. Das sollte für Ihre Logik doch wohl ausreichen, um Sie nachdenklich zu machen.«

»Natürlich, Doktor«, stimmte Spock ihm zu, als sie den Transporterraum betraten. »Aber die Beweise des Premiers über die Untaten der Kolonisten waren auch...«

»Beweise, für die wir nur sein Wort haben! Sie haben doch selbst gesagt, daß es keine Möglichkeit gibt zu erkennen, wer die Leute in der Aufzeichnung waren. Wer sind wir denn, daß wir sagen können, ob diese Greueltat von den Kolonisten oder von *seiner* Bande verübt wurden?«

»Wir können es nicht. Wenn es jedoch zwei Möglichkeiten gibt, diktiert die Logik, daß man auf die Konsequenz vorbereitet sein soll, daß sich beide als wahr erweisen.«

»Der Teufel soll die Logik holen, Spock!« McCoy blieb am Fundament der Transporterplattform stehen und warf dem bereits auf einem Kreis stehenden Vulkanier einen finsteren Blick zu. »Man braucht doch nur ein bißchen altmodischen Pferdeverstand, um Kaulidren zu durchschauen. Falls es Ihnen nicht aufgefallen ist: Er hat recht verdrehte Ansichten über die Funktionen der Föderation! Er hält uns für Schläger seiner Art und möchte, daß wir den Kolonisten genau das antun, von dem er behauptet, sie täten es ihm an, und zwar mit Zinsen und Zinseszinsen. Von Kleinigkeiten wie der Wahrheit würde er sich nicht aufhalten lassen, wenn sie ihm im Weg stünde!«

»Ich kann keinem Ihrer Worte widersprechen, Doktor«, sagte Spock geduldig.

»Sie haben wirklich eine komische Art, mit Leuten einer Meinung zu sein, Spock! Wenn ...«

Als McCoy hörte, daß sich hinter ihm jemand räusperte, brach er ab. Es war Kyle, der Transporterchef.

»Fertig, meine Herren?«

McCoy musterte Spock noch einmal, dann stieg er hinauf, drehte sich um, stellte sich auf den Kreis neben ihn und nickte Kyle zu.

»Fertig, Captain«, meldete der Transporterchef durchs Interkom.

»Weitermachen, Mr. Kyle«, erwiderte Kirks Stimme. »Aber bereiten Sie sich darauf vor, sie beim geringsten Anzeichen von Problemen raufzuholen. Peilen Sie ihre Kommunikatoren an.«

»Jawohl, Sir«, erwiderte Kyle. »Gebe Energie.«

McCoy warf einen Blick auf Spock, schüttelte den Kopf und seufzte, als er sah, daß der Vulkanier nach unten schaute und den Blick unauffällig auf seinen Tricorder gerichtet hielt, als wolle er im gleichen Augenblick, in dem sie auf dem Planeten ankamen, die Anzeigen ablesen.

»Ist wohl nur logische Vorsicht, was, Spock?« sagte er, aber er hatte die Worte kaum gesprochen, als das vertraute Prickeln des Transporterfeldes seine Beachtung auf sich zog und er sich darauf konzentrierte.

Um die Wahrheit zu sagen, dachte er und schüttelte sich beherrscht, *daß diese verfluchte Maschine mich durch das*

Vakuum pustet, macht mir viel mehr Angst als die potentielle Gefahr, die die Kolonisten oder sogar Kaulidren darstellen. In dieser Hinsicht war er mit dem Premier einer Meinung. Er würde sich nie an den Transporter gewöhnen, egal wie oft er ihn noch benutzte. Schon die Vorstellung, daß er sekundenlang nicht mehr existierte – es sei denn als Energiemuster –, jagte ihm seit Unzeiten ein hilfloses Gefühl ein. Und Hilflosigkeit war ein Gefühl, daß er gründlich verabscheute, besonders wenn sie mit Maschinen zusammenhingen.

McCoy wollte gerade anfangen, mit den Zähnen zu knirschen, als die Transporterenergie den Griff um ihn festigte und der Raum in seinem Blickfeld verblaßte.

Als sie ihn freiließ und er sich wieder bewegen konnte, entspannten sich seine Kiefermuskeln, und er stieß einen unhörbaren Seufzer der Erleichterung aus. Er stand neben Spock auf einem Betonboden an der Wand eines Raumes, der wie ein großer Behelfskonferenzsaal aussah. Man hatte zwei verbeulte Eisentische zusammengestellt. Die Stühle waren ein buntes Sammelsurium von Sitzflächen und sahen aus als hätte man sie aus verschiedenen Wartesälen organisiert. An der linken Raumseite standen etwa ein Dutzend Männer hinter dem Tisch – als wollten sie soviel Abstand wie möglich zwischen sich und der Ecke bringen, in der McCoy und Spock materialisiert waren. Hinter den Männern, in der einfachen Betonwand, befand sich eine massive Eisentür, an der nicht nur die Scharniere verrostet waren. In der Wand direkt neben McCoy und Spock befand sich eine halb geöffnete Metallschiebetür, und hinter ihnen, halb so weit entfernt, eine geschlossene Tür aus Holz, deren Farbe abblätterte.

Einen Moment lang herrschte Schweigen. McCoy sah aus den Augenwinkeln, daß Spock abrupt von seinem Tricorder aufschaute und einen Blick auf sämtliche Türen warf.

»Ich bin Delkondros«, sagte der größte und eindeutig

muskulöseste der Männer und führte seine Leute nun um das andere Ende des Tisches den Neuankömmlingen entgegen. Ein Vollbart verhüllte seine untere Gesichtshälfte. Buschige Brauen überschatteten seine Augen. Sein Schädel war jedoch kahl. Sämtliche Anwesenden trugen dunkle, nichtssagende Jacken und Hosen, aber Delkondros und ein anderer Mann, der kaum weniger mächtig wirkte als er, trugen zusätzlich altmodische Projektilwaffen an der Taille. »Diese Männer sind Angehörige des Unabhängigkeitsrates.«

McCoy trat vor, um Delkondros zu begrüßen, doch Spocks Hand schoß vor und schränkte seine Bewegungsfreiheit ein.

»Wir müssen die Formalitäten unserer Begegnung einen Augenblick unterbrechen, Präsident Delkondros«, sagte Spock, der McCoys finstere Miene einfach ignorierte. »Wir wurden instruiert, in ständiger Verbindung mit der *Enterprise* zu bleiben.«

»Sie könnten wenigstens warten, bis ...«, begann McCoy, aber Spock schnitt ihm mit untypischer Barschheit das Wort ab.

»Ich würde vorschlagen, daß Sie unsere Befehle nicht in Frage stellen, Doktor«, sagte Spock. Er hielt seinen Kommunikator in der Hand. »Wie Sie vielleicht von unserem Mißgeschick auf Neural wissen, gibt der Captain nie Befehle ohne einen guten und triftigen Grund.«

McCoy runzelte die Stirn. »Neural? Was, zum Henker, reden Sie da, Spock?«

»Spock an *Enterprise*«, sprach der Vulkanier in seinen Kommunikator, ohne McCoy eine Antwort zu geben.

»Niemand wird Ihnen antworten, Commander Spock«, sagte Delkondros mit einem Seufzer und blieb mit den anderen ein paar Meter vor ihnen stehen. »Dieses Gebiet ist nun gegen alle Kommunikation abgeschirmt.« Er schob seine Hand in Richtung Waffe, zog sie jedoch nicht. Das zweite bewaffnete Ratsmitglied folgte seinem Beispiel.

Spock schaute nun weniger verstohlen zuerst auf seinen Tricorder und sah sich dann erneut im Raum um.

»Machen Sie keinen Unsinn«, sagte Delkondros warnend. »Das gilt für Sie beide.«

»Was soll das heißen?« fauchte McCoy und musterte die über den Waffen schwebenden Hände mit einem finsteren Blick. »Wir sind doch hier, um Ihnen zu *helfen!*«

»Uns ist zwar klar, daß Ihr Captain genau das gesagt hat, Dr. McCoy, aber ...«

»Es stimmt also *doch!*«

»Mag sein«, gab Delkondros zu, »aber solange Kaulidren an Bord Ihres Schiffes ist, um ihn zu beeinflussen, können wir nun mal kein Risiko eingehen. Und nun legen Sie die Kommunikatoren auf den Tisch.«

»Warum denn?« protestierte McCoy. »Sie haben doch gesagt, daß sie ohnehin nicht funktionieren.«

»Sie werden auch nicht funktionieren, solange der Schild aktiv ist«, sagte Delkondros, der sich den Anschein gab, als täte es ihm leid. »Aber die Energie, die nötig ist, ihn aufrechtzuerhalten, ist größer, als wir uns für lange Zeit erlauben können. Ich bitte Sie nun, meine Herren, vergeuden Sie keine Zeit mehr. Sie erhalten die Kommunikatoren zurück, wenn Ihre Mission beendet ist.«

McCoys finsterer Blick blieb noch eine Sekunde auf dem Präsidenten haften, dann schüttelte er mit einem irritierten Seufzer den Kopf. Delkondros' Argwohn dem Captain gegenüber war zwar idiotisch, aber Kaulidren war nun wirklich eine andere Sache. Der Premier gehörte offenbar zu denen, die nichts unversucht ließen. Natürlich würde er keinen Erfolg haben. Nicht bei Jim Kirk. Wahrscheinlich nicht einmal bei einem beliebigen Starfleet-Captain. Aber davon konnte Delkondros nichts wissen. Und allem Anschein nach wollte er auch nicht auf ihr Wort vertrauen. Nein, wenn Spock und er hier unten überhaupt etwas erreichen wollten, mußten sie sich seinen paranoiden Wünschen wohl fügen.

»Na los, Spock«, sagte er und legte seinen Kommunikator auf den Tisch. »Bringen wir diese Narretei hinter uns! Vielleicht können wir dann die Arbeit aufnehmen, deretwegen wir gekommen sind!«

Spock zögerte kurz, dann legte er seinen Kommunikator neben den McCoys. McCoy schaute zu Delkondros auf. »Also los, was wollen Sie uns zeigen?«

Bevor der Präsident antworten konnte, trat ein Ratsmitglied vor und schaute Delkondros an. Es war ein kleiner, drahtiger Mann, dessen Haare und Bart allmählich grau wurden.

»Das ist doch Wahnsinn!« platzte er heraus. »So kann es doch nicht weitergehen! Sehen Sie denn nicht *selbst*, daß Sie Vancadias prekäre Lage so nur noch verschlimmern?«

Der Präsident musterte den Sprecher stirnrunzelnd. »Wir haben es doch schon hundertmal besprochen, Tylmaurek. Ich hatte den Eindruck, Sie wären endlich mit meinem Beschluß einverstanden.«

Tylmaurek schüttelte heftig den Kopf. »*Verstehen* Sie denn nicht, was Sie anrichten, Delkondros? Sie berauben uns unserer einzigen Chance! Diese Leute wollen uns helfen, aber wenn Sie mit dem Irrsinn weitermachen, werden Sie sich noch gegen uns wenden! So bringen Sie die Föderation *nie* dazu, uns zuzuhören!«

»Er hat recht«, wandte McCoy ein. Das Auftauchen eines Wesens, das so etwas wie gesunden Menschenverstand zu haben schien, stärkte ihm den Rücken. »Hören Sie, ich weiß, welche Gefühle Sie Kaulidren gegenüber hegen, aber wenn Sie uns unserer Freiheit berauben, müssen Sie sich darüber im klaren sein, daß Ihnen dies nicht helfen wird. Damit bestätigen Sie ja nur Kaulidrens Anschuldigungen.«

»Genau das habe ich immer zu *allen* gesagt!« Tylmaurek schrie nun fast und wirbelte zu McCoy und Spock herum. »Ich habe allen von Anfang an *gesagt*, daß man Ihnen vertrauen soll. Weil es die einzige Möglichkeit ist.

Man kann die Föderation nicht erpressen – wir jedenfalls nicht!«

Er hielt inne und funkelte die unbehaglich dastehenden Räte finster an. »Ist es Ihnen denn nicht *klar?* Haben Sie nicht gehört, was er gesagt hat? Selbst wenn sie lügen, glauben Sie, *dies* wird ihre Ansichten über uns ändern? Und wenn wir sie zwingen, sich unsere Beweise anzusehen und sie dann freilassen ... Wie wollen Sie sie anschließend kontrollieren? Oder haben Sie vor, die beiden für immer als Geiseln festzuhalten?«

Während Tylmaurek sprach, bemerkte McCoy, daß zwei der Räte – ein junger, bartloser Mann in den Zwanzigern und ein hochgewachsener, massiger Bursche in den Fünfzigern – sich von der Gruppe entfernten und um den Tisch herum in Richtung Eisentür gingen.

Doch dann ergriff ein hagerer, dunkelhaariger Mann aus der Gruppe das Wort. »Tylmaurek hat recht«, sagte er nervös und wich dabei Delkondros' Blick aus. »Die beiden sind aus *freiem Willen* zu uns gekommen. Sie, Delkondros, haben stets behauptet, sie würden nicht mal in unsere Nähe kommen, wenn wir sie nicht übertölpeln. Doch Sie sind trotzdem gekommen, und nun scheint mir, wir müssen sie beim Wort nehmen.«

»Außerdem«, sagte jemand im Hintergrund, »ist es so, wie Tylmaurek sagt: Wenn sie lügen, können wir nichts dagegen tun. Wir *müssen* ihnen glauben. Wir haben gar keine andere Wahl. Wir haben es hier nicht mit zwei gewöhnlichen Schlägern von Chyrellka zu tun.«

Delkondros runzelte schweigend und finster die Stirn. Sein Blick huschte von einem zum anderen. »Spricht Tylmaurek für Sie alle? Sind Sie alle dieser Meinung?«

Zuerst herrschte nur reglose Stille, doch dann murmelte ein Ratsmitglied nach dem anderen seine Zustimmung. Außer dem einen Mann, der wie Delkondros bewaffnet war. Er warf Delkondros von der Seite her einen schweigenden Blick zu.

»Na schön«, sagte Delkondros schließlich, »wenn es

Ihr Wunsch ist, sei es so. Aber wenn es schiefgeht, bin nicht ich schuld, sondern Sie.«

»Dann schalten Sie den Schild also ab?« sagte Spock. »Und erlauben uns, Kontakt zur *Enterprise* herzustellen?«

»Wenn Sie es wünschen ...«

»Und ob.«

»Na schön.« Delkondros nickte resignierend. »Ich lasse ihn abschalten.« Er hob die über seiner Waffe schwebende Hand, entnahm seiner Tasche ein kommunikatorförmiges Gerät und drückte einen Knopf.

»Das wurde aber auch Zeit«, murmelte McCoy und setzte sich in Richtung Tisch in Bewegung. Doch bevor er seinen Kommunikator erreichte, flog direkt hinter ihm und Spock die Tür auf.

»Was, zum Henker ...« setzte er an, doch seine Worte wurden unterbrochen, als Spock sich ohne Vorwarnung umdrehte, sich auf ihn stürzte, seine Schultern ergriff und buchstäblich mit ihm zum Boden hinabtauchte, so daß er nur noch nach Luft rang, als ein Laserstrahl durch die offene Tür knisterte und ein halbes Dutzend Mal die Stelle traf, an der sie zuvor gestanden hatten. Ein Strahl traf das zweite bewaffnete Ratsmitglied in die Schulter. Die Waffe, die der Mann inzwischen gezückt hatte, fiel aus seinen betäubten Fingern. Doch bevor er umfallen konnte, traf ihn ein zweiter Schuß in die Brust.

In dem Raum brach das Chaos aus; die meisten Ratsmitglieder schrien wild durcheinander. Einige folgten Spocks Beispiel und warfen sich zu Boden; andere drehten sich um und eilten zur Tür. Wieder andere waren vor Schreck erstarrt. Delkondros riß seine Waffe aus dem Holster und sprang zur Seite, fort von dem Verwundeten. Eine Sekunde lang deutete seine Waffe direkt auf die beiden Männer von der *Enterprise,* doch bevor er feuern konnte, taumelte ein Mann durch die Tür, der eine Laserpistole in der Hand hielt. Delkondros riß die Mündung seiner Waffe hoch und schoß auf den Eindringling.

Es knallte in dem geschlossenen Raum ungeheuer laut. Die Kugel – es war tatsächlich eine Projektilwaffe – fegte den Mann von den Beinen und warf ihn nach hinten. Die Waffe flog aus seiner Hand, sie segelte durch die hinter ihm befindliche Tür und schepperte dort zu Boden.

Dann herrschte nur noch Stille, und einen Moment lang bewegte sich niemand, nicht einmal jene, die zur Tür hatten rennen wollen. Delkondros' Gesicht war im Gegensatz zu den Gesichtern der anderen ausdruckslos. Er warf weder einen Blick auf den Mann, den er gerade erschossen hatte, noch auf das verwundete Ratsmitglied. Sein finsterer Blick richtete sich auf Spock und McCoy.

McCoy ignorierte ihn und rappelte sich auf. »Und jetzt sofort den Schild runter!« fauchte er und eilte zu dem Verwundeten. »Wir müssen den Mann sofort ins Lazarett beamen – auf der Stelle! Sonst hat er keine Chance!«

Er kniete sich neben den Gefallenen und fuhr mit dem Sensor des medizinischen Tricorders über dessen Wunden. »Er atmet noch«, murmelte er. »Aber nur sehr schwach, und wenn er einen Schock kriegt, bevor wir …«

McCoy brach ab. Sein Stirnrunzeln wurde zu einer finsteren Miene, als er den Sensor hin und her bewegte und die Anzeigen ablas. Sie waren sämtlich falsch – selbst für einen dermaßen ernstlich verwundeten Mann wie diesen! Sein Herzschlag, selbst die grundlegendsten metabolischen Hinweise …

Er schaute schlagartig zum Präsidenten auf. »Delkondros, wer ist *dieser* Mann?«

»Spielt das eine Rolle, Doktor?« wandte Spock ein. Er trat an den Tisch und nahm die Kommunikatoren an sich, ohne Delkondros aus den Augen zu lassen. »Wichtig ist jetzt nur, daß der Schild abgeschaltet wird.«

»Und ob es wichtig ist, Spock!« raunzte McCoy.

»Wenn meine Instrumente keinen Schluckauf haben, ist dieser Bursche gar kein Mensch! Er ist Klingone!«

»Seien Sie doch nicht albern, Doktor«, sagte Spock, erneut mit ungewöhnlichem Nachdruck. »Er ist eindeutig ...«

»Das reicht jetzt!« sagte Delkondros mit einem schweren Seufzer. »Ich hätte es wissen müssen. Sie haben es längst gewußt, nicht wahr, Spock? Machen Sie sich nicht die Mühe, es abzustreiten. Ich habe gesehen, daß Sie bei Ihrem Erscheinen den Tricorder abgelesen haben. Und so wie Sie Dr. McCoy aus der Schußlinie geworfen haben, haben Sie es kommen sehen.«

Endlich verstand McCoy Spocks rätselhafte Anspielung auf den Planeten Neural. Er hatte ihn warnen wollen, aber er war einfach zu vernagelt gewesen, um ihn zu verstehen, und jetzt ...

»Aber es spielt keine Rolle«, sagte Delkondros und schüttelte den Kopf in höhnischer Trauer. »Jetzt wissen Sie es. Sie *alle* wissen es jetzt.« Sein Blick huschte kurz über die restlichen Ratsmitglieder. Er drückte mit einer Hand einen weiteren Knopf des Signalgebers, mit der anderen hob er die Waffe und richtete sie auf Spock.

Doch im gleichen Moment holte Tylmaurek, der nur einen knappen Meter neben dem Präsidenten stand, aus und schlug gegen dessen Handgelenk.

Das Schießeisen krachte, die Kugel riß ein Loch in die hinter Spock befindliche Wand und verfehlte ihn um mehrere Zentimeter.

Delkondros schlug Tylmaurek mit dem Handrücken gegen den Brustkorb, und die schiere Gewalt seines Hiebes warf den kleinen Mann von den Beinen, so daß er, nach Luft ringend, zurücktaumelte. Halb gelähmt krachte er gegen McCoy, und beide stürzten in einem Gewirr aus Armen und Beinen zu Boden.

Bevor Delkondros erneut anlegen konnte, packte Spock sein Handgelenk und drückte die Mündung von sich fort. Zwei weitere donnernde Explosionen ertönten, als die Kugeln in den Boden krachten und tödliche Betonsplitter in alle Richtungen verspritzten. Dann wechselte Delkondros abrupt die Position und schlang seinen zweiten Arm von hinten um Spocks Hals. Sein Unterarm drückte fest gegen das Kinn des Vulkaniers, und dann mit aller Gewalt gegen dessen Halsmuskeln.

Gütiger Gott, er ist auch ein Klingone, dachte McCoy überrascht, als er damit beschäftigt war, sich vom schlaffen Gewicht Tylmaureks zu befreien.

Als Spocks Beine sich vom Boden hoben und der Vulkanier scheinbar hilflos in Delkondros' eisernem Griff hing, gelang es McCoy, wieder auf die Beine zu kommen und sein Medokit zu öffnen. Während er Delkondros hinterrücks umkreiste, zückte er den Injektor, nahm eine Phiole und ließ sie einrasten.

McCoy machte einen Satz nach vorn, drückte den Injektor gegen Delkondros' Stiernacken und aktivierte ihn. Es zischte verräterisch, und Delkondros' Kopf fuhr in dem Versuch herum, sich McCoy zuzuwenden. Doch die Bewegung ließ Spocks Füße wieder Halt auf dem Boden finden und verlieh ihm wieder die Hebelkraft, die er verloren hatte. Die beiden kippten zur Seite.

Ein kehliger Ton, fast ein Grollen, kam aus der Kehle des Präsidenten, und er versteifte sich einen Augenblick. Sein Arm zuckte hoch und riß Spocks Kopf jäh nach hinten.

Eine Sekunde später wurde der Arm schlaff und sackte herab. Delkondros' Waffe fiel zu Boden, und einen Augenblick später sackte auch er selbst zusammen, wankte nach hinten und schlug mit einem dumpfen Klatschen vor McCoy auf.

»Vielen Dank, Doktor«, sagte Spock. Er drehte sich um und eilte zu der Tür, durch die der Mann mit dem Laser gekommen war.

Er warf sie ins Schloß, verriegelte sie und wandte sich dann den Ratsmitgliedern zu. McCoy kümmerte sich inzwischen um den Mann, den Delkondros niedergeschossen hatte. »Ist irgend jemand in der Lage, den Schild abzuschalten, von dem Delkondros gesprochen hat?« fragte Spock. Seine laute Stimme klang deutlich heiser, was wahrscheinlich auf den Druck zurückzuführen war, den Delkondros auf seine Kehle ausgeübt hatte.

»Er hat uns nicht einmal erzählt, wo die Generatoren stehen«, sagte einer der Männer, dem sofort ein ganzer Chor von Stimmen beipflichtete. »Erst als er seinen Plan ausgebrütet hatte, haben wir erfahren, daß es diesen Schild gibt!«

»Dann sollten wir alle so schnell wie möglich aus dieser Gegend verschwinden.«

»Der Mann hier ist tot«, sagte McCoy, der nach der eiligen Untersuchung des Eindringlings aufgestanden war. »Und er ist ein Mensch. Aber den anderen kann ich nicht allein lassen, auch wenn er *wirklich* ein Klingone ist!«

»Wenn wir selbst eine Überlebenschance haben wollen, Doktor«, sagte Spock schnell, »haben wir in dieser Sache keine andere Wahl. Die Männer, die uns durch die Tür mit dem Laser beschossen haben sind ebenfalls Klingonen und werden zurückkehren. Auch Delkondros ist Klingone, er hat sie zu Hilfe gerufen. Es ist logisch, wenn man annimmt, daß ihre nächste Handlung darin bestehen wird, alle hier Versammelten zu töten, damit ihre Anwesenheit auf diesem Planeten ein Geheimnis bleibt.«

McCoy nahm seinen Kommunikator an sich und ging zögernd hinter Spock her, der sich der Tür der anderen Seite des Raumes zuwandte.

»Nein, hierher! Sie alle!«

Nach dem festen Schlag, den Delkondros ihm verpaßt hatte, rappelte sich Tylmarek, noch immer nach Luft ringend, hinter dem Tisch wieder auf und deutete auf die Eisentür. Einer der beiden Männer, die sich anfangs abseits von der Gruppe gehalten hatten, machte sich schon an ihrem Schloß zu schaffen.

Spock warf einen Blick auf seinen Tricorder, änderte die Richtung und eilte auf die Eisentür zu, die sich schon mit einem lauten, scharrenden Geräusch öffnete. Die beiden Ratsmitglieder schlüpften als erste durch. »Kommen Sie, Doktor. Wir haben nur noch wenige Sekunden.«

McCoy verzog das Gesicht, befestigte den Kommunikator an seinem Gürtel und eilte hinter Spock durch die Tür. »Falls wir hier rauskommen, Spock, könnte mir dann vielleicht irgend jemand erzählen, was eigentlich hier gespielt wird?«

Da den restlichen Ratsmitgliedern nichts anderes einzufallen schien, als ratlose Mienen aufzusetzen, rief Tylmaurek laut: »Hören Sie auf mich! Vulkanier lügen nicht! Sie alle haben das Informationsmaterial gelesen, das Captain Mendez uns über die Föderation ausgehändigt hat! Wenn Mr. Spock sagt, daß Delkondros ein Fremder ist – ein Klingone –, dann ist er es auch. Und wenn er sagt, daß andere Klingonen unterwegs sind, um uns zu töten, dann ist es ebenfalls so! Wenn Sie Ihr Leben retten wollen, folgen Sie mir, und zwar *sofort!*«

Und als wolle jemand seinen Worten Nachdruck verleihen, klopfte etwas gegen die von Spock verriegelte Tür. Kurz darauf versetzte das tödliche Knistern eines Lasers auch das skeptischste Ratsmitglied in Bewegung. Doch trotz eines erneuten Ausrufes von Tylmaurek jagten alle durch die Tür am anderen Ende des Raumes. Nur ein Mann hielt gerade so lange an, um Delkondros' Waffe an sich zu nehmen und Tylmaurek mit einem höchst argwöhnischen Blick über die Schulter zu mustern.

»Nein!« schrie Tylmaurek, aber er konnte nichts dagegen tun. Als der letzte Mann verschwunden war, drehte er sich abrupt und wütend um und folgte Spock, McCoy und den beiden anderen Räten durch die Eisentür. Als er sich umdrehte, um sie zuzuziehen, erwies sich, daß sie verklemmt war. Die Scharniere hatten sie, obwohl sie nicht sehr stark verrostet waren, auf den gesprungenen und unebenen Betonboden sacken lassen. Als Spock sah, daß die Tür nicht zu schließen war, hakte er den Kommunikator an seinen Gürtel, packte die Tür und hob sie an. Im Konferenzraum wurde das Geräusch der sich durch die Tür fressenden Laser immer lauter und klang nun weniger gedämpft. Kurz darauf zischte ein Strahl durch das Holz und brannte eine schartige Furche in den Boden – nur wenige Zentimeter von dem besinnungslosen Delkondros entfernt.

Als die Überreste der Tür splitternd und krachend zusammenstürzten, fiel die Eisentür zu. Tylmaurek verriegelte sie mit einem Bolzen und schloß sie hinter ihnen ab.

Sie befanden sich in einem riesigen, matt beleuchteten Lagerhaus. Kisten aller vorstellbaren Größen standen an den Wänden und bildeten düstere Korridore. Tylmaurek deutete auf einen dieser Gänge. »Hierher«, sagte er, setzte zu einem Dauerlauf an und bedeutete den anderen, ihm zu folgen. »Wenn wir hier raus und in Sicherheit sind, können wir reden. Vielleicht kriegen wir sogar irgendeinen Plan zustande.«

Die anderen folgten ihm. Sie liefen etwa eine Minute lang durch das Gebäude, dann blieb Tylmaurek neben einer niedrigen hölzernen Plattform stehen. McCoy nahm an, daß es eine Art Laderampe war. Der Vancadier drückte einen elektronischen Schlüssel an das Schloß einer kleinen Tür neben der Rampe, öffnete sie und trat hindurch. Sein Blick flog flink über eine finstere und verlassene Straße, dann winkte er den anderen, damit sie ihm folgten.

»Dort drüben«, sagte er und deutete über die von Schlaglöchern bedeckte Straße hinweg auf ein dicht bewaldetes, parkähnliches Gebiet.

Als er die Tür hinter ihnen schloß, hörten sie irgendwo in den Tiefen des Gebäudes einen schwachen Schrei, dann das gedämpfte Knallen einer Projektilwaffe und das kaum hörbare, doch unmißverständliche Knistern von Lasern. Tylmaurek schüttelte sich und ließ fast den elektronischen Schlüssel fallen, den er einstecken wollte. Als er sich umwandte, um hinter den anderen herzulaufen, war sein Gesicht voller Grimm.

»Was sagt Ihnen Ihre Maschine jetzt?« sagte er, als sie über die Straße eilten und deutete finster auf Spocks Tricorder. »Weiß sie etwa auch, wer von meinen Freunden gerade umgebracht wird?«

Als sie in das Waldgebiet kamen, hielt Spock inne und warf einen Blick auf den Tricorder. Dann schaute er Tylmaurek und McCoy an, der ihn ebenso grimmig musterte.

»Tut mir leid«, sagte er. »Die einzigen Lebewesen außer unserer Gruppe, die ich in der Umgebung registriere, sind Klingonen.«

5

Ich hätte mitgehen sollen, dachte Kirk wütend, dessen Blick sich auf die zehntausend Quadratkilometer der schillernden Verzerrung heftete, die das Bild Vancadias auf dem Wandschirm verwischte.

Ich hätte den beiden salbadernden Größenwahnsinnigen nicht nachgeben sollen! Wären wir jetzt zu dritt da unten …

»Ich habe Sie doch *gewarnt!*« Kaulidrens schroffe Stimme durchdrang die betäubende Hülle, die sich um Kirks Verstand gelegt hatte. »Ich habe doch *gesagt,* daß man ihnen nicht trauen kann! Verstehen Sie *jetzt,* mit welchen Bestien wir es zu tun haben? Werden Sie *jetzt* endlich auf mich hören?«

Kirk knirschte in plötzlicher Wut mit den Zähnen und wirbelte herum. »Ich *habe* auf Sie gehört, Premier, aber in keiner Ihrer zahlreichen Warnungen war je die Rede von der Existenz eines Schutzschildes!«

Kaulidren schüttelte heftig den Kopf. Er schien nicht weniger geladen zu sein als Kirk. »Wie hätten wir Sie vor etwas warnen können, von dem wir selbst nichts wußten? Wir haben nicht eher von der Existenz dieses Schildes erfahren als Sie! Aber er ist bestimmt nicht stark. Ich habe Lieutenant Pritchard sagen hören, daß Ihre Waffen ihn leicht durchdringen können.«

»Premier Kaulidren …« Kirk holte langsam und tief Luft. Als er weitersprach, war seine Stimme gelassener und sein Tonfall beherrschter. »Wir sind nicht hier, *um Partei zu ergreifen.* Und wir sind auch *ganz* bestimmt nicht hier, um Tausende von Unschuldigen zu töten!

Und genau dies würden unsere Waffen tun, wenn wir blindlings durch den Schild feuern!«

»Aber nun, wo man Ihre Leute ermordet hat ... Wollen Sie damit sagen, Captain, daß die sogenannte Erste Direktive, um die Ihre Föderation soviel Aufhebens macht, es Ihnen nicht einmal gestattet, sich zu *verteidigen?*«

»Natürlich nicht! Aber den Beschuß einer hilflosen Stadt mit einem Photonentorpedo kann man doch wohl nicht als *Verteidigung* bezeichnen! Es wäre die gleiche Art von völkermörderischer Rache, die die Klingonen betreiben!«

»Ist es Rache, wenn man Gerechtigkeit walten läßt, nachdem man Ihre eigenen Leute umgebracht hat, Captain?« fragte Kaulidren. »Ich sage Ihnen nur eins: Gewalt ist die einzige Sprache, die Leute wie Delkondros verstehen.«

»Dann müssen wir ihnen eine andere beibringen«, erwiderte Kirk einfach.

»Captain, Captain ...« Kaulidren schüttelte den Kopf. »Wahrscheinlich hätte ich mich nicht darauf verlassen sollen, auf ehrliche, entschiedene Handlungen zu hoffen. Aber ich kann es Ihnen nicht verübeln. Ich habe die historischen Berichte gelesen, die die *El Dorado* uns mitgebracht hat, und erfahren, wie Ihre Vorgesetzten jene behandeln, die starkes Rückgrat und etwas Initiative zeigen. Geiken, Wenzler, Carmody ...«

Kirk blinzelte. Die Worte des Premiers überraschten ihn. Wenn die Männer, deren Namen er ins Gespräch geworfen hatte, für ihn tatsächlich Helden waren – besonders Jason Carmody –, standen die Chancen für eine friedliche Lösung der Probleme Chyrellkas und Vancadias wirklich nicht besonders gut.

Als Kirk an Carmody dachte, zog er eine geistige Grimasse. Carmody war Kommandant des kleinen Forschungsschiffes *Chafee* gewesen – damals, in der Zeit vor der Errichtung der Neutralen Zone. Er hatte die Warnungen seiner Untergebenen in den Wind geschlagen und sich in aller Eile auf den primitiven Planeten Delar VII beamen lassen, der nur wenige Parsek von einem Gebiet entfernt lag, in dem die Klingonen aktiv waren. Er hatte ein Dilithiumvorkommen überprüfen wollen – was sich später als Fehlanzeige erwies. Er und seine Leute waren inmitten einer Schlacht zwischen von Klingonen ausgerüsteten Truppen und einer anderen einheimischen Gruppierung gelandet, doch statt sofort wieder zurückzubeamen, wie die Erste Direktive und der gesunde Menschenverstand es verlangten, hatte Carmody nach der Verwundung eines seiner Leute einen Phaser gezückt und geschossen. Er hatte ein Dutzend Lebewesen getötet und verwundet, bevor seine Männer ihn überwältigt hatten und zur *Chafee* zurückgebeamt waren. Später war die gesamte Mannschaft im Weltraum verschollen.

»Tut mir leid, daß Sie so empfinden, Premier Kaulidren«, sagte Kirk. »Aber es ändert nichts an den Tatsachen.«

»Tatsachen? Die Tatsachen sind folgende: Delkondros hat gerade zwei Ihrer Leute ermordet. Und Sie sagen, Sie wollen nichts dagegen tun!«

»Nein, Premier«, fauchte Kirk grob. »Tatsache ist, daß wir nicht *wissen,* wer sie getötet hat!«

»Aber Sie haben doch gehört, was Delkondros gesagt hat! Er hat doch *gesagt,* daß sie seine Geiseln sind! Und er hat ihnen genau das angedroht, was er schließlich auch getan hat – er wollte sie in dem Moment umbringen, in dem Sie einen Versuch machen, sie dort rauszuholen! Sie müssen doch ...«

»Das mag ja alles wahr sein«, fiel Kirk ihm ins Wort, »aber für mich klang es so, als sei dort unten ein Kampf ausgebrochen. Was ist, wenn irgendeine andere Gruppierung – vielleicht sogar Leute, die zu Ihnen gehören? – Delkondros angegriffen haben? Es könnte doch sein, daß meine Männer ihnen einfach in die Schußlinie gelaufen sind.« Als Kirk sah, daß Kaulidren einen neuen Einwand vorbringen wollte, fügte er hinzu: »Wir wissen nur eins: Wir haben keine Möglichkeit zu erfahren, ob es *wirklich* Delkondros war, der meine Männer gefangengenommen hat. Es könnte sich ebenso um einen Ihrer Kolonialbeamten gehandelt haben, die sich als Delkondros *ausgegeben hat!* Die ganze Affäre *könnte* durchaus eine blutrünstige Scharade gewesen sein, die das Ziel hatte, uns auf Ihre Seite zu ziehen, damit wir Schritte gegen die Kolonisten einleiten.«

»Einen solchen Unfug werden Sie doch wohl nicht glauben, Captain!«

Wenn deine Idole Leute wie Carmody sind, könnte ich es problemlos, dachte Kirk. Doch er schüttelte zögernd den Kopf. »Im Moment nicht, obwohl mir, je mehr Sie uns zu Taten drängen, die Vorstellung immer glaubhafter erscheint. Versuchen Sie bitte, mich zu verstehen, Premier. Ungeachtet dessen, was Sie angenommen haben, als Sie um unsere Hilfe ersuchten: Die Föderation ergreift in Auseinandersetzungen, die sie nicht selbst betreffen, *keine* Partei, und zwar unter keinen Umständen. Wir sind keine Richter und keine Geschworenen, auch wenn die momentanen Umstände einen verlocken, sich als solche zu betätigen. Wir sind als Vermittler zu Ihnen gekommen, aus keinem anderen Grund, und mehr *können* wir auch nicht sein!«

Kirk wandte sich abrupt zur wissenschaftlichen Station um. »Mr. Pritchard, schalten Sie ein Programm zur konstanten Überwachung des Schildes, damit die Brücke, der Transporter- und der Maschinenraum sofort gewarnt werden, sobald sich das geringste Anzeichen ergibt, daß er sich abschwächt.«

»Aye, aye, Captain.«

»Dann nehmen Sie sich wieder die Sensorerfassung vor. Ich möchte über jedes Schiff und jede Energiequelle im Chyrellkan-System Bescheid wissen.«

»Sofort, Sir.«

»Lieutenant Uhura, öffnen Sie eine Frequenz zum

Hauptquartier. Der Fall muß gemeldet werden – nicht nur die Toten, sondern auch die Existenz des Schildes und sämtliche daraus folgernden Konsequenzen.«

Uhura bestätige mit leiser Stimme den Befehl und ging an die Kontrollen. Kirk nahm wieder in seinem Kommandosessel Platz und bereitete sich auf das vor, was nun vor ihnen lag.

Spocks Aussage, daß in der Gegend, in der sich ein halbes Dutzend Ratsmitglieder aufhalten mußten, nur noch Klingonen meßbar waren, ließ Tylmaurek und die anderen wie gelähmt schweigen. Dann setzte Tylmaurek eine zornige Miene auf. Er drehte sich auf dem Absatz um und brach in einem schnellen Dauerlauf zu dem dicht bewaldeten Park auf. Die anderen schlossen sich ihm ohne Einwände an.

Während des Laufens nahm McCoy den Kommunikator von seinem Gürtel. Die Anwesenheit der Klingonen machte es noch zwingender, daß sie die *Enterprise* erreichten, selbst wenn es ihnen nicht vergönnt sein sollte, zum Schiff zurückzukehren. Die Anwesenheit von Klingonen erklärte zwar eindeutig, warum die Beziehungen zwischen Chyrellka und Vancadia in weniger als zehn Jahren zum Teufel gegangen waren, aber sie erklärte nicht, was sie hier taten oder zu erreichen hofften. Doch was es auch war: Falls es Spock und ihm nicht gelang, ihr Hiersein der *Enterprise* oder der Föderation zu melden, hatten sie gute Chancen, ihr Ziel zu erreichen. McCoy empfand es schon als übel, wenn die Klingonen *überhaupt etwas* erreichten. Als sie sich das letzte Mal das Problem auf den Hals geladen hatten, als Menschen aufzutreten, hatten sie eine Schiffsladung Quadrotricital vergiften wollen, das zu einem hungernden Planeten unterwegs war, den sie ihrem Reich einverleiben wollten. *Niemand weiß, wie viele Menschen gestorben wären, hätte* diese *kleine Intrige geklappt,* dachte McCoy wütend.

»McCoy an *Enterprise!*« rief er, nachdem er den

Kommunikator im Laufen aufgeklappt hatte. »McCoy an *Enterprise!* Meldet euch!«

Spock, der ein paar Schritte vor ihm war, drehte kurz den Kopf und rief: »Doktor, der Schild ist eindeutig aktiv und deckt ein viel größeres Gebiet ab als das Gebäude, in dem wir waren. Ich schlage vor, wir konzentrieren unsere Bemühungen auf die Flucht, statt ...«

McCoy schaltete knurrig den Kommunikator ab und hängte ihn wieder an den Gürtel, wobei er ihm beinahe aus der Hand gefallen wäre. »Verdammt noch mal, Spock, ich *will ja* entkommen! Aber ich bin Arzt, kein Langstreckenläufer!«

Sie befanden sich noch immer inmitten des bewaldeten Geländes. Weder vor noch hinter ihnen waren Lichter zu sehen. Und allmählich ging McCoy die Luft aus.

»Wohin rennen wir überhaupt?« rief er. »Und wie weit ist es noch?«

»Noch etwa hundert Meter«, rief Tylmaurek zurück. Er war offenbar nicht weniger außer Atem. »Dort haben wir unsere Fahrzeuge abgestellt.« Er lachte verbittert, obwohl es ihm dem Atem nahm. »Wir haben Vorsichtsmaßnahmen getroffen – für den Fall, daß die Chyrellkaner von unserem Treffen erfahren und uns überfallen. Aber als Delkondros – oder wie sein klingonischer Name auch lautet – den Geiselplan ausbrütete und ich ihn nicht davon abbringen konnte, haben wir drei ...« Er warf einen Blick auf die beiden anderen Räte. »Wir drei haben eine eigene kleine Verschwörung geplant. Meine Freunde sollten versuchen, Delkondros abzulenken, dann hätte ich versucht, sie dort rauszubringen. Ich nahm an, wenn wir erst einmal aus dem Gebäude heraus wären, läge auch der Schild hinter uns, dann könnten sie Kontakt mit Ihrem Schiff aufnehmen. Aber nach dem, was ich jetzt weiß, habe ich mich wohl auch in dieser Hinsicht geirrt.«

»Sieht so aus«, murmelte McCoy. Tylmaurek verfiel wieder in ein keuchendes Schweigen. Ein paar Sekunden später hielten sie vor einer Reihe von Immergrünbüschen an. Hinter ihnen erstreckte sich etwas, das einer leicht heruntergekommenen Wohnstraße des irdischen 21. Jahrhunderts hätte ähneln können, wären die leicht gerundeten Konturen der Häuser und die fehlenden Bordsteine nicht gewesen. Sogar die Straßenlaternen, kreisförmig leuchtende Röhren, waren nicht sehr anders. Es waren allerdings keine Menschen unterwegs, obwohl das klare und trockene Wetter zu einem Spaziergang geradezu einlud. Ein einzelnes dunkelgraues, fast lautloses Luftkissenfahrzeug zischte an ihnen vorbei, und als es verschwunden war, gab Tylmaurek ihnen mit einer Geste zu verstehen, sie sollten durch eine Öffnung in der Buschreihe treten.

»Die amtliche Sperrstunde fängt zwar erst in einer Stunde an«, sagte er, als er allmählich wieder zu Atem kam, »aber wir sollten nichts dem Zufall überlassen.«

»Aber was sollen wir jetzt *tun?*« fragte das jüngere der beiden überlebenden Ratsmitglieder fast kläglich. »Mit Delkondros und den Chyrellkanern werde ich schon fertig, aber diese Fremden ...«

»Es gibt da ein Haus«, sagte Tylmaurek und nannte ihnen die Adresse. »Eine weitere Vorsichtsmaßnahme, die ich neben dem Fluchtweg getroffen habe. Niemand weiß davon, auch nicht Delkondros und die anderen, deswegen müßten wir dort sicher sein.« Er warf einen Blick auf Spock und fügte hinzu: »Es sei denn, die Fremden haben auch solche Geräte.«

»Mir fehlt zwar jeglicher Beweis dazu, aber ich glaube nicht, daß sie über etwas Vergleichbares verfügen. Aber selbst wenn – sie wären bestimmt nicht in der Lage, bestimmte Einzelpersonen aufzuspüren und zu identifizieren.«

»Da bin ich erleichtert«, sagte Tylmaurek. »So wie Sie und Delkondros darüber gesprochen haben, glaubte ich schon, es ginge um reine Zauberei. Wir haben schon genug Probleme, ohne uns um so etwas Sorgen zu machen. Delkondros kennt die Namen, unter denen wir gezwungenermaßen im Untergrund leben, er weiß sogar, wo wir Unterschlupf gefunden haben.« Er hielt inne und verzog das Gesicht. »Jetzt ist mir klar, daß ich ihn hätte umbringen sollen, aber dazu ist es zu spät. Dr. McCoy, wie lange dauert es noch, bis er erwacht?«

»Da ich noch nie einen Klingonen so behandelt habe, ist es sehr schwer zu sagen. Er könnte schon wieder wach sein. Es könnte aber auch noch eine Stunde dauern.«

»Dann sollten wir uns lieber beeilen. In dem Haus sind wir am sichersten, dort können wir entscheiden, was wir machen und uns einen Plan ausdenken.« Er wandte sich an seine beiden Kollegen. »Ihr zwei habt allerdings Familien, um die ihr euch kümmern müßt.« Er drehte sich wieder zu den Männern von der *Enterprise* um.

»Sie wissen mehr über die Klingonen als ich. Ich habe nur etwas in den Geschichtswerken der Föderation über sie gelesen. Was haben sie *vor?* Ob sie uns jagen werden?«

»Was sie vorhaben, hängt davon ab, wie viele sie sind und welche Mittel ihnen zur Verfügung stehen«, sagte Spock. »Und natürlich vom Grund ihres Hierseins. Doch sobald sie erkannt haben, daß Sie entwischt sind, würde ich die Möglichkeit nicht ausschließen, daß sie tatsächlich in Ihrem Unterschlupf auftauchen und auf Ihre Rückkehr warten. Es wäre auch nicht untypisch für Sie, Ihre Familie als Geiseln zu nehmen, um Sie zur Aufgabe zu zwingen.«

»Doch auch wenn Sie sich ergeben«, fügte McCoy finster hinzu, »werden sie Sie und Ihre Familie höchstwahrscheinlich töten. Ich traue ihnen alles zu. Das Leben, sogar das Leben ihrer eigenen Art, bedeutet ihnen nicht viel, es sei denn, es geht um ihr eigenes. Für sie zählt nur der Sieg. Und für einen Klingonen ist derjenige der Sieger, der am Ende noch lebt.«

Die beiden Männer erbleichten. »*Dazu* wären sie fähig?« keuchte der jüngere Mann. »Sie würden unsere Familien bedrohen?«

»Es ist durchaus möglich«, sagte Spock.

Mehr als möglich, dachte McCoy, dem plötzlich klar wurde, daß die Klingonen diesen Leute noch fremder waren als Spock oder ihm. Die Geschichte Chyrellkas wimmelte nicht von Schurken wie Hitler oder Dschingis Khan, die dieses Volk auf die Klingonen hätten vorbereiten können. Hier lebte man seit fast zweihundert Jahren in Frieden. Deswegen war es selbst für diese Männer, die mehrere ihrer Freunde hatten sterben sehen, schwer zu glauben, wie weit die Klingonen gehen würden – daß sie sich, wenn es ihren Zielen dienlich war, auch völlig unbeteiligte Randfiguren vornahmen.

»An Ihrer Stelle«, sagte McCoy mit leiser, aber eindringlicher Stimme, »würde ich so schnell wie möglich nach Hause gehen und meine Familie in Tylmaureks geheimen Unterschlupf bringen. Bevor Delkondros aufwacht und seiner Mordbrigade sagt, wo Sie wohnen.«

»Er hat recht«, sagte Tylmaurek zu den beiden zögernden Männern, die ihn entsetzt und fragend ansahen. »Geht, solange ihr noch könnt.«

Die beiden Männer wandten sich abrupt um und liefen in verschiedenen Richtungen die Straße entlang.

»Gehen wir«, sagte Tylmaurek und überquerte die Straße. »Mein Fahrzeug steht gleich um die Ecke.« Er fröstelte. »Je schneller wir von hier weg sind, desto besser.«

Als Spock und McCoy Tylmaurek die gehsteiglose Straße entlang folgten, wurde einen Häuserblock hinter ihnen das Winseln eines startenden Luftkissenfahrzeuges laut. Dann hörten sie es zischend abfahren. Kurz darauf kam das gleiche Geräusch aus der entgegengesetzten Richtung. Tylmaurek gab die Kombination in das Türschloß eines dunkelgrünen Fahrzeuges ein und winkte die beiden hinein.

Er schwieg, als das Fahrzeug, in dessen Inneren es ruhiger war als draußen, sich auf seinem Luftkissen erhob und über die Straße jagte. Einige Sekunden später warf er ihnen einen Blick zu, und McCoy sah Schmerz und Verwirrung in seinen Augen. »Ich schätze, ich muß die Tatsache hinnehmen, daß sich die Klingonen hier aufhalten«, sagte er kopfschüttelnd. »Aber *warum?* Was *tun* sie hier?«

»Allem Anschein nach stiften sie Unfrieden«, knurrte McCoy.

»Aber was können sie nur von uns *wollen?* Wir sind doch unglaublich weit von ihrem technischem Wissen entfernt. Falls sie unsere Rohstoffe stehlen wollen... Zwei Drittel von Vancadia sind völlig unbewohnt. Sie könnten doch überall landen. Wir würden nicht mal merken, daß sie existieren. Geschweige denn, daß wir etwas gegen sie unternehmen könnten.« Er schüttelte erneut den Kopf. »Man muß doch einen *Grund* haben, sich soviel Ärger auf den Hals zu laden! Oder etwa nicht?«

»Man sollte es annehmen«, sagte McCoy und verzog das Gesicht. »Aber mein Leben würde ich nicht darauf verwetten. Sie haben vielleicht Gründe, die für uns gar keine sind. Ich habe es schon gesagt – Klingonen tun Dinge manchmal nur aus schierer klingonischer Gemeinheit. Verdammt noch mal, ich habe immer geglaubt, dies sei der einzige Grund für diese Bande gewesen, um auf Neural Unfrieden zu stiften. Denn *was* haben sie schließlich damit erreicht? Selbst wenn man sie hätte weitermachen lassen... Was hätten sie davon gehabt? Doch nur das Vergnügen, zuzuschauen, wie sich zwei einst friedliche Stämme gegenseitig abschlachten!«

»Es ist schwer zu sagen, Doktor«, warf Spock ein, als McCoy in ein finsteres Schweigen verfiel. »Was ihre Absicht auf Neural auch gewesen sein mag, auf den ersten Blick könnte man meinen, daß ihr allgemeines Verhaltensmuster im Chyrellka-System ähnlich ist.« Spock erklärte Tylmaurek kurz, daß die Klingonen einen Stamm mit Schußwaffen ausgerüstet und ihn dann ermutigt hatten, einen Krieg anzuzetteln.

»Der Schild«, murmelte McCoy, als Spock fertig war. »Die Klingonen haben ihnen den Schild gegeben.«

»Genau, Doktor. Tylmaurek, was wissen Sie über den Schild? Hat Delkondros behauptet, er hätte ihn erfunden?«

Tylmaurek warf dem Vulkanier einen Blick über die Schulter zu und schüttelte den Kopf. »Er hat es nie genau gesagt. Er hat niemandem davon erzählt – jedenfalls mir nicht. Erst als er mit seiner haarsträubenden Intrige ankam. Und nicht einmal dann hat er sich groß darüber ausgelassen. Er hat nur gesagt, er ist einsatzbereit, wenn er gebraucht wird.«

»Er hat Ihnen gar keine bestimmten Informationen gegeben? Nichts über seine Größe? Seine Reichweite? Wer den Generator gebaut hat? Wieviel Energie er benötigt? Rein gar nichts?«

»Nicht das geringste. Aber seit er wußte, was ich von seinem Plan hielt, und daß ich anfing, etwas in die Wege zu leiten, um ihn zu vereiteln, haben wir einander nicht mehr allzuoft ins Vertrauen gezogen. Ich habe nichts über meine Vorsichtsmaßnahmen gesagt, und er hat mir kaum noch etwas berichtet – nur, daß sein Plan Erfolg haben würde.«

»Als er uns die Kommunikatoren abnahm, hat er doch gesagt«, warf McCoy ein, »daß der Schild mehr Energie verbraucht, als man sich leisten kann – und daß man ihn deswegen irgendwann abschalten müßte.«

»Darüber weiß ich auch nichts.«

»Sieht so aus, als hätte er uns belogen«, meinte McCoy. »Und darüber sollten wir uns nicht wundern.«

Während McCoys letzter Frage hatte Spock seinen Kommunikator gezückt und einen neuen Versuch gemacht, mit der *Enterprise* Kontakt aufzunehmen. Auch diesmal ohne Ergebnis. Doch statt das Gerät wieder an seinem Gürtel zu befestigen, drehte er es um, entfernte die Rückseite und schaute kurz hinein. Schließlich befestigte er die Abdeckung wieder, machte den Kommunikator an seinem Gürtel fest und richtete seine Aufmerksamkeit auf den Tricorder.

»Wenn ich mich nicht irre«, sagte er zu Tylmaurek, nachdem er die Anzeigen eine Weile studiert hatte, »ist Kernspaltung die Energiequelle dieser Stadt. Das Atomkraftwerk befindet sich ungefähr fünfzehn Kilometer nördlich von hier, ist das richtig?«

Tylmaurek runzelte die Stirn, ohne den Blick von der Straße zu nehmen. »Stimmt. Woher wissen Sie das?«

»Der Tricorder zeigt es an«, erklärte Spock. »Erstaunlich ist jedoch die Tatsache, daß ich keinerlei Hinweis auf die Existenz irgendeines Energieschildes finden kann.«

Plötzliche Hoffnung durchströmte McCoy. »Vielleicht haben sie ihn endlich abgeschaltet«, murmelte er, riß den Kommunikator vom Gürtel und klappte ihn auf. »Oder er ist zusammengebrochen. – McCoy an *Enterprise!* McCoy an *Enterprise!* Bitte kommen!«

Niemand antwortete.

Der momentane Hoffnungsschimmer verschwand so schnell, wie er gekommen war. »Vielleicht ist mein Kommunikator beschädigt«, sagte McCoy, der noch immer nicht aufgeben wollte. »Spock, was ist mit ...«

»Nein, Doktor, laut Tricorder funktioniert er bestens. Das Problem liegt allem Anschein nach woanders – vielleicht sogar auf der *Enterprise.*«

»Auf der *Enterprise?* Was könnte dort schiefgegangen sein?«

»Da ich mich nicht an Bord befinde, kann ich es nicht sagen.«

In McCoys Kopf wirbelten die Gedanken. »Wenn die Klingonen im Spiel sind ... Hören Sie, Spock, was ist, wenn die Klingonen einen neuen Schildtyp entwickelt haben, irgend etwas, das der Tricorder nicht anzeigt?«

»Auch diese Möglichkeit besteht. Sie deutet allerdings keine Lösung unseres gegenwärtigen Problems an.«

»Es würde immerhin bedeuten, daß das Problem hier unten zu suchen ist, und nicht auf der *Enterprise.* Und wir könnten einen Versuch machen, so schnell wie möglich von hier zu verschwinden. Vielleicht könnten wir uns aus der Reichweite des Schildes entfernen.«

»Damit müßten wir ohnehin bis morgen warten«, sagte Tylmaurek. »Es seid denn, Sie legen Wert darauf, wegen Verstoßes gegen die Sperrstunde angehalten zu werden.«

Spocks Erwiderung wurde von einem Piepston und einem aufblitzenden Lämpchen auf dem Armaturenbrett des Luftkissenfahrzeuges unterbrochen. Tylmaurek runzelte die Stirn und griff nach einem Schalter neben dem Licht.

»Was jetzt?« murmelte er und lieferte ihnen gleich die Erklärung. »Das Piepsen bedeutet, daß die Regierung – die chyrellkanische Regierung – sämtliche Sender übernommen hat und eine wichtige Nachricht ausstrahlt.«

Zwei winzige Bildschirme leuchteten auf – einer vorn, neben dem weiterhin blinkenden Licht, und ein zweiter, der in die Rückenlehne des Vordersitzes eingelassen war.

»Muß wirklich etwas Dringendes sein«, sagte Tylmaurek mit finsterer Miene. »Normalerweise werden diese Sendungen nämlich nicht in fahrende Fahrzeuge übermittelt.«

Ein scharfgesichtiger Mann in einer dunklen Uniform mit den kleinen Aufnähern der rotgrünen chyrellkanischen Hoheitszeichen auf den Ärmeln erschien.

»Der planetare Gouverneur«, sagte Tylmaurek verächtlich. »Er heißt Ulmar.«

»Bürger von Vancadia«, begann der Gouverneur, was Tylmaureks Miene noch schmerzlicher wirken ließ, »ich melde mich heute mit einer Information bei Ihnen, die für unsere beiden Welten Leben und Tod bedeuten kann. Da ich jedoch weiß, daß viele von Ihnen der chyrellkanischen Kolonialregierung nicht eben positiv gegenüberstehen, will ich diese Information nicht persönlich weitergeben. Es darf keine Möglichkeit bestehen, daß die Botschaft nur deswegen ignoriert wird, weil man dem Sprecher mißtraut. Dazu ist sie zu lebenswichtig. Deswegen erlaube ich dem Mann, der mir die Informationen überbracht hat, sie selbst zu präsentieren.«

Der Gouverneur hielt inne und warf einen kurzen Blick zur Seite. Zum ersten Mal verrutschte seine Fassade der amtlichen Gelassenheit; seine Augen zeigten aufblitzende Nervosität und seine Lippen ein kurzes Zucken.

Dann schaute er wieder in die Kamera. »Bürger von Vancadia, der Präsident des vancadischen Unabhängigkeitsrates.«

Das Gesicht des Gouverneurs auf dem Bildschirm wurde durch das von Delkondros ersetzt.

»Ich bitte alle Bürger, mir zuzuhören und mir zu glauben«, sagte Delkondros auf dem kleinen Schirm des Luftkissenfahrzeuges ohne Vorrede. »Ich habe meine Freiheit aufgegeben, um Ihnen diese Nachricht zu überbringen. Sie ist sehr wichtig. Ich mußte mich ergeben, um Gouverneur Ulmar dazu zu bringen, mich anzuhören, damit er mir erlaubt, in dieser Sendung zu sprechen. Was ich zu sagen habe, ist von höchster Wichtigkeit – und sogar lebenswichtig!«

Er hielt inne und schluckte, ganz wie ein aufgeregter Mensch. »Wie Sie alle wissen«, nahm er den Faden wieder auf, »haben die Chyrellkaner vor einiger Zeit um Hilfe bei der Föderation nachgesucht, um in den Auseinandersetzungen zu vermitteln, die sich in letzter Zeit zwischen unseren Welten ergeben haben. Anfangs glaubte ich, daß die Vertreter der Föderation, wenn sie erst einmal hier sind, nicht nur den Chyrellkanern zuhören, die sie gerufen haben, sondern auch uns. Doch nun ist offensichtlich geworden, daß diese meine Hoffnung unglaublich naiv war – und noch naiver als unsere Hoffnung, daß Chyrellka Vancadia eines Tages anständig behandelt. Aber wir sind nicht die einzigen Opfer dieser Naivität.«

Er hielt erneut inne, als wolle er nach dieser kurzen Abweichung seine Gedanken wieder in die richtigen Bahnen lenken. »Die Hilfe der Föderation ist eingetroffen. Erst vor wenigen Stunden ist ein Föderationsschiff um Vancadia in die Kreisbahn gegangen. Wir haben keine Ahnung, was es dort tut. Alle Verbindungen nach Chyrellka wurden wenige Minuten nach Ankunft des Schiffes unterbrochen, und weder ich noch der Gouverneur waren in der Lage, den Kontakt wieder aufzunehmen. Wir wissen allerdings, daß ein Schiff unseren Planeten in diesem Augenblick umkreist. Es könnte das Schiff sein, daß Chyrellka gerufen hat, vielleicht ist es aber auch ein anderes. Aber das ist unwichtig. Wichtig ist, daß wir *wissen,* was die Mannschaft *dieses* Schiffes getan hat. Und wir haben gesehen, welche Art ›Hilfe‹ die Föderation uns geschickt hat.«

Delkondros' Gesicht verschwand plötzlich und wurde durch den Anblick des Raumes ersetzt, aus dem Spock und McCoy entkommen waren. Die Leiche des klingonischen Rates lag noch dort, wo sie hingefallen war, doch der Mann, der mit der Laserpistole in der Hand in den Raum getaumelt war, war fort.

Doch das war erst der Anfang, denn auf dem Boden lagen die Leichen sieben weiterer Räte verstreut – dazu die von drei Männern, die weder Spock noch McCoy kannten. Sie waren alle eindeutig Laserbeschuß zum Opfer gefallen.

»Wie kommen *die* denn dahin?« ächzte Tylmaurek.

»Wer sind sie?« fragte Spock, als die Kamera über die Leichen hinwegfuhr.

»Chyrellkaner«, sagte Tylmaurek ungläubig. »Chyrellkanische Kolonialbeamte; zwei davon gehören zum Stab des Gouverneurs!«

»*Das* ist die ›Hilfe‹, die die Föderation Vancadia zuteil werden läßt«, sagte Delkondros nun. »Ich bin sicher, Sie werden die Angehörigen des Unabhängigkeitsrates und die Männer aus dem Stab des Gouverneurs erkennen. Wir hatten eine Besprechung auf neutralem Boden anberaumt. Einige unserer Räte und Angehörige des Stabes des Gouverneurs wollten sich treffen – Leute, mit denen wir Kontakt gehalten haben, seit man uns zu Kriminellen erklärt hat. Es war das erste Treffen, der erste echte Waffenstillstand seit über einem Jahr zwischen uns; wir haben es wegen der Ankunft des Föderationsschiffes abgehalten. Wir hatten gehofft, wir könnten gemeinsam …«

Delkondros brach ab und schüttelte in der neuerlichen Imitation eines stark vom Streß geplagten Menschen den Kopf. »Ich weiß nicht mehr, was wir uns erhofft haben«, sagte er mit plötzlich angespannter Stimme, »aber das, was die Föderation uns geschickt hat, war eine Mörderbande, die für das Gemetzel verantwortlich ist, das sie gerade gesehen haben! Es geht um diese Männer – prägen Sie sich ihre Gesichter gut ein!«

Delkondros' Gesicht blieb noch eine Sekunde auf dem Bildschirm, dann wurde es durch zwei dem Anschein nach computererzeugte Bilder ersetzt. Da sie möglicherweise nach seinen Erinnerungen entstanden waren, waren sie nicht in jeder Hinsicht perfekt. Die Farbe lag eine Nuance daneben. Die Form der Nasen, Kinne und Ohren war leicht verzerrt, die Gesichtsausdrücke kalt und bedrohlich.

Aber die Gesichter von Spock und McCoy waren deutlich zu erkennen.

6

»Vielleicht sollte ein anderes Schiff die Mission übernehmen, Jim.« Admiral Bradys verwittertes Gesicht füllte den Bildschirm aus. »Wir könnten innerhalb von vierundzwanzig Stunden Ersatz schicken.«

»Nein, danke, Admiral. Ich stehe es lieber selber durch.«

»Das weiß ich, Jim, aber unter diesen Umständen ...«

»Unter diesen Umständen, Admiral«, sagte Kirk mit gepreßter Stimme, »ist es meine Pflicht; nicht die eines anderen. Wenn Sie meine Fähigkeit zur Objektivität bezweifeln, können Sie mir den Befehl zur Abreise geben, aber anders kriegen Sie mich hier nicht fort.«

Bradys Bild musterte Kirk schweigend mehrere Sekunden lang. Schließlich nickte er. »Es gab mal eine Zeit, in der ich es vielleicht getan hätte«, sagte er ruhig, »aber das ist lange her. Halten Sie uns auf dem laufenden. Ich informiere Sarek und Amanda. Und die Tochter von Commander McCoy. Wie heißt sie, Jim?«

»Joanna. Aber tun Sie es jetzt noch nicht, Admiral.«

»Warum denn nicht? Wollen Sie es selbst tun?«

»Eigentlich ja.« Um die Wahrheit zu sagen, er konnte den Gedanken nicht ertragen, daß ein anderer diese Nachricht überbrachte. Aber das war es nicht allein. »Admiral ...«

»Was denn, Jim?« fragte Brady, da Kirk nicht weitersprach. »Gibt es noch Zweifel an ihrem Tod?«

Kirk schluckte. »Eigentlich nicht, Sir, aber ...«

»Ich verstehe. Solange man die Leichen nicht gesehen

hat, kann man sich noch Zweifel erlauben. Na schön. Wenn es Ihnen hilft, können Sie die Angehörigen selbst benachrichtigen. In der Zwischenzeit ordne ich eine Sichtung der Unterlagen sämtlicher Kontakte mit Welten an, die nicht zur Föderation gehören, bei denen wir Beweise für Einmischung von außen haben, ob es nun Klingonen waren oder nicht.«

»Es gibt *tatsächlich* einen anderen Beweis«, sagte Kaulidren, der sein unwilliges Schweigen nun brach. »Jetzt, da ich höre, daß Sie und Captain Kirk über diese Klingonen und ihre Störmanöver sprechen, sehe ich ihn ganz deutlich.«

Kirk drehte sich jäh zu dem Chyrellkaner um. »Welchen Beweis, Kaulidren? Etwas anderes als den Schild?«

Kaulidren nickte enthusiastisch. »Sie haben sich für die Ursachen der momentanen Lage zwischen unseren Welten interessiert, Captain. Nun, dann will ich Ihnen einen der Gründe nennen, die uns entzweit haben – die anscheinende Erfindung eines verbesserten interplanetaren Antriebs durch die Vancadier.«

»Aber müßte ein verbesserter Antrieb keine gegenteilige Wirkung haben?« fragte Kirk stirnrunzelnd. »Er würde die Reisen zwischen den Planeten doch erleichtern, und damit wäre es einfacher, in Kontakt zu bleiben.«

»Wenn *wir* ihn erfunden hätten«, sagte Kaulidren, »wäre es bestimmt so gewesen. Aber wir haben ihn nicht erfunden. Die Vancadier waren es. Oder die Klingonen haben ihnen diese Erfindung geschenkt. Auf jeden Fall war diese Entdeckung der Grund für uns, rund um Vancadia Überwachungsschiffe in Stellung gehen zu lassen.«

»Erklären Sie, Premier«, sagte Kirk, als Kaulidren eine Pause einlegte.

»Es ist ganz einfach. Sie wissen doch bestimmt, daß wir Raumfähren benutzen, um in die Kreisbahn und wieder zurück zu gelangen. Alle interplanetaren Flüge finden in Schiffen statt, die unsere Orbitalfabrik herstellt.

Jedenfalls war es noch vor vier Jahren so, als jemand auf Vancadia einen besser entwickelten Antrieb baute. Er hat die Vancadier in die Lage versetzt, Chyrellka direkt und mit einem Schiff zu erreichen, das kaum größer ist als unsere Fähren. Sie können die Reise außerdem in wenigen Stunden zurücklegen, nicht in den vielen Tagen, die unsere Schiffe brauchten und noch immer brauchen.«

»Und wieso hat dies die Überwachungsschiffe nötig gemacht?« fragte Brady ungeduldig, als Kaulidren erneut innehielt.

»Weil die Vancadier ihre Schiffe dazu verwendet haben, unsere Möglichkeit zu vernichten, Vancadia überhaupt zu erreichen«, erwiderte Kaulidren verärgert. »Da es in die Zeit fiel, in der Delkondros das Volk aufhetzte, für eine sofortige Unabhängigkeit zu stimmen, kann ich nur annehmen, daß er sich vorgenommen hatte, dafür zu sorgen, daß seine Forderungen erfüllt wurden. Er hat wohl angenommen, daß wir ihn und die Seinen hätten gewähren lassen müssen, wenn man uns von Vancadia abgeschnitten hätte. Und genau das hat er dann versucht. Zuerst griff er eine Flotte unserer interplanetaren Schiffe an und vernichtete sie. Bis dahin hatten wir nicht mal gewußt, daß er über diesen Antrieb verfügte. Und fast gleichzeitig griff ein zweites seiner Schiffe unseren Fabriksatelliten an. Es war unser Glück, daß mit dem neuen Antrieb etwas schiefging und das vancadische Schiff sich selbst vernichtete. Es konnte unserer Fabrik nur einen kleinen Schaden zufügen.«

»Und seitdem?« drängte Kirk.

»Seitdem ist es uns gelungen, die Lage zu beherrschen. Wir haben es zwar, wie jeder sehen kann, nicht geschafft, Delkondros loszuwerden, aber es ist uns immerhin gelungen, ihn und seine Leute in den Untergrund zu treiben. Aber wir hatten Glück. Wäre Delkondros nicht so übereifrig gewesen, seine ersten beiden Schiffe einzusetzen – ich weiß nicht, was sonst noch geschehen wäre. Aber er hat sie eingesetzt. Er war zu ungeduldig, um die zehn Jahre bis zur versprochenen Unabhängigkeit abzuwarten, und er war auch zu ungeduldig, um zu warten, bis der neue Antrieb perfekt entwickelt war. Er hat angegriffen und seine einzigen einsatzbereiten Schiffe verloren. Bevor er weitere auf Kiel legen konnte, konnten wir mehrere unserer Schiffe bewaffnen und rings um Vancadia in eine Kreisbahn bringen. Wir haben ihn sozusagen gebremst. Aber er hat trotzdem in den folgenden Monaten versucht, drei weitere Schiffe zu starten – und nicht nur ferngesteuerte, wie heute. Wir konnten sie abschießen, bevor sie in die Kreisbahn gingen. Da hat selbst er eingesehen, daß er geschlagen war. Er hat es aufgegeben.«

»Wissen Sie genau, daß die abgeschossenen Schiffe mit dem neuen Antrieb ausgerüstet waren? Waren sie bewaffnet?«

»Wir wissen es natürlich nicht genau, denn wir haben ja keine Sensoren wie Sie.« Kaulidren musterte die wissenschaftliche Station. »Aber wir konnten kein Risiko eingehen. Das verstehen Sie doch gewiß. Wenn es diesen Schiffen gelungen wäre, sich von Vancadias Gravitationsfeld zu lösen, hätte ihre Energie und Manövrierbarkeit sie extrem gefährlich gemacht. Ihr erstes Schiff hat ein halbes Dutzend der unseren vernichtet, bevor wir es erledigen konnten. Wir können doch nicht zulassen, daß dergleichen wieder geschieht.«

»Und wer war für die Entwicklung dieses Antriebs verantwortlich?« fragte Kirk.

Kaulidren schüttelte mit finsterer Miene den Kopf. »Das hat man uns natürlich nie erzählt. Delkondros hat sogar die Existenz des Antriebes bestritten – nicht nur uns, sondern auch den Vancadiern gegenüber. Er behauptet, wir hätten all das nur erfunden, damit wir einen Grund haben, ihre Fähren besser im Auge zu behalten. Und um ihnen die Unabhängigkeit zu verwehren. Es ist uns allerdings gelungen, einige Gerüchte über die Herkunft des Antriebs in Erfahrung zu bringen.«

»Und was besagen diese Gerüchte?«

»Daß einer ihrer Wissenschaftler, der vor über einem Jahrzehnt auf Chyrellka studierte, die Theorie entwickelt hat, die hinter der Verbesserung steht. Aber der sogenannte Erfinder kam – wie günstig – bei einem der ersten Testflüge ums Leben. Seine Aufzeichnungen sollen angeblich noch existieren, deswegen konnten andere seine Arbeit fortsetzen. All dies geschah natürlich, lange bevor wir unsere Überwachungsschiffe in die Kreisbahn brachten; deswegen wissen wir nicht, welcher Teil der Geschichte der Wahrheit entspricht – falls sie überhaupt stimmt.«

»War dieser Wissenschaftler jemand, den Sie kennen?«

»Natürlich nicht persönlich. Im Moment fällt mir nicht einmal sein Name ein, aber ich weiß noch, daß wir seine Akte an der Universität eingesehen haben, an der er studiert hat. Er gehörte auf allen Gebieten zu den Schlechtesten seines Jahrgangs. Seine Akte war ganz gewiß nicht die eines Akademikers, von dem man erwartet, daß er eine so wichtige wissenschaftliche Entdeckung macht.«

»Hat er aber trotzdem«, sagte Kirk, als Kaulidren in Schweigen verfiel. »Und deswegen nehmen Sie an, daß er Hilfe hatte.«

»Nun, da ich weiß, daß ihm solche Hilfe zur Verfügung stehen konnte, ja. Es ist doch fast die einzige vernünftige Erklärung.«

»Zeigt die Sensorenabtastung des Systems irgend etwas, Jim?« fragte Brady aus dem Starfleet-Hauptquartier.

»Nichts, Admiral. Außer der *Enterprise* halten sich keine Schiffe in Sensorreichweite auf, die über Warp-Antrieb verfügen. Es gibt auch keine Antimaterie-Energiequellen.«

»Und nichts davon könnte der Schild verbergen?«

»Nein, Admiral. Der Schild könnte uns davon abhalten, Dinge dieser Art exakt zu lokalisieren. Er könnte uns sogar daran hindern, verläßliche Daten über sie zu bekommen, aber ich bin mir ziemlich sicher, daß er unsere Sensoren nicht so weit blockiert, um die Existenz von Antimaterie-Energiequellen oder Warptriebwerke zu verbergen. Wir sind zum Beispiel in der Lage, irgendwo unter dem Schild ein Atomkraftwerk auszumachen. Wir kennen nur nicht seine genaue Größe und Lage.«

»Ach so.« Brady schwieg einen Augenblick, dann nickte er kaum wahrnehmbar. »Sie sind also der Ansicht, daß die Klingonen, die diese Welten möglicherweise in der jüngeren Vergangenheit besucht haben, wieder verschwunden sind?«

»Oder daß sie sich verkrochen haben, seit wir in der Nähe sind«, erwiderte Kirk. »Wir haben keinerlei Möglichkeit herauszufinden, ob einzelne Klingonen – oder auch andere Fremde – noch hier und aktiv sind.«

»Ich gehe davon aus, daß Ihre Priorität der Frage gilt, ob sie noch dort sind.«

»Natürlich, Admiral.«

»Na schön, Jim. Machen Sie weiter. Und vergessen Sie nicht: Ihnen steht Hilfe zur Verfügung, falls sie welche brauchen.«

»Ich verstehe, Admiral. Danke.«

»Halten Sie uns auf dem laufenden«, sagte Brady schroff. Kurz darauf war der Bildschirm leer.

Kirk wandte sich zu Kaulidren um. »Premier Kaulidren«, sagte er leise, »wenn die Klingonen die Vancadier mit dem Schild und dem neuen Antrieb ausgerüstet haben, haben sie ihnen möglicherweise noch mehr überlassen. Es ist sogar möglich, daß sie ihnen *gerade jetzt* mehr aushändigen – darunter auch etwas, das es ihnen erlaubt, ihre sogenannten Überwachungsschiffe vom Boden aus abzuschießen. Ich möchte Ihnen deswegen raten, uns *alles* zu berichten – nicht nur von den angeblich terroristischen Aktivitäten, die die Vancadier begangen haben. Wenn die Klingonen wirklich hinter dieser

Sache stecken, könnte das, was bisher geschehen ist, nur die Ouvertüre gewesen sein.«

»Diese Männer sind für das Massaker verantwortlich, das sie gerade gesehen haben«, wiederholte Delkondros schroff, als die Bilder Spocks und McCoys auf dem Bildschirm zu sehen waren. »Sie tauchten plötzlich in unserer Mitte auf und eröffneten ohne Warnung das Feuer. Sie hatten keinen Grund dazu. Es ist mir irgendwie gelungen zu entkommen; ich weiß noch immer nicht, wie.«

Delkondros hielt inne, als müsse er sich zusammenreißen und sammeln, bevor er weitersprechen könne, doch während er schwieg, tauchten drei neue Gesichter auf. Diesmal handelte es sich um Fotos, keine computererzeugten Phantombilder. Tylmaurek, der an der Steuerung des Luftkissenfahrzeuges saß, keuchte auf, als er sein Gesicht und die Gesichter der beiden anderen überlebenden Ratsmitglieder sah.

»Und *diese* Männer sind ihre Komplizen«, fuhr Delkondros' Stimme fort. »Die Verräter, die sie zu uns geführt haben! Wir wissen nicht, wie lange diese drei schon mit der Föderation in Kontakt gestanden haben. Wir können uns auch nicht sicher sein, was die Föderation ihnen für diese Hilfe versprochen hat oder was sie durch ihren blutigen Terror erreichen will. Die Tatsache, daß sie den halben Rat ebenso abgeschlachtet haben wie die Männer des Gouverneurs deutet jedoch an, daß sie vorhaben, *sämtliche* Führer auf beiden Seiten zu töten und Marionetten der Föderation an ihre Stelle zu setzen.«

Delkondros' Gesicht tauchte wieder auf dem Bildschirm auf.

»Wie Sie sehen, ist es ihnen bis jetzt nicht gelungen«, sagte er dann mit grimmiger Miene. »Ich kann nur annehmen, daß sie weitere Morde planen; viele weitere Morde, und daß sie auch den Gouverneur und mich umbringen wollen. Deswegen erzähle ich Ihnen alles. *Die*

Mörder sind noch unter uns! Die Mordbrigade der Föderation und ihre Komplizen sind noch auf Vancadia, sehr wahrscheinlich in der Hauptstadt, und gehen gelassen ihrer Tätigkeit nach. Sie müssen aufgehalten werden!«

Wieder wurden die fünf Gesichter gezeigt. »Dies sind sie«, wiederholte Delkondros. »Halten Sie Ausschau nach ihnen! Aber wenn Ihnen Ihr Leben lieb ist, nähern Sie sich ihnen nicht – unter keinen Umständen! Rufen Sie die Behörden zu Hilfe, die werden mit ihnen fertig!«

Delkondros schwieg nun, aber die Gesichter waren weiterhin auf dem Bildschirm zu sehen. Sekunden später tauchten darunter ihre Namen auf, und dann, in einem schmalen Streifen am oberen Bildschirmrand, eine gekürzte Version der von Delkondros ausgesprochenen Warnung, die jedermann, der die Gesuchten sah, darum bat, das Büro des Gouverneurs zu verständigen. Eine Minute später tauchte der Gouverneur wieder auf, und die ganze Geschichte begann von vorn. Es war offenbar der Start einer Endlosschleife, die weitergehen würde, bis man Spock, McCoy und die ›Komplizen‹ geschnappt oder – was wahrscheinlicher war – beim ersten Anblick erschossen hatte.

»Das ändert alles«, sagte Tylmaurek schwach. »Das Haus, in das ich Sie bringen wollte, ist nicht mehr sicher – nicht nach diesen massierten Lügen. Irgendwann wird mich dort einmal jemand gesehen haben, der keinen Grund hat, dieser Sendung zu mißtrauen ...«

Er schüttelte den Kopf, sein Gesicht spiegelte reinen Unglauben wieder. »Es ist so, wie Valdreson es gesagt hat: Mit den Chyrellkanern werde ich fertig, aber dies ... Sagen Sie, Spock, Dr. McCoy, Sie hatten doch schon einmal mit den Klingonen zu tun, nicht wahr? Haben *Sie* irgendeine Idee?«

»Wenn Sie meinen«, erwiderte Spock, »ob ich irgendeinen Vorschlag für einen bestimmte Handlung habe, die uns aus unserer gegenwärtigen Situation erlöst, muß ich leider passen. Sie müßten eigentlich in einer besseren

Position sein, die Lage zu analysieren, da ein gründliches Wissen über die Einheimischen uns wahrscheinlich nützlicher ist als etwas Vergleichbares über die Klingonen. Ich möchte jedoch darauf hinweisen, daß es auf der Grundlage der von Delkondros erfundenen Geschichte – und seiner dringenden Warnung, uns Fünfen um jeden Preis aus dem Weg zu gehen – logisch ist, wenn wir annehmen, daß eins seiner Ziele – neben dem, uns festzunehmen oder zu töten – darin besteht zu verhindern, daß wir mit jemandem reden. Das wiederum bedeutet, daß er fürchtet, wir könnten die wahre Situation enthüllen – und daß eine geringe Chance besteht, daß man uns glauben könnte.«

McCoys Miene hellte sich auf, dann nickte er und wandte sich Tylmaurek zu. »Ich hatte noch gar nicht daran gedacht, aber Spock hat recht. Doch im Moment ist es für uns das Wichtigste, daß wir untertauchen und am Leben bleiben, bis wir entweder eine Möglichkeit haben, mit der *Enterprise* Verbindung aufzunehmen oder hier unten mit jemandem reden, ohne daß man uns in einen Schweizer Käse verwandelt.« Er musterte die Straße, die bis auf ein gelegentlich geparktes Fahrzeug verwaist war. Seit sie den Park verlassen hatten, waren ihnen nur vier Fahrzeuge begegnet. »Aber wenn wir der einzige Wagen auf der Straße sind, wird es uns nicht leicht fallen, uns den Blicken der Leute zu entziehen. Ist es *überall* so wie hier?«

»Wahrscheinlich«, erwiderte Tylmaurek und schüttelte sich. »Und wenn nicht, ist es in ein paar Minuten so. Die Sperrstunde gilt seit über einem Monat – seit der älteste Sohn des Gouverneurs durch eine Bombe umkam, die möglicherweise für ihn selbst bestimmt war. Es gibt nur sehr wenige Leute, die es wagen, nach Einbruch der Dunkelheit ihr Zuhause zu verlassen. Nein, wir müssen von der Straße runter – sonst machen wir uns verdächtig. Die Nachtstreifen des Gouverneurs werden uns erwischen.«

McCoy stöhnte und versuchte es noch einmal mit seinem Kommunikator. »Dann sollten wir uns so schnell wie möglich ein Loch suchen, guter Mann«, sagte er, als er ihn wieder zuklappte. »*Irgend* jemanden muß es doch geben, dem Sie trauen können.«

Tylmaurek schüttelte freudlos den Kopf. »Im Moment weiß ich gar nichts mehr. Vor zehn Minuten wären mir noch hundert eingefallen, aber nach dieser Sendung ... Sie haben bestimmt recht. Delkondros hat Angst, daß wir mit jemandem reden könnten, aber das hilft mir auch nicht weiter, jemanden zu finden, dem wir uns gefahrlos nähern können.«

»Gehen wir systematisch vor«, sagte Spock. »Kennen Sie jemanden mit Einfluß, von dem Sie genau wissen, daß er kein Klingone ist?«

»Woher soll ich das wissen? Ich habe nicht mal Delkondros verdächtigt, den ich seit Jahren kenne – seit er zum Ratsvorsitzenden gewählt wurde!«

»Es gibt einige logische Kriterien, die man anwenden könnte«, fuhr Spock fort. »Erstens: Hat der Betreffende eine noch lebende Familie? Hat der Gouverneur zum Beispiel über seinen verstorbenen Sohn hinaus noch Familienangehörige?«

»Zwei Söhne und eine Tochter. Und eine Gattin. Aber sagt uns das eindeutig, daß er kein Klingone ist?«

»Nichts ist hundertprozentig sicher, Tylmaurek, aber es könnte ein Hinweis sein. Ein anderer Hinweis könnte die Art sein, wie er gewählt wurde.«

»Er wurde nicht gewählt, er wurde eingesetzt – vor fast fünfzehn Jahren. Aber was hat die Frage, ob jemand gewählt wurde, damit zu tun, ob er ein Klingone sein könnte?«

»Auf der Grundlage dessen, was Delkondros und Kaulidren Captain Kirk berichtet haben, ersehe ich, daß Delkondros erst nach dem Mord an seinem wichtigsten Gegenspieler gewählt wurde.«

»Aber das haben doch die Chyrellkaner getan«,

wandte Tylmaurek ein. »Sie haben einen Feldzug gestartet…« Er brach ab; seine Kinnlade klappte herunter. »Also *so* haben sie es gemacht!« sagte er schroff. »Sie haben Delkondros aufgebaut und den einzigen Kandidaten umgebracht, der eine Chance gegen ihn gehabt hätte!«

»Ihr Unternehmungen sind möglicherweise diffiziler«, sagte Spock, »aber im Grund gehe ich davon aus, daß es genau so war. Kann ich davon ausgehen, daß es noch eine Anzahl ähnlicher Fälle gegeben hat?«

»In den vergangenen fünf Jahren mindestens hundert.« Tylmaurek schüttelte den Kopf. »Genaugenommen die ganzen Toten… die Vergifteten, deretwegen sie unter anderem zu uns kommen sollten. Wir haben immer geglaubt… Man hat uns ständig *erzählt,* daß die Chyrellkaner dafür verantwortlich sind, daß es ihre Art ist, dafür zu sorgen, daß Leute, mit denen sie nicht einverstanden sind, gar nicht erst gewählt werden! Aber es müssen die Klingonen gewesen sein. Sie haben die ganzen Morde begangen! Es sei denn… Könnte es sein, daß die Klingonen sich mit den Chyrellkanern verbündet haben? Könnten sie zusammenarbeiten? Könnte die Geschichte, laut der Delkondros sich dem Gouverneur ergeben hat, ein Trick sein?«

»Es ist eine Möglichkeit, die man in Erwägung ziehen muß«, gab Spock zu, »besonders angesichts des bemerkenswerten Tempos, mit dem sich Delkondros angeblich ergeben hat.«

Tylmaurek blinzelte. »Sie haben recht. Es hätte auch mir auffallen müssen, wenn ich nachgedacht hätte, statt wegen der über uns verbreiteten Lügen in Panik zu verfallen. Es hätte gar nicht genug Zeit gehabt, um…« Er brach ab und riß die Augen auf. »Ob Gouverneur Ulmar etwa selbst ein Klingone ist?«

»Alles ist möglich«, sagte Spock, »aber in Anbetracht der anderen Faktoren ist es wahrscheinlicher, daß man ihn ebenso eingeseift hat wie Sie.«

»Was ist mit der *chyrellkanischen* Regierung?« fragte McCoy plötzlich. »Und mit *Kaulidren?*«

»Es ist natürlich möglich, daß er ein Klingone ist, Doktor, aber höchst unwahrscheinlich. Es wäre selbst für den äußerlich menschenähnlichsten Klingonen ein tollkühnes Wagnis, freiwillig an Bord der *Enterprise* zu gehen. Man müßte nur eine rudimentäre Sensormessung vorzunehmen, um seine wahre Natur zu enthüllen – ebenso wie Delkondros' wahre Natur einer simplen Tricordermessung nicht verborgen bleiben konnte.«

»Was für Vulkanier tollkühn ist, würde freilich absolut zu einem Klingonen passen, Spock«, gab McCoy zurück. »Jedes Volk, bei dem Meuchelmord eine anerkannte – und *hochgeschätzte* – Methode des beruflichen Vorankommens ist, ist zu solchem Draufgängertum bereit!«

»Ich kann Ihnen nicht widersprechen, Doktor«, sagte Spock und warf einen erneuten Blick auf die verlassenen Straßen, durch die das Luftkissenfahrzeug jagte. »Allerdings trägt auch dies nicht dazu bei, eine Lösung für unser momentanes Problem zu finden. Tylmaurek, ist es Ihnen gelungen, jemanden ausfindig zu machen, dem sie soweit vertrauen, daß er sie anhören würde?«

»Es gibt mehrere, bei denen ich fast sicher bin, daß sie keine Klingonen sind, aber nach dieser Sendung ...« Tylmaurek brach kopfschüttelnd ab. »Würde ich die Wahrheit nicht kennen ... Nach dieser Sendung würde ich mir nicht einmal *selbst* vertrauen.«

7

Nachdem Kirk zwei Stunden mit Kaulidren im Konferenzraum verbracht hatte, war er davon überzeugt, daß die Klingonen tatsächlich in die Ereignisse auf Vancadia verwickelt waren.

Aber Glaube war eine Sache. Der Beweis war eine andere. Die bloße Existenz eines anomalen technischen Fortschritts, selbst wenn er gewichtig war, bewies nicht, daß er das Ergebnis einer Einmischung von außen war, geschweige denn das Ergebnis einer Einmischung durch Klingonen. Man konnte nicht ohne weiteres ausschließen, daß der Planet ein Genie hervorgebracht hatte. Und der plötzliche Ausbruch der Feindseligkeiten zwischen zuvor befreundeten Fraktionen war *ganz bestimmt* kein Beweis für Einflußnahme von außen. Mehrere Jahrtausende Geschichte der Erde und anderer Planeten der M-Klasse hatten Tausende von Malen bewiesen, daß scheinbar intelligente Lebewesen durchaus in der Lage waren, sich auch ohne fremde Hilfe in Kämpfe aller Art einzulassen, ob Mann gegen Mann oder Planet gegen Planet.

Und selbst wenn es einen Beweis gegeben hätte …

Kirk verzog das Gesicht und dachte an den gründlich unbefriedigend verlaufenen Fall der Neural-Affäre. Trotz ihrer guten Absichten hatte sich die Föderation aus purer Notwendigkeit auf das Niveau der Klingonen herabbegeben und die Bergbewohner mit den gleichen Waffen ausgerüstet, die die Klingonen ihren Feinden gegeben hatten.

Nichts auch nur entfernt Ähnliches durfte hier geschehen – nicht bei diesem technischen Niveau, so glücklich es Kaulidren auch machen würde, etwas in die Hände zu bekommen, das dem entsprach, was die Vancadier möglicherweise bereits bekommen hatten, oder es gar noch übertraf.

»Sie brauchen uns gar keine Waffen zu geben«, beharrte Kaulidren. »Geben Sie uns nur die nötigen Informationen. Den Rest schaffen wir allein.«

»Unmöglich«, sagte Kirk. »Das Ergebnis wäre auf jeden Fall das gleiche.«

»Das Ergebnis«, sagte Kaulidren ärgerlich, »bestünde darin, daß wir wenigstens eine Überlebenschance hätten! Wenn Sie uns nicht einmal jetzt beschützen wollen ...« Er hielt kopfschüttelnd inne. »Da die Klingonen den Vancadiern den Schild und den neuen Antrieb schon gegeben haben«, fuhr er fort, »was soll sie jetzt noch davon abhalten, sie auch mit Phasern auszurüsten? Oder Photonentorpedos?«

»Wahrscheinlich sehr wenig«, gestand Kirk ein, »wenn die Vancadier bereit sind, diese Dinge anzunehmen und auch einzusetzen.«

Kaulidren schnaubte. »Warum sollten sie es nicht tun? Welcher intelligente Mensch würde eine solche Macht ablehnen, wenn man sie ihm anbietet?«

»Jemand, der sie nicht *braucht!*« fauchte Kirk.

»Wollen Sie damit sagen, Captain, daß die momentane Lage *unsere* Schuld ist? Ich möchte Sie daran erinnern, daß das erste, wozu die Vancadier ihren neuen Antrieb genutzt haben, ein Angriff auf uns war! Und das völlig ohne Grund!«

»Das verstehe ich. Sie werden wohl *angenommen* haben, sie hätten einen Grund.«

»Natürlich haben sie das! Sofortige Unabhängigkeit! Das habe ich Ihnen doch schon erzählt, als ich an Bord kam! Delkondros war gerade erst in den Rat gewählt worden – und das war seine Methode, nach oben zu kommen. Um Präsident zu werden! Die Klingonen haben sich seiner wahrscheinlich bedient. Er war praktisch zu allem bereit, um sein Ziel zu erreichen! Es würde mich nicht im geringsten überraschen, wenn ich erführe, daß *er* für den Tod seines Hauptgegners bei den Wahlen verantwortlich war – des Mannes, von dem er uns vorwirft, wir hätten ihn ermordet! Der Mann, dessen Tod er ausgebeutet hat, um Stimmung gegen uns zu machen!«

Kaulidren legte schwer atmend eine Pause ein und beruhigte sich ein wenig. Dann sprach er weiter. »Wenn die Klingonen sich schon damals hier herumgetrieben haben, brauchten sie nur unsere Funksprüche und Nachrichten abzuhören, um alles zu erfahren, was sie wissen mußten. Dann wußten sie, daß Delkondros der perfekte Mann für sie war. Sie brauchten ihm nur noch den Antrieb anzubieten. Sobald er ihn einmal in der Hand hatte, mußte er nur noch ein paar Lügen über uns verbreiten – was er ja auch getan hat. Er hat uns ein halbes Dutzend Tumulte in die Schuhe geschoben, die er wahrscheinlich selbst angezettelt hat. Er hat uns einen Todesfall nach dem anderen angedichtet, aber die meisten davon waren Unfälle oder von ihm selbst inszeniert. Dann hat er angefangen, Gerüchte auszustreuen… wir hätten es uns anders überlegt und seien nicht mehr bereit, die garantierte Unabhängigkeit pünktlich zu gewähren! Dann hat er den neuen Antrieb vorgeführt, von dem Sie sagen, er stamme von den Klingonen, und er hat gesagt: ›Hier! Damit kriegen wir unsere Unabhängigkeit, und zwar nicht erst in zehn oder hundert Jahren, sondern *sofort!*‹«

»Angenommen, es war so, Premier«, sagte Kirk. »Dann haben wir nur noch mehr Grund, Sie und Ihre Welt nicht mit den Waffen auszurüsten, die die Vancadier schon haben. Wir müssen die Eskalation dieser Situation *beenden*, nicht die Lunte anzünden, die zu einem alles vernichtenden Krieg führen kann!«

»So können Sie noch reden? Nach dem, was dieser Irre mit Ihren Leuten gemacht hat?«

Kirk schluckte den Schmerz hinunter, der bitter in seiner Kehle brannte. »Zuerst mal«, erklärte er bedachtsam, »wissen wir noch immer nicht, was dort unten wirklich geschehen ist. Falls die Klingonen nicht an der Sache beteiligt sind, stehen alle Möglichkeiten offen. Und *wenn* sie in der Sache drinstecken, ist das, was mit meinen Leuten geschehen ist, direkt oder indirekt eine Tat der Klingonen. Selbst wenn wir davon ausgehen, daß Delkondros reif war, von ihnen korrumpiert zu werden und nur durch sie an die Macht gelangt ist... Was ist mit all den anderen? Sie wollen doch wohl nicht behaupten, daß sämtliche Vancadier – all jene, die sterben würden, wenn wir Ihnen die Waffen gäben, die Sie haben wollen – den Tod verdienen?«

»Natürlich nicht! Doch wenn ich die Wahl zwischen ihrem und unserem Tod habe, werde ich nicht den *unseren* wählen! Aber dazu wird es kommen, wenn Delkondros weitere Hilfe erhält; wenn er Phaser und Photonentorpedos bekommt, die er auf die Schiffe montieren kann, mit denen die Klingonen ihn bereits ausgerüstet haben! Mit Phasern könnte er unsere Überwachungsschiffe ausschalten, das einzige, was ihn in Schach hält! Mit einem Photonentorpedo könnte er unsere orbitale Fabrikanlage zerstören! Und mit ein paar weiteren könnte er unsere Welt vernichten!«

Kirk schüttelte traurig den Kopf. »Keine der beiden Welten muß vernichtet werden, Premier. Statt den Versuch zu machen, den klingonischen Waffen mit denen der Föderation entgegenzutreten, müssen wir mit der Wahrheit kontern.«

»Und wie sollen wir die Wahrheit Ihrer Meinung nach der Bevölkerung von Vancadia zugänglich machen? Ihr Schild steht noch immer, und seit der Ermordung Ihrer Leute weigern sie sich, mit Ihnen zu kommunizieren!« Kaulidren stand abrupt vom Konferenztisch auf. »Weitere Diskussionen sind wohl überflüssig, Captain. Deswegen bestehe ich darauf, daß man mir gestattet, nach Chyrellka zurückzukehren. Ich bin schon jetzt viel zu lange von meinem Kabinett fort.«

Kirk setzte eine finstere Miene auf. »Sind Sie so darauf bedacht, Leben wegzuwerfen, daß Sie nicht mal einen Versuch unternehmen, es zu retten?«

»Ich *habe* mich bemüht. Auch *Sie* haben sich bemüht, aber Ihre Bemühungen haben zwei Menschenleben gekostet. Bemühen Sie sich von mir aus weiter, verlieren Sie Leute, so lange Sie wollen, aber tun Sie es ohne mich. Ich will jetzt auf meine Welt zurückkehren!«

Kirks Miene wurde für einen Augenblick noch finsterer. Dann seufzte er. »Na schön, Premier. Dann werden wir unsere Vermittlungstätigkeit, so gut es geht, ohne Sie fortsetzen. Sobald Sie bereit sind, kann eine Fähre Sie und Ihre Berater nach Hause bringen.«

»Eine Fähre? Und mein eigenes Schiff …?«

»… ist nicht in der Lage, die Entfernung zwischen uns und Chyrellka ohne Geleitschutz zurückzulegen, und im Moment bin ich nicht darauf vorbereitet, mit der *Enterprise* die Kreisbahn um Vancadia zu verlassen, um es näher an Ihren Planeten heranzubringen. Wir bringen es Ihnen später, sobald die hiesige Situation gelöst ist. Inzwischen können Sie alles, was Sie brauchen, aus Ihrem Schiff holen.«

»Captain! Das ist unannehmbar! Ich verlange …«

»Tut mir leid, Premier, aber im Moment bleibt die *Enterprise* in der Kreisbahn um Vancadia.«

»Und wie lange wollen Sie diese sinnlose Beobachtung noch fortsetzen, Captain? Wenn Sie sich weigern, Ihre Waffen einzusetzen, ist mir leider unverständlich, was Sie damit erreichen wollen.«

»Im Augenblick versuchen wir weiterhin, Verbindung mit Delkondros oder jedem anderen aufzunehmen, den wir auf Vancadia erreichen können. Wir hoffen weiterhin, daß man entweder den Schild abschaltet oder wir eine Methode finden, ihn zu neutralisieren, damit wir einen verläßliche Sensorenmessung des Planeten vornehmen können.«

Kaulidren stand lange da und schaute Kirk an. Er

ballte die Fäuste. Dann drehte er sich abrupt um und stampfte zur Tür des Konferenzraums. Sein Gefolge marschierte schweigend hinter ihm her. Kirk deutete auf den an der Tür stehenden Fähnrich von der Sicherheit. »Fähnrich Carlucci wird Sie begleiten.«

»Wir finden den Weg zum Hangardeck auch ohne Ihre Hilfe!« fauchte Kaulidren.

»Wie Sie wünschen, Premier.«

Kurz darauf schloß sich hinter ihnen zischend die Tür.

»Hangardeck-Sicherheit«, sagte Kirk ins Interkom.

»Zur Stelle, Captain«, meldete sich sofort die Stimme von Lieutenant Shanti.

»Der Premier und seine Leute sind auf dem Weg zu Ihnen. Sie werden alles, was sie brauchen, aus ihrem Schiff holen und es in eine Fähre bringen, die sie nach Chyrellka bringt. Geben Sie ihnen alle Hilfe, die sie benötigen.«

»Natürlich, Captain.«

»Stellen Sie zwei Leute für die Fähre ab, Lieutenant. Einen Piloten und jemanden ... der sie beobachtet.«

»Jawohl, Sir. Brickston und Spencer.«

Kirk nickte vor sich hin. Brickston hatte ein fast fotografisches Gedächtnis, und Spencer überragte sogar Kaulidrens massigen Wächter, der noch immer wie eine Statue auf der Treppe des chyrellkanischen Schiffes stand. »Halten Sie mich auf dem Laufenden, Lieutenant. Ich bin zur Brücke unterwegs.«

»Aye, aye, Sir.«

Die Tür des Turbolifts hatte sich auf der Brücke kaum geöffnet, als sich auch schon die aufgeregte Stimme von Lieutenant Pritchard meldete.

»Captain! Der Schild ist abgeschaltet!«

»Transporterraum!« rief Kirk auf der Stelle, doch bevor er seinen Satz beenden konnte, meldete sich Kyle über das Interkom.

»Bereit, Captain, aber ...« Er machte eine kurze Pause und atmete dann hörbar aus. »Da ist nichts, was sich anpeilen läßt.«

»Lieutenant Pritchard!« rief Kirk und eilte zum Kommandosessel. »Die Sensoren …«

»Sie messen, Sir, aber dort, wo wir Commander Spock und Dr. McCoy ursprünglich abgesetzt haben, befindet sich nichts mehr. Es werden keinerlei Lebensformen angezeigt. Und es findet auch nirgendwo Kommunikation statt.«

Kirk nickte und ließ sich langsam in den Sessel sinken. Seine Blicke flogen über das Abbild des Planeten auf dem Monitor.

Trotz allem, was die Logik ihn denken ließ hatte er die Hoffnung noch nicht ganz aufgegeben. Bis eben. Soviel hatte er bei dem Gespräch mit Admiral Brady zugegeben, als er ihn gebeten hatte, die Todesmeldungen noch zurückzuhalten. Solange der Schild aktiviert gewesen war, hatte eine Möglichkeit – wenn auch eine sehr geringe – bestanden, daß Spock und Pille sich unentdeckt unter der Abschirmung aufhielten und noch lebten.

Aber jetzt nicht mehr.

»Sir …« Uhura meldete sich hinter ihm. Kirk hörte das Stocken in ihrer Stimme, dann drehte er sich um und sah die Tränen in ihren Augen. »Keinerlei Aktivität auf den normalen Subraum-Frequenzen.«

Kirk nickte. Er rang mit sich, um Haltung zu bewahren. Jetzt war nicht die Zeit für … Spock hätte sich über jeden Fehler echauffiert, der seine Leistungen aufgrund menschlicher Gefühle beeinträchtigt hätte, selbst dann, wenn sein eigener Tod der Grund dafür gewesen wäre. Und McCoy …

»Irgendein Hinweis auf einen Schildgenerator, Lieutenant Pritchard?« fragte Kirk und räusperte sich. Seine Stimme klang sogar in seinen eigenen Ohren gepreßt.

»Nicht aufspürbar, Sir.«

»Keine kleineren Gebiete, die weiterhin abgeschirmt sind? Speziell in der Umgebung des Zentrums der abgeschirmten Zone?«

»Nein, Sir, nichts. Nicht einmal irgendwelche Hinweise auf die Spuren eines massierten Energieeinsatzes. Auch kein Hinweis auf das Vorhandensein von Antimaterie. Die einzigen größeren Energiequelle innerhalb des abgeschirmten Gebietes sind zwei Sender, die Energie orbitaler Sonnensatelliten empfangen, sowie ein Atomkraftwerk, das sich mehrere Kilometer nördlich der Koordinaten befindet, an denen Mr. Spock und Dr. McCoy abgesetzt wurden. Aber nichts im Zentrum des Gebietes.«

»Könnten sie die Schildenergie erzeugt haben?«

»Nicht für die Zeit, in der der Schild in Betrieb war, Sir.«

»Lieutenant, soll das etwa heißen, daß der Schild, der zehntausend Quadratkilometer umfaßt hat, nicht existiert haben kann? Daß er eine Illusion war?«

»Ich...« Pritchard wirkte für eine Sekunde fassungslos, dann riß er sich zusammen und zuckte hilflos die Achseln. »Nein, Sir. Es ist nur so, daß... unsere Sensoren keine Erklärung dafür liefern.«

Reagier dich nicht an dem Jungen ab. Kirk glaubte fast zu hören, daß McCoy ihn aufzog. Er brachte ein lahmes Lächeln zustande und nickte Pritchard zu. »Machen Sie trotzdem weiter.« Er schwenkte den Kommandosessel herum. »Lieutenant Uhura, irgendwelche planetaren Sendungen oder Kommunikation zwischen den Vancadiern?«

»Keine, Sir. Ich lasse ständig alles abhören, aber der ganze Planet wirkt, als hielte er absolute Funkstille.«

Spock und Pille sind in ein Loch gefallen, dachte Kirk, *und dann hat man es verstopft.* Er drückte einen Schalter an der Armlehne.

»Lieutenant Shanti, ist Kaulidren schon auf dem Hangardeck?«

»Ja, Sir. Er und seine Leute betreten gerade die Fähre.«

»Halten Sie ihn zurück. Ich möchte mit ihm reden.«

»Jawohl, Sir.«

Nach einer kurzen Stille knisterte Kaulidrens irritierte

Stimme durch das Interkom. »Was ist denn *jetzt* los, Captain? Verwehrt man uns das Recht, auf unsere Welt zurückzukehren?«

»Der Schild ist deaktiviert worden«, sagte Kirk, ohne sich um Kaulidrens verärgerte Worte zu scheren. »Es ist ein Schild, den Vancadia laut unserer Sensoranzeige überhaupt nicht erzeugen kann – ob mit oder ohne Hilfe der Klingonen. Außerdem ist offenbar das gesamte Nachrichtennetz des Planeten abgeschaltet. Haben Sie irgendeine Erklärung dafür? Irgendwelche Spekulationen?«

»Keine, die wir nicht schon ausführlich besprochen haben, Captain. Wenn die Anwesenheit der Klingonen keine ausreichende Begründung ist, habe auch ich keine weiteren Einfälle. Kann ich nun nach Chyrellka zurückkehren oder nicht?«

»In einer Minute, Premier.« Kirk schaltete ab. »Lieutenant Uhura, eine neue Verbindung mit Starfleet.«

»Jawohl, Sir.«

»Maschinenraum. – Scotty, haben Sie mitgehört?«

»Der Schild, der nicht existieren kann? Aye, Captain, ich hab's gehört.«

»Irgendwelche Theorien? Irgendwelche weiteren Daten in Sachen Schild? Sein Energiebedarf?«

»Mindestens zehnmal mehr als das Atomkraftwerk leisten kann, selbst für einen kurzen Zeitraum. Wie Sie schon gesagt haben: Er konnte zwar nicht existieren, hat aber trotzdem existiert.«

Kirk preßte frustriert die Augen zusammen. »Was bleibt uns da noch, Scotty? Existiert tatsächlich eine Energiequelle? Ist sie hinter einem weiteren Schild verborgen? Hinter einem Schild, der sogar die Schilde der Klingonen übertrifft? Hinter einem Schild, den unsere Sensoren nicht mal *aufspüren* können?«

Kirk hielt inne. Der Gedanke an eine fehlerhafte Sensorenmeldung erinnerte ihn an die unaufgeklärte Computerfehlfunktion, die den falschen Eindringlingsalarm hervorgerufen hatte, kurz nachdem Kaulidren und seine

Leute an Bord gekommen waren. Laut Spock war sie das Ergebnis sich widersprechender Messungen zweier Sensoren gewesen.

»Überprüfen Sie sofort alle Sensoren, Mr. Scott«, sagte er.

»Sir?« fragte Scott zurück. »Im Ernst? Dafür brauchen wir mindestens ...«

»Ran an die Arbeit, Scotty«, sagte Kirk knapp. »Geben Sie dem Befehl höchste Priorität.«

»Aye, Captain. Ich meld' mich wieder.«

»Lieutenant Uhura, haben Sie Starfleet schon erreicht?«

»Nein, Captain«, erwiderte sie. Sie klang selbst verwundert. »Auf allen Standardfrequenzen keine Antwort. Soll ich die Notfrequenz nehmen?«

»Überprüfen Sie erst die Anlage«, sagte Kirk, dessen Unbehagen um einen weiteren Punkt wuchs.

»Schon geschehen, Captain. Keinerlei Hinweise auf eine Fehlfunktion.«

»Aha.« Kirk musterte Pritchard an der wissenschaftlichen Station, dann fiel sein Blick wieder auf Uhura. »Na schön, Lieutenant, dann also die Notfrequenz.«

»Jawohl, Sir.«

»Lieutenant Pritchard ... Spock hat gesagt, daß wir über ein Spezialprogramm verfügen, das höhere Chancen hat als die zehn Prozent der Standarddiagnoseprogramme, wenn es darum geht, Computerfehlfunktionen nachzuweisen. Suchen Sie es heraus und lassen Sie es durchlaufen.«

»Mr. Spock hatte das Programm schon installiert, als er von Bord ging, Sir.« Pritchard pausierte und beugte sich über die Anzeige. »Keine schlüssigen Resultate. Es bestätigt nur die allgemeine erste Diagnose, daß das Problem das Ergebnis eines Konflikts zwischen zwei Sensorenmessungen war. Es gibt keinen Hinweis auf die Eigenart der Messungen oder warum sie zu einem Konflikt führten.«

»Gibt es irgendwelche anderen Tests, die Sie durchführen können, Lieutenant?«

»Nur Standardprogramme, Sir.« Pritchard zögerte. Er schaute Kirk kurz in die Augen, dann senkte er den Blick. »Ich weiß allerdings, daß Mr. Spock Ideen für eine spezielle Modifikationen seines Programms hatte, die dessen Fähigkeiten eventuell erhöhen, Probleme wie dieses zu diagnostizieren, falls alle oder mehrere der Meßdateien, die den Konflikt verursacht haben, gelöscht sind. Aber soweit ich weiß, hat er diese Veränderungen nie vorgenommen.«

Nun wird sie auch niemand mehr vornehmen, dachte Kirk unweigerlich. *Es sei denn, wir kriegen einen Wissenschaftsoffizier seines Kaliber.* Und die Aussicht war nicht sehr wahrscheinlich.

»Starfleet antwortet auch nicht auf der Notfrequenz, Captain«, meldete Uhura. »Ich versuche es weiter.«

»Versuchen Sie es bei anderen Schiffen in Reichweite. Der Admiral hat gesagt, eines sei höchstens einen Tag weit entfernt.«

»Jawohl, Captain.« Uhuras Finger flogen über die vor ihr befindlichen Tasten. »Keine Reaktion«, sagte sie nach einer Weile.

Kirks Stirnrunzeln nahm zu. Sein Unbehagen wurde immer stärker. »Machen Sie weiter, Uhura. – Lieutenant Pritchard ...«

»Captain«, unterbrach Uhura ihn. Ihre Stimme war eine Mischung aus Überraschung und Unglauben. »Starfleet funkt *uns* an!«

»Auf den Bildschirm!«

»Jawohl, Sir.«

Vancadia verschwand vom Schirm und wurde einen Moment später durch ein abstraktes, chaotisches Wirbeln ersetzt, das mehrere Sekunden lang auf dem Monitor blieb, bis es sich schließlich in das flackernde, verschwommene Abbild Admiral Bradys auflöste.

»*Enterprise*«, sagte er ohne Einleitung, »hier ist Admiral Brady vom Starfleet-Hauptquartier. Wir wissen, daß Sie versucht haben, Verbindung mit uns aufzunehmen, aber irgend etwas stört Ihren Subraum-Funk, und offenbar auch unsere Antwort. Wir setzen Notenergie ein, um unsere Sendung zeitweilig zu verstärken, und hoffen, daß wir Sie erreichen. Wir haben noch nicht herausfinden können, ob die Störung ein Naturphänomen oder künstlichen Ursprungs ist. Eine vorläufige Sichtung der Unterlagen unserer Begegnungen mit nicht der Föderation angehörigen Welten im Chyrellka-Sektor hat allerdings *eindeutig* weitere Hinweise auf dort stattgefundenen Einfluß von außerhalb ergeben. Zwar haben wir noch nichts, aus dem man Schlüsse ziehen könnte, aber auf der Grundlage früherer Erfahrungen sind die Klingonen höchstwahrscheinlich involviert.«

Das Bild schwankte und brach fast zusammen. Als es sich wieder fing, sprach Brady weiter. »... einen organisierten Feldzug konnten wir nicht feststellen.« Er machte eine Pause. »Falls ein solcher Feldzug jedoch existiert, wäre es wahrscheinlich, daß das Chyrellka-System damit zu tun hat. Aber Sie sind am Ort des Geschehens, Jim. Sie können die Lage besser beurteilen als ich, und Ihre Interpretation der Ersten Direktive ist mindestens ebenso gültig wie die meine. Damit möchte ich nur sagen, als daß ich völliges Vertrauen in Ihre Entscheidungen habe, wie sie auch ausfallen mögen. Das wissen Sie. Wir werden Ihre Entscheidungen in einer Angelegenheit von dieser Wichtigkeit nicht in Frage stellen, falls die Möglichkeit besteht, daß die Sicherheit der Föderation auf dem Spiel steht.«

Das Bild fing wieder an zu flackern. »Die Subraum-Störung nimmt offenbar wieder zu. Viel Glück, Jim.«

Dann löste Brady sich in einem farbenprächtigen Wirbel von Störbildern auf.

»Verbindung abgebrochen, Captain«, meldete Uhura.

»Neuer Versuch«, fauchte Kirk. »Bleiben Sie *dran!*«

»Aye, aye, Sir.«

Kirk schwieg einen Moment. Die Störgeräusche verschwanden, und Vancadia tauchte wieder auf dem Bildschirm auf. Es gab noch immer kein Anzeichen dafür, daß der Schild reaktiviert wurde. »Mr. Pritchard«, sagte er, »lassen Sie die Sensoren noch einmal auf den Schild los – aber nach *außen hin.*«

»Nach außen, Sir?«

»*Irgend etwas* stört unseren Funkverkehr mit dem Hauptquartier. Ich möchte wissen, ob der Schild wirklich abgeschaltet war – oder ob man ihn eventuell so weit ausgedehnt hat, daß er den gesamten Planeten und die *Enterprise* umspannt. Ich weiß, daß es unmöglich klingt«, fuhr er fort, »aber laut Sensoranzeige war er schon auf der Oberfläche des Planeten unmöglich. Und da wir es schon mit einer bestätigten Unmöglichkeit zu tun haben, können wir auch nach einer zweiten suchen.«

»Aye, aye, Captain.«

Pritchard gab rasch die nötigen Befehle ein und musterte die Anzeigen.

»Nichts innerhalb der Sensorenreichweite, Captain«, sagte er ein paar Sekunden später. »Keine Energiefelder irgendwelcher Art, die man nicht mit Planeten und Sternen in Beziehung bringen könnte.«

»Und an den Anzeigen ist nichts ungewöhnlich?«

»*Captain Kirk!*« schnarrte Kaulidrens Stimme aus dem Interkom. »Meine Gefährten und ich warten!«

»Ich nehme an, Sie haben ebenfalls zugehört?«

»Ja, aber das, was wir gehört haben, verdeutlicht uns nur noch mehr, daß wir endlich die Erlaubnis brauchen, nach Chyrellka zurückkehren zu dürfen, bevor die Fehlfunktionen – oder die Sabotage! – Ihren Antrieb lahmlegen und wir in der Kreisbahn um Vancadia stranden! Möglicherweise gefällt es *Ihnen,* den Rest Ihrer Tage hier zu verbringen, aber ich versichere Ihnen: *Mir* liegt nichts daran!«

Kirk war kurz davor mit den Zähnen zu knirschen, aber er riß sich zusammen. »Na schön, Premier«, sagte er knapp. Die immer undurchschaubarere Situation ließ ihn zögern, seine Leute in einer Fähre durch das System zu schicken. »Gehen Sie an Bord *Ihres* Schiffes. Wir *bringen* Sie in den Orbit um Chyrellka.«

Er unterbrach die Verbindung zum Hangardeck und wandte sich jäh dem Steuermann zu. »Bringen Sie uns nach Chyrellka, Mr. Sulu. Volle Impulskraft. Und dann kehren wir hierher zurück.«

Als das Luftkissenfahrzeug die städtischen Straßen endlich hinter sich gelassen hatte und sich langsam über das ebenfalls menschenleere Universitätsgelände bewegte, entwickelte Dr. Leonard McCoy allmählich die kleine Hoffnung, daß sie das von Tylmaurek ausgewählte Ziel erreichen würden.

»Während der Dauer des Notstandes sind nur Tagesvorlesungen gestattet«, erklärte Tylmaurek nervös, als das Fahrzeug leise zwischen den mehrstöckigen Gebäuden dahinglitt. Außer einer einzelnen Straße mit harter Oberfläche, die vor dem vancadischen Äquivalent eines Verwaltungsgebäudes endete, gab es keine Fahrbahnen für Wagen mit Reifen – nur von Büschen flankierte Wege, die das Luftkissenfahrzeug passieren konnte.

Als Spock einen letzten erfolglosen Versuch machte, den Kommunikator zu bedienen, warf McCoy ihm einen Blick zu. Er selbst hatte es ein halbes Dutzend Mal versucht – ebenso erfolglos. Als Tylmaurek das Fahrzeug durch einen Torweg auf den unterirdischen Parkplatz zusteuerte, der sich wahrscheinlich unter dem Hauptteil des Geländes erstreckte, verfiel Spock in Schweigen und hängte das Gerät wieder an seinen Gürtel.

»Noch immer nichts, Spock?«

»Nein, Doktor«, sagte Spock. Seine hochgezogene Augenbraue war der einzige Hinweis darauf, daß er McCoys Frage weniger rhetorisch als unlogisch und überflüssig empfand.

»Wir nehmen am besten die Treppe«, sagte Tylmaurek,

als er sein Fahrzeug in die erste freie Parklücke zwängte. »So ist die Chance am größten, daß wir niemandem begegnen. Und im anderen Fall können wir uns leichter verstecken.«

»Einen Moment noch«, warnte Spock, als Tylmaurek die Fahrzeugtür öffnen wollte.

»Was ist denn?«

»Zwei humanoide Lebensformen nähern sich von links«, sagte Spock und schaute von seinem Tricorder auf.

Tylmaurek duckte sich und lugte nervös in die angegebene Richtung. »Bestimmt nur ein paar Studenten auf dem Heimweg«, sagte er dann. »Die halbe Fakultät wohnt in diesem Gebäude, und seit Ende der Abendvorlesungen unterrichten manche Professoren in ihrem Quartier im kleinen Kreis.«

In der nächsten Parknische fing ein Luftkissenfahrzeug an zu winseln und fuhr ab. Er war nicht annähernd so leise, wie die, die ihnen bisher begegnet waren. Eine Minute später herrschte Stille.

»Kommt noch jemand?« fragte Tylmaurek mit bebender Stimme. »Wir haben längst Sperrstunde. Eigentlich dürfte niemand mehr ...«

»Niemand, Abgeordneter«, sagte Spock. »Ich kann in diesem Gebäude auch keine Klingonen entdecken.«

»Nach der Sendung«, sagte McCoy und verzog das Gesicht, »müssen wir uns nicht nur über die Klingonen Sorgen machen. Sind Sie sicher, Tylmaurek, daß Professor Rohgan der *einzige* ist, dem Sie trauen können? Gibt es nicht noch jemanden, der vielleicht in einem weniger dicht bevölkerten Gebiet wohnt? Unsere Uniformen und Spocks Ohren passen nicht hierher.«

»Tut mir leid«, sagte Tylmaurek, »aber ich bin weiterhin der Meinung, daß er der sicherste Mann für uns ist. – Irgendwie«, fuhr er fort, »bin ich nun in der gleichen Position wie er vor fünf Jahren.« Während er sprach, fragte sich McCoy unbehaglich, ob er so unsicher war, wie er klang, oder ob er möglicherweise nur deswegen redete, um sich selbst davon zu überzeugen, daß er die richtige Entscheidung getroffen hatte.

»Er war Ratsmitglied, als wir noch eine legitime Körperschaft waren«, fuhr Tylmaurek fort. »Als Delkondros den Plan faßte, die Unabhängigkeit dadurch zu erkämpfen, indem er die Orbitalfabrik der Chyrellkaner angriff, sind Rohgan und ein halbes Dutzend andere zurückgetreten.« Er runzelte die Stirn. »Vielleicht haben sie den Chyrellkanern sogar von Delkondros' bevorstehendem Angriff erzählt. Ich weiß es nicht. Vielleicht ist er deswegen schiefgegangen. Das Wichtige aber ist, daß Rohgan Delkondros schon vor fünf Jahren durchschaut und sich vom Rat getrennt hat. Ich habe zwar nicht mehr mit ihm gesprochen, seit wir in den Untergrund gingen, aber jetzt ...«

Er hielt kopfschüttelnd inne. »Es ist zwar nur ein Gefühl, aber er ist der einzige, von dem ich mir vorstellen kann, daß er mich anhört, bevor er mich erschießen oder melden würde. Und er ist wahrscheinlich auch der einzige, der mit der Wahrheit über Delkondros eventuell an eine einflußreiche Persönlichkeit herankommt. Vorausgesetzt, es gibt noch Persönlichkeiten mit Einfluß, die keine Klingonen sind.« Er setzte eine finstere Miene auf. »Jetzt, wo ich darüber nachdenke, überrascht es mich, daß Delkondros Rohgan nicht auf die Komplizenliste gesetzt hat. Als man den Rat für gesetzlos erklärte und unsere Schiffe vernichtet wurden, wollte Delkondros ihn tot sehen, aber die anderen konnten ihn davon abbringen.«

»Klingt wirklich so, als wäre er unser bester Mann«, sagte McCoy, nachdem Tylmaurek in Schweigen verfallen war. Er wollte ermutigend klingen. »Am besten steigen wir jetzt aus, bevor Spock den Versuch macht, es uns auszureden. Oder bevor wir geschnappt werden.«

»Warum sollte ich es Ihnen ausreden, Doktor? Unter den gegebenen Umständen bin auch ich dafür, daß es um des Überlebens willen am besten ist, wenn wir mit Professor Rohgan Kontakt aufnehmen.«

McCoys Augen weiteten sich. »Obwohl alles nur auf Tylmaureks Gefühlen basiert, Spock?«

»Natürlich nicht, Doktor. Meine Überlegungen basieren auf allem anderen, was er gesagt hat. Ich muß allerdings darauf hinweisen, daß eine geringe Chance in unserem Fall nicht die beste Chance ist.«

»Und sie wird mit jeder Sekunde, in der wir hier herumsitzen und diskutieren, noch kleiner!« McCoy schob abrupt die Fahrzeugtür auf und stieg aus.

Nach einer weiteren kurzen Korridorüberprüfung mit dem Tricorder folgten Spock und Tylmaurek, und Sekunden später betraten die drei ein Dutzend Meter von dem geparkten Luftkissenfahrzeug entferntes Treppenhaus.

»Der Gang ist leer«, sagte Spock, als sie den vierten Stock erreicht hatten. Dann standen sie in einem spartanischen Korridor vor einer einfachen braunen Tür.

»Ist Rohgan allein, Mr. Spock?« fragte Tylmaurek.

»Wenn sie damit meinen, ob sich nur ein Einzelwesen in dem Raum hinter der Tür aufhält«, sagte Spock und blickte von seinem Tricorder auf, »lautet die Antwort ja. Ob dieses Einzelwesen allerdings derjenige ist, den Sie Rohgan nennen, kann ich unmöglich wissen. Die Anzeige besagt, daß das Individuum kein Klingone ist, daß es ungefähr neunzig Kilo wiegt und ein physiologisches Profil aufweist, daß zu einem Erdenmenschen von etwa sechzig Jahren paßt. Und im Moment ist es ziemlich aufgebracht.«

Tylmaurek blinzelte, dann musterte er den Tricorder. »Ich glaube wohl kaum, daß das Ding Ihnen auch sagen kann, *warum* er so aufgebracht ist?«

»Nein, Abgeordneter, aber die Logik läßt mich annehmen, daß sein emotionaler Zustand etwas mit Delkondros' Sendung zu tun hat, laut der Vancadia von der Föderation angegriffen wird. Sie befinden sich übrigens in einem ähnlichen Zustand.«

»Wenn Sie damit fertig sind, Ihren emotionalen Zustand zu besprechen…«, nörgelte McCoy und deutete auf die Tür.

Tylmaurek nickte und klopfte an.

Die Tür flog fast sofort auf und enthüllte einen hochgewachsenen, schlanken Mann mit weißem, schütter werdenden Haar. Er trug ein ähnlich lose fallendes Hemd wie Tylmaurek und darüber ein Kleidungsstück, das wahrscheinlich das örtliche Gegenstück eines Pullovers war. Als er Tylmaurek erblickte, riß er die Augen auf. Kurz darauf, als er einen Blick zur Seite warf und Spock und McCoy sah, zuckte er vor Schreck zurück.

McCoys Muskeln spannten sich an. Er war zur Flucht bereit. Doch dann zeigte sich plötzlich ein kleines Lächeln auf dem Gesicht des älteren Mannes. »Ah«, sagte er leise, »die Mörderbrigade der Föderation und einer ihrer verräterischen Helfershelfer. Kommen Sie schnell herein, sonst sieht Sie noch irgendein braver Bürger.«

8

Sämtliche Sensoren überprüft, Captain. Funktion hundert Prozent«, kam Scotts Stimme aus dem Maschinenraum, als Sulu die *Enterprise* herumschwenkte, Kurs auf Vancadia nahm und wieder volle Impulskraft gab.

»Funkanlage ebenso, Captain«, sagte Uhura einen Moment später. »Aber es hat keine weitere Reaktion von Starfleet gegeben, weder auf der Standard- noch auf der Notfrequenz.«

Kirk atmete mit einem frustrierten Seufzer aus. Allmählich türmten sich die Unmöglichkeiten vor ihnen auf. Wenn die Tests stimmten, liefen sämtliche Systeme der *Enterprise* einwandfrei. Und doch war es auf mancherlei Weise so, als sei das Schiff aus dem bekannten Universum herausgefallen. Man konnte weder mit dem Starfleet-Hauptquartier noch mit sonst irgendeinem Schiff im All Verbindung aufnehmen. Die vielen tausend elektromagnetischen Signale, die zuvor auf Chyrellka und Vancadia gemessen worden waren, schwiegen. Selbst die Sensoren fingen nur die Strahlung von Leitungen und dergleichen auf – keine modulierten Signale, keinen Funkverkehr, kein Fernsehen, nichts.

Es schien immer mehr so, als umfasse der Schild nicht nur Vancadia und das gesamte Chyrellka-System, sondern auch die *Enterprise.* Nur behaupteten die Sensoren, daß die Magnetfelder beider Planeten und der Sonne *keinen* Schild verbargen. Vielleicht sollte er eine Raumfähre hinausschicken und die Messungen ihrer Sensoren mit denen der *Enterprise* vergleichen …

»Captain! Der Schild ist wieder da!«

Lieutenant Pritchards Stimme unterbrach Kirks Spekulationen über das Unmögliche, aber als sein Blick auf den Frontbildschirm fiel, stellte er fest, daß er eine weitere Unmöglichkeit in die Gleichung aufnehmen konnte. Der Schild war tatsächlich wieder aktiv, aber dort, wo sein flüchtiger Schein zuvor einen Kreis von etwa hundert Kilometern Durchmesser umgeben hatte, bedeckte er nun die doppelte Fläche.

Doch nun glitzerte er nicht mehr in einem schwachen, vage umrissenen Schillern, sondern in einer hart abgegrenzten Lichtdurchlässigkeit.

Erst als Professor Rohgan die Tür hinter ihnen geschlossen hatte und sich umdrehte, um sie anzusehen, fiel McCoy auf, daß er den Atem angehalten hatte. Rohgans Lächeln war verflogen, er wirkte nur noch angespannt.

»Ich nehme an, Tylmaurek«, sagte er, »daß es für das, was ich gerade aus Delkondros' Mund gehört habe, eine vernünftige Erklärung gibt.«

»Delkondros lügt, wenn er nur den Mund aufmacht!« platzte Tylmaurek heraus.

»Unsere Freunde sind also nicht tot?« In Rohgans Augen flackerte Hoffnung auf.

Einen Moment lang herrschte absolute Stille. McCoy sah, daß Tylmaureks Kinn vor wiedererwachtem Schmerz zitterte und er dann den Kopf schüttelte. »Doch«, sagte er mit brechender Stimme. »Die Morde waren echt.« Er schluckte sein Unbehagen herunter und fuhr fort: »Ich war zwar kein Augenzeuge, aber ich bin mir ziemlich sicher, daß sie wirklich tot sind. Ich habe Delkondros einen anderen Mann töten sehen, der aber nicht zum Rat gehörte ...«

»Soll das heißen, Delkondros hat sie umgebracht?« warf Rohgan ein. »Wissen Sie es genau? Nicht einmal ich habe ihn für *so* verrückt gehalten!«

Tylmaurek schnaubte. Es war ein scharfer, verbitterter

Ton. »Er hat es getan; und wenn nicht, hat er es befohlen. Aber es hatte nichts mit Wahnsinn zu tun.« Er schaute McCoy und Spock an. »Zumindest nicht mit *normalem* Wahnsinn.«

Dann begann er mit seiner Erklärung. Während Tylmaurek sprach, wurden Rohgans Augen groß. Dann verengte sich sein Blick. Von Zeit zu Zeit musterte er McCoy und Spock, als könne er die Wahrheit von Tylmaureks Worten an ihren Gesichtern ablesen.

Als Tylmaurek fertig war, atmete Rohgan mit einem lauten Seufzer aus. »Dann glauben Sie also, daß Delkondros nicht nur der überehrgeizige Paranoide ist, für den ich ihn stets gehalten habe, sondern ein mörderischer Fremdling?«

»Ich weiß, daß es irrsinnig klingt, Professor«, sagte McCoy, da Tylmaurek keine Antwort einzufallen schien, »aber ...«

»Ganz im Gegenteil, Doktor ... Wie war Ihr Name? McCoy? Ganz im Gegenteil, es ist die erste rationale Erklärung, die ich in den letzten Jahren für Delkondros' Verhalten gehört habe. Und irgendwie erleichtert sie sogar mein Gewissen. Seit ich aus dem Rat ausgeschieden bin, hatte ich genug Zeit, mich zu fragen, ob ich ihn nicht zu einer weniger katastrophalen Politik hätte beeinflussen können. Doch nach allem, was Sie sagen, hätte dies niemand geschafft. Seine Worte und Taten sollten ausnahmslos dazu dienen, unsere Welten zu entzweien und so viel Verstimmung wie möglich zu erzeugen. – Aber warum? Welchen Grund können diese Fremden haben, unsere kleinen Welten gegeneinander aufzuhetzen?«

McCoy schnaubte leise. »Es gehört zu ihrem Berufsbild. Sie machen nichts anderes.«

»Trotzdem ...« Rohgan brach ab. »Aber ich vergeude kostbare Zeit«, sagte er und wandte sich jäh zu Spock um. Er musterte noch einmal die Ohren und die olivfarbene Tönung seiner Haut und schaute dann auf den Tricorder, der noch immer an einem Riemen über seiner

Schulter hing. »Mit diesem Gerät können Sie die Fremden aufspüren? Selbst wenn sie sich äußerlich angepaßt haben? Und auch auf gewisse Entfernungen? Verstehe ich die Sache richtig?«

»Die Fremdlinge, um die es jetzt geht, Professor«, sagte Spock, »aber nicht alle Fremden.«

»Sind denn auch andere Völker einbezogen?«

»Meines Wissens nicht, Professor.«

Rohgan holte tief Luft. »Wenn das, was Tylmaurek berichtet hat, der Wahrheit entspricht, kann ich Sie vielleicht mit Ihrem Schiff in Kontakt bringen. Vielleicht kann ich es sogar arrangieren, daß man sie wieder an Bord holt.«

Hoffnung durchströmte McCoy. Sie ließ sein Herz schneller schlagen, doch eine Sekunde später traf ihn eine Woge des Mißtrauens wie ein körperlicher Schlag und ihm wurde klar, daß der Mann sie auf irgendeine Weise hinters Licht führen *mußte.* Es war einfach zu schön, um wahr zu sein, daß der erste Mensch, zu dem Tylmaurek sie geführt hatte, sie nicht nur freundlich aufnahm, sondern auch über die Möglichkeit verfügen sollte, mit der *Enterprise* Verbindung aufzunehmen.

»Und wie?« fragte McCoy heftig. »Wir haben Starfleet-Kommunikatoren. Wir können nicht mal *mit* deren Hilfe Kontakt aufnehmen.«

»Es ist eine lange Geschichte, für die wir jetzt keine Zeit haben«, sagte Rohgan. »Ich will nur erwähnen, daß eine Gruppe, der ich angehöre, an einem eigenen Plan gearbeitet hat. Und nun ...«

Er brach ab und schnappte nach Luft, denn ein sirenenartiges Piepsen erfüllte den Raum. »Schon wieder eine Meldung«, sagte er, wobei seine Stimme aufgrund des Schrecks, den das plötzliche Geräusch hervorgerufen hatte, bebte.

Er drehte sich um und schaltete einen in die Wand eingelassenen Bildschirm ein. Als er zum Leben erwachte, füllte das chyrellkanische Banner den Schirm, das Sekunden später durch das Gesicht des Gouverneurs ersetzt wurde.

Aber er war es nicht persönlich. Es war eindeutig eine Fotografie.

Dann ertönte eine Stimme, die weder dem Gouverneur noch Delkondros gehörte.

»Das vancadische Kolonialamt teilt in tiefster Trauer mit, daß Gouverneur Ulmar und Ratspräsident Delkondros von der Mördergruppe der Föderation umgebracht wurden.«

Nach diesen Worten verschwand das Bild des Gouverneurs und wurde im Bruchteil einer Sekunde durch die bereits bekannten Bilder Spocks, McCoys und Tylmaureks ersetzt.

»Vor wenigen Minuten«, fuhr die Stimme fort, »konnte dieses Trio unter Einsatz unbekannter Föderationstechnik den Sicherheitskordon unbemerkt überwinden, Gouverneur Ulmar und Präsident Delkondros töten und entkommen. Falls jemand ...«

Rohgan schaltete den Ton ab. McCoy sah, daß sein Gesicht kalkweiß war, und fragte sich, ob der Mann gleich in Ohnmacht fiele. Doch statt dessen hetzte er zur Tür und riß sie auf.

»Schnell – kommen Sie mit! Ich erkläre alles unterwegs.«

»Warten Sie, Professor.«

Es war Spock. Als McCoy sich umdrehte, sah er, daß er sich wieder mit dem Tricorder beschäftigte. Spock hatte ihn seit dem Augenblick, in dem sie den Raum betreten hatten, alle paar Sekunden überprüft, doch nun musterte er fortwährend die Anzeigen und bewegte das Gerät dabei.

»Drei Lebewesen haben das Gebäude gerade eben betreten«, fuhr Spock fort, »und zwar auf der Ebene des Parkhauses. Laut den Messungen sind zwei von ihnen menschlich; der dritte ist ein Klingone. Er hat eine Energiewaffe bei sich, die dem Laser ähnelt, die beim ersten Anschlag auf unser Leben eingesetzt wurde.«

McCoy maß Rohgan mit einem vorwurfsvollen Blick. Es war also *doch* eine Falle gewesen! »Was haben Sie getan, Professor? Bei unserem Eintreten Alarm ausgelöst?«

»Nein, Doktor«, sagte Spock, der den Blick auf den Tricorder richtete. »Laut seiner physiologischen Reaktion ist Professor Rohgans ebenso überrascht wie Sie – wenn nicht noch mehr. Aber wenn wir von hier verschwinden wollen, meine Herren, sollten wir es sofort tun. Die Ankömmlinge steigen in den Aufzug.«

Der bei Spocks Warnung erstarrte Rohgan setzte sich nun in Bewegung und eilte durch den Korridor. »Wir können die Treppe nehmen. Mein ...«

»Nur der Klingone und ein Mensch betreten den Aufzug«, warnte Spock. »Der dritte Mann kehrt offenbar in die Umgebung ihres Fahrzeugs zurück. Von dort aus, glaube ich, hat er eine gute Aussicht auf die Treppentür.«

Rohgan hielt fröstelnd an der Treppe an. Er lehnte sich kopfschüttelnd an die Tür. »Dann sitzen wir also in der Falle?«

»Nicht unbedingt«, sagte McCoy knapp, dem nun einfiel, wie sie Delkondros entkommen waren. Er traute Rohgan zwar noch immer nicht ganz, aber der Mann war ihm eindeutig lieber als die, die nun im Aufzug nach oben kam. »Spock«, sagte er eilig und griff in seinen Medokit. »Ich habe noch ein paar Ladungen für meinen Injektor.«

»Verstanden, Doktor«, sagte Spock, dessen Blick weiterhin auf den Tricorder gerichtet war. »Professor, ich glaube, wir haben die größten Erfolgschancen, wenn Sie sich vor die Aufzugtür stellen, direkt an die Wand. Wenn die Tür aufgeht, ziehen Sie die Aufmerksamkeit der beiden auf sich.«

»Was ...«

»Sie, Abgeordneter, bleiben außer Sichtweite«, sagte

Spock und gestikulierte mit der freien Hand. »Doktor, der Klingone steht links.«

McCoy sprang mit dem Injektor in der Hand auf die andere Seite der Aufzugtür und drückte sich an die Wand. Spock nahm den Tricorder in die linke Hand und drückte sich auf der rechten Seite an die Wand.

»Zweiter Stock«, sagte Spock und zählte leise weiter. »Dritter ... und ...«

Das Summen des Aufzugs verstummte. Spock schloß den Tricorder und ließ ihn von seiner Schulter baumeln. Einen Moment lang herrschte Stille, nur Rohgan schluckte nervös.

Die Tür glitt auf.

Der Mensch zuckte zusammen, als er Rohgan kaum zwei Meter von sich entfernt stehen sah. Er griff nach der Projektilwaffe an seinem Gürtel – sie war von der gleichen Art wie die, die auch Delkondros benutzt hatte.

Der Klingone, der ebenso menschlich aussah wie Delkondros, hielt seinen Laser schon in der Hand, die locker an seiner Seite herabhing. Er versteifte sich, dann lächelte er, trat mit seinem Begleiter aus dem Aufzug und wollte die Waffe heben.

Spock trat mit ausgestreckten Armen von der Wand fort. Als der Mensch und der Klingone sich aufgrund der Bewegung, die sie aus den Augenwinkeln wahrnahmen, umdrehen wollten, schlossen sich Spocks Finger um die Halsnerven des Menschen. Im gleichen Augenblick setzte McCoy den Injektor an den Hals des Klingonen.

Der Druck auf den Nerv ließ den Menschen sofort zu Boden gehen, aber der Klingone hatte Zeit, den Vulkanier zu erkennen. Er hätte auch genügend Zeit gehabt, den Laser zum Zielpunkt zu erheben, doch Spock griff an dem fallenden Menschen vorbei, packte den Arm des Klingonen, drückte ihn nach unten und ließ den Laserstrahl in den Boden fahren. Bevor der überraschte Klingone seine Kraft ins Spiel bringen und den Arm hochreißen konnte, den Spocks starke Hand hielt, zeigte die nur wenige Zentimeter von seinem Hirn entfernte Injektion Wirkung. Das Gesicht des Klingonen verzerrte sich zu blanker Wut, dann fiel auch er.

Als er auf dem Boden aufschlug, sprang Tylmaurek vor und entriß seinen Händen den Laser. »Hätte ich das nur mit Delkondros gemacht...«, sagte er, aber Spock packte schnell sein Gelenk und schob die Mündung von dem besinnungslosen Klingonen fort. Tylmaurek wehrte sich kurz, doch dann erschlaffte er und ließ den Laser zwischen seinen Fingern baumeln. Trotz seiner verärgerten Worte schien er fast erleichtert, daß Spock ihn gestoppt hatte.

»Falls wir je wieder auf die *Enterprise* zurückkehren«, sagte Spock, »ist dieses Individuum ein wertvoller Beweis.« Er wandte sich zu Rohgan um. »Wie weit ist es, Professor?«

»Etwa zweihundert Kilometer«, erwiderte Rohgan. Er schluckte nervös, als er den Blick von dem gestürzten Klingonen und der Laserverbrennung losriß, die wenige Zentimeter vor seinen Füßen den Boden verunzierte. »Aber jetzt glaube ich nicht mehr, daß wir es schaffen. Die Sperrstunde und die Nachrichten, in denen Sie zu sehen waren...«

»Ist unsere Chance größer, wenn wir das Fahrzeug nehmen, mit dem die beiden gekommen sind?«

»Wahrscheinlich, aber...«

»Dann versuchen wir, es in unseren Besitz zu bringen.« Spock wandte sich McCoy zu. »Doktor, Delkondros ist offenbar ziemlich schnell wieder erwacht. Haben Sie irgend etwas, daß die beiden für eine längere Zeit betäubt?«

McCoy nickte. Er hatte den Injektor bereits neu geladen. »Dies hier hätte nur nicht schnell genug gewirkt«, sagte er, als er das Gerät an den Hals des gestürzten Klingonen drückte. »Aber damit schläft er mindestens zehnmal so lange.«

Spock bückte sich, hob den Klingonen hoch, warf ihn wie eine Feder über seine Schulter und eilte zur Wohnung zurück. »Geben Sie dem anderen das gleiche«, sagte er, »und bringen Sie ihn mit.«

McCoy lud erneut – diesmal ein Mittel, das besser zu einem menschlichen Metabolismus paßte –, dann drückte er den Injektor an den Hals des Mannes und schaute Tylmaurek und Rohgan zu, die den Bewußtlosen aufhoben und Spock und dessen klingonischer Last in die Wohnung folgten.

Keine zwei Minuten später fuhren sie im Aufzug nach unten: der Klingone lag auf dem Boden, Tylmaurek trug die graue Uniform des Menschen. Als sie im Parterre anhielten, stiegen McCoy und Rohgan aus, während Spock den Klingonen aufhob und ihn auf Tylmaureks ausgestreckte Arme legte. Als Spock ihn losließ, stöhnte Tylmaurek wegen des Gewichts. Bevor die Aufzugtür sich vor dem Rat schloß, waren die drei anderen schon unterwegs und liefen die Treppe hinunter. Auf der Parkebene öffnete Spock die Tür einen kleinen Spalt und blieb abwartend stehen.

Sekunden später glitt die Aufzugtür knirschend auf und kündigte Tylmaureks Erscheinen an. Er bemühte sich sorgfältig, sein Gesicht zur Seite zu drehen, da er wußte, daß der dritte Mann im Wagen wartete. Mit dem betäubten Klingonen auf den Armen taumelte er aus dem Aufzug. Da er kaum in der Lage war, das Gewicht zu tragen, brauchte er keine Unsicherheit vorzutäuschen, als er ins Freie taumelte und bei dem Versuch, den Klingonen am Boden abzulegen, seine Knie einknicken ließ. Mit weiterhin abgewandtem Gesicht winkte er dem Mann im Wagen eilig zu, er möge ihm zu Hilfe kommen.

Nach einen gespannten Augenblick öffnete sich die Tür des Fahrzeugs. Der dritte Mann sprang hinaus und lief auf ihn zu. »Was ist denn los, verdammt …«, begann er, doch in dem Augenblick, in dem er an der Treppenhaustür vorbeikam, zuckte Spocks Hand durch den plötzlich weiter werden Spalt. Der Mann fiel ebenso schnell um, wie wenige Minuten zuvor sein Kollege. McCoy lief an Spock vorbei und gab auch ihm eine Injektion. Dann verstauten die beiden Vancadier den Mann in Tylmaureks Fahrzeug.

»Wenn er dort gefunden wird«, sagte Tylmaurek mit einem plötzlichen Grinsen, »kriege ich auch nicht mehr Schwierigkeiten, als ich jetzt schon habe.«

Eine Minute später war der Klingone im Kofferraum seines eigenen Fahrzeugs verstaut, und Rohgan, der sich dazu zwingen mußte, ruhig zu bleiben, machte sich mit der Steuerung vertraut. Eine weitere Minute später manövrierte er das Gefährt aus der unterirdischen Parkzone heraus auf das verwaiste Gelände der Universität.

»Und nun, wo wir es hinter uns haben«, sagte McCoy, als sie den Weg zurückfuhren, den sie gekommen waren, »könnten Sie uns erzählen, wie Sie uns auf die *Enterprise* zurückbringen wollen. Das letzte Luftkissenfahrzeug, das ich gesehen habe, war nämlich noch nicht in der Lage, in eine Kreisbahn vorzustoßen ...«

»Auch dieses hier kann es nicht, Doktor«, sagte Rohgan mit einem nervösen Lächeln, »obwohl es mich nach allem, was Sie mir heute abend über die Fremden und ihre Intrigen erzählt haben, nicht überraschen würde, wenn es dazu in der Lage wäre. – Nein, wir verfügen über ein Schiff, von dem ich hoffe, daß es diese Arbeit erledigen kann.«

McCoy runzelte im matten Licht der Straßenlaternen skeptisch die Stirn. »Und was ist mit Kaulidren und seinen Überwachungsschiffen?«

»Unser Schiff kommt an ihnen vorbei«, sagte Rohgan. Er schluckte hörbar, als koste es ihn einige Mühe, seine schwer errungene Gelassenheit aufrechtzuerhalten. »Jedenfalls hat man es mir versichert. Mir wird freilich immer klarer, daß es keine Garantien gibt. Und es gibt viele Unsicherheiten, darunter nicht zuletzt die, daß das

Gerät, das es dem Schiff erlaubt, Kaulidrens Wacheinheiten zu entgehen, möglicherweise auch ein ›Geschenk‹ dieser Klingonen ist.«

McCoy verdrehte die Augen und musterte Spock, der die Information mit der für ihn typischen stoischen Passivität aufzunehmen schien. »Dann haben wir es also mit einer Menge Unsicherheitsfaktoren zu tun, Professor.«

»So ist es wohl. Doch unter diesen Umständen haben wir keine andere Chance, als den Versuch zu wagen, meinen Sie nicht auch? Soweit ich weiß, ist es unsere einzige, den Schild – falls er wirklich für die Blockierung Ihrer Kommunikatoren verantwortlich ist – zu durchbrechen und mit Ihrem Schiff Verbindung aufzunehmen.«

»Kann sein«, sagte McCoy. »Aber Sie haben gesagt, daß zweihundert Kilometer vor uns liegen. Warum erklären Sie uns die ganze Sache nicht mal – einschließlich der Frage, wieso ausgerechnet Sie zufällig Zugang zum einzigen Schiff auf Vancadia haben, das eine Möglichkeit hat, an Kaulidrens Überwachungsschiffen vorbeizukommen?«

»Ja, Professor Rohgan«, fügte Tylmaurek hinzu, in dessen Stimme nun ebenfalls ein Anflug von Argwohn zu hören war, »das würde ich auch gern wissen.«

Rohgan blinzelte und warf Tylmaurek einen überraschten Blick zu. Entweder war er wirklich überrascht über das Mißtrauen, mit dem man ihm plötzlich begegnete, oder er war ein ausgezeichneter Schauspieler.

Schließlich nickte er. »Na schön, meine Herren«, sagte er, »aber es ist eine lange Geschichte.«

Nach dem Ausscheiden aus dem Rat war Rohgan in geheimem Kontakt mit den Ingenieuren geblieben, die an dem neuen Antrieb gearbeitet hatten; die meisten waren mit ihm einer Meinung gewesen und hatten ein damit ausgerüstetes Schiff nicht für einen Angriff auf die chyrellkanische Orbitalfabrik einsetzen wollen. Mehrere Wochen nach dem Fiasko hatte Delkondros sie an einer

Reihe neuer ›Notizen‹ arbeiten lassen, die angeblich von dem mysteriösen, verstorbenen Genie stammten, dessen vorherige Aufzeichnungen den Antrieb ermöglicht hatten. Diese Notizen hatten eine Art Schild beschrieben, der es jedem Schiff erlauben sollte, unentdeckt an Kaulidrens Überwachungsschiffen vorbeizuschlüpfen.

Zum Entsetzen der Ingenieure hatte Delkondros das Geheimnis des Schildes nicht nur den restlichen Mitgliedern des Rates verheimlicht, sondern auch den Plan ausgearbeitet, mit Hilfe dieser Abschirmung das zu beenden, was beim ersten Versuch schiefgegangen war. Es war ihm nach der Vernichtung seiner drei Schiffe gelungen, ein viertes vor den Chyrellkanern zu verbergen. Dies wollte er einsetzen, um die Orbitalfabrik zu vernichten.

Statt mit dieser Information zu den Chyrellkanern zu gehen, wie vor dem ersten geplanten Angriff, hatten Rohgan, die Ingenieure und mehrere ehemalige Angehörige des Rates einen eigenen Plan entwickelt. Die Ingenieure hatten Delkondros gefälschte Berichte gesandt, in denen sie ihre tatsächlichen Fortschritte verschleierten. Delkondros mußte nun davon ausgehen, daß es mindestens noch ein Jahr dauern würde, bis der erste Prototyp des neuen Schildes konstruiert und eingebaut werden konnte. In Wirklichkeit hatte man ihn längst fertiggestellt, installiert und getestet.

»Nach unserem ursprünglichen Plan«, sagte Rohgan, »sollte eine Gruppe unserer Leute das Schiff starten, sich an den Wacheinheiten vorbeischleichen und um Chyrellka in die Kreisbahn gehen. Dort angekommen, wollten wir den Schild deaktivieren, damit die Chyrellkaner uns sehen. Dann wollten wir unsere friedlichen Absichten bekunden, um ihnen ein für allemal zu beweisen, daß wir nicht auf einen Krieg aus sind und daß man uns vertrauen kann.«

Rohgan hielt inne und schüttelte den Kopf. »Ich weiß, daß es naiv klingt, aber für uns war es weitaus besser als der Versuch, all die vielen tausend Menschen in der Orbitalfabrik zu töten, wie Delkondros es will. Wir sind davon ausgegangen, daß die Chyrellkaner uns zustimmen und auf ähnliche Weise reagieren.«

McCoy schüttelte den Kopf. Er neigte dazu, dem Mann zu glauben. »So naiv wie Sie sollten viel mehr Menschen sein«, sagte er. »Es sei denn, man hat es mit den Klingonen zu tun. Aber das Schiff ... Ist es wirklich startbereit?«

Rohgan nickte. »Wir wollten es gerade starten, als wir hörten, daß ein Schiff der Föderation zu uns unterwegs ist. Das hat unsere Pläne geändert. Da wir wußten, daß die Chyrellkaner Ihnen eine Menge Lügen auftischen würden, haben wir beschlossen, den Start auf den Zeitpunkt kurz nach Ihrer Ankunft zu verlegen. Wir wollten im Grunde das tun, was wir geplant hatten – nur sollte es diesmal die Föderation sein, die das erfährt, was wir zuvor den Chyrellkanern mitteilen wollten.«

»Und dann hat Delkondros die Sendung ausstrahlen lassen«, sagte McCoy.

»Genau«, erwiderte Rohgan. »Wir hatten keinen Grund, ihm nicht zu glauben. Als Delkondros uns also erzählte, was Sie angeblich getan haben – und uns sogar die Leichen der Leute zeigte, die wir alle kannten –, mußten wir annehmen, daß die Föderation entweder so skrupellos ist wie das Reich der Klingonen, oder daß Kaulidren Sie überzeugt hatte, ihm beizustehen. Hätten wir unser Schiff gestartet, wäre es einfach vernichtet worden.

Allerdings hatten sich alle, die an der Mission teilnehmen sollten, bereits beim Schiff versammelt. Es sollte heute abend starten. Deswegen haben jene, die hier zurückbleiben sollten, den Versuch gemacht, mit den Leuten beim Schiff Verbindung aufzunehmen, um einen Start zu verhindern. Leider sind alle Verbindungen unterbrochen; den Grund kennen wir auch nicht. Deswegen sind einige von uns heute nachmittag in der Hoffnung zum Schiff aufgebrochen, daß sie es noch rechtzeitig erreichen und den Start abblasen können. Es war das Ziel der beiden Männer, die Sie bei Ihrer Ankunft das Gebäude haben verlassen sehen. Aber nun, da wir die Wahrheit kennen, können wir den Start durchführen. Sie können alle drei an Bord gehen. Das Schiff bringt sie durch den Schild; dann können Sie Verbindung mit der *Enterprise* aufnehmen und die hiesige Lage erklären.«

Rohgan verfiel in Schweigen, und McCoy verzog das Gesicht. Das Luftkissenfahrzeug fuhr weiter durch die verlassenen Straßen. McCoy war nun überzeugt, daß Rohgan seinen eigenen Worten glaubte und ihnen nicht bewußt eine Falle stellte. Aber trotzdem ... Die Chance, daß er sie wirklich in den Raum hinausbrachte, wo sie die *Enterprise* kontaktieren konnten, war bestenfalls gering. Es war viel wahrscheinlicher, daß Delkondros und der Rest der Klingonen von Anfang an von der kleinen Verschwörung der Ingenieure gewußt hatten. Was bedeutete, die Wahrscheinlichkeit war sehr hoch, daß Spock und er sich geradewegs in die Hände des Feindes begaben, wenn sie mit Rohgan zum Schiff fuhren.

Aber trotzdem ... So sehr er sich auch den Kopf zermarterte, ihm fiel beim besten Willen nichts ein, was ihnen eine größere Chance einräumte, die *Enterprise* jemals wiederzusehen.

9

Kirk blickte finster auf den Bildschirm und den nun fast undurchsichtigen Schild, der sich auf Vancadias Oberfläche über mehr als zwanzigtausend Kilometer ausbreitete.

»Können physikalische Objekte ihn noch durchdringen, Lieutenant Pritchard?« fragte er.

»Keine positive Aussage möglich, Sir, da er unsere Sensoren nun fast völlig blockiert. Aber sämtliche Hinweise deuten an, daß eine Möglichkeit besteht.«

Kirk drückte einen Knopf in der Lehne des Kommandosessels. »Mr. Scott«, sagte er, nachdem der Chefingenieur sich gemeldet hatte, »ich schicke eine Fähre hinunter. Wählen Sie Ihre verläßlichsten Leute aus, dann stellen Sie mit Lieutenant Pritchard ein Automatikprogramm zusammen, das sie knapp unter die Schildebene bringt. Wir wollen doch mal sehen, ob wir die Natur des Schildes, seine Energiequelle und eine Möglichkeit finden, ihn zu umgehen oder zu deaktivieren.«

»Aye, Captain, ich treffe den Lieutenant bei den Fähren.«

»Zwei Minuten, Scotty. Der Lieutenant ist unterwegs.«

Kirk, noch immer finster, wandte dem Hauptbildschirm den Rücken zu. Es sah so aus, als hätte die Stärke des Schildes in den Sekunden, in denen er weggesehen hatte, noch zugenommen.

Hargemon lächelte äußerst zufrieden vor sich hin, als er die *Enterprise* hilflos vor sich auf dem Bildschirm sah. Die kleine, durch einen kilometerlangen Traktorstrahl am Raumschiff fest verankerte Relaisstation arbeitete einwandfrei. Wenn er wollte, konnte er die *Enterprise* auf eine unumkehrbare Fahrt in die Vernichtung schicken, und zwar in dieser Minute und auf hundert verschiedene Arten. Kirk konnte sie nicht aufhalten. Scott konnte sie nicht aufhalten. Niemand, der momentan an der wissenschaftlichen Station saß, konnte sie aufhalten. Nur Spock – wäre er noch an Bord gewesen – hätte vielleicht eine Chance gehabt, das Problem aufzuspüren und den Untergang zu verhindern.

Und vielleicht nicht einmal er, dachte Hargemon mit einem Anflug von Bedauern. Wie schade, daß der Vulkanier keine Gelegenheit bekam, es zu versuchen. Es hätte ihn gereizt, ihm die Chance einzuräumen, aber der Commander hatte ihn überstimmt. Er hatte damit zum ersten Mal recht gehabt; Hargemon mußte es zugeben.

Aber irgendwann würde auch er an der Reihe sein, und zwar sehr bald.

Der Commander hatte das Projekt als einen Testlauf bezeichnet. Und auch das entsprach der Wahrheit, wenn auch nicht ganz so, wie er es beabsichtigte.

Lächelnd dachte Hargemon an den klingonischen Schlachtkreuzer, der sie schnellstens an Bord nehmen würde, wenn er, der Commander und die anderen ihr Unternehmen im Chyrellka-System erledigt hatten. Der Kreuzer würde sich als gutes Versuchskaninchen für seinen eigenen ›Testlauf‹ erweisen. Sein Computer war im Vergleich mit dem der *Enterprise* ein Kinderspielzeug. Hargemon hätte ihm in wenigen Minuten einen Handstand beibringen können. Selbst der Tölpel Kelgar, den der Commander ihm zur Seite gestellt hatte, hätte die primitive Ansammlung von Mikroschaltkreisen austricksen können – jetzt, nachdem er Hargemon zugesehen und eine Menge von ihm gelernt hatte.

Hargemons Aufmerksamkeit richtete sich wieder auf den Bildschirm. Die Fährenluke der *Enterprise* öffnete sich! Was, verdammt noch mal, wollte Kirk damit erreichen, daß er eine Fähre hinausschickte?

Einen Moment lang hatte er ein mulmiges Gefühl in der Magengrube. War Kirk der Wahrheit auf die Spur gekommen? Hatte es nicht gereicht, Spock aus dem Weg zu schaffen?

Aber nein, es spielte keine Rolle. Selbst wenn Kirk erkannte, wo das Problem lag; selbst wenn er eine Fähre hinausschickte, um seine Theorie zu überprüfen – er war niemals dazu fähig, die Feinheiten zu durchschauen. Nur Spock, der gelegentlich in virtueller Symbiose mit dem Computer zu leben schien, war dazu in der Lage – wenn auch nicht in der Zeit, die der *Enterprise* noch blieb.

Es hatte aber trotzdem keinen Sinn, dieses kleine Risiko einzugehen.

Hargemons Finger tanzten über die selbstentwickelte Tastatur. Er gab eine Befehlskette ein und schaute zu, als die Zeilen über den unteren Bildschirmrand liefen und bestätigt wurden. Verbale Befehle wären zwar schneller gewesen, aber das klingonische System, das er seinen eigenen Bedürfnissen hatte anpassen müssen, hatte diese Fähigkeit nicht – zumindest nicht den Grad an Exaktheit und Verläßlichkeit, der nötig war.

Als der letzte Befehl vom Bildschirm wiederholt wurde, schloß sich auch schon das Hangartor. Hargemon lachte, als er sich das Gesicht des Fährenpiloten vorstellte – und dann das Kirks, wenn die Meldung ihn auf der Brücke erreichte. Der Captain würde ausrasten! Sein Leben bestand aus der Kontrolle über Menschen und Maschinen, doch nun entglitt sie ihm und würde in Anarchie enden.

Ein Blip auf dem Schirm zeigte Hargemon, daß jemand einen Versuch unternommen hatte, die Torhälften mit Gewalt zu öffnen. Er lachte erneut. Es war fast zu schade, daß Kirk zusammen mit den anderen sterben mußte. Wie hätte es ihn doch befriedigt, ihm gegenüberzutreten und ihm genau zu erzählen, was passiert war – und warum.

Wieder ein Blip. Ein erneuter Versuch, das Tor von Hand zu steuern. Diesmal aus dem Maschinenraum, wahrscheinlich von Scott.

Mehrere Sekunden lang passierte nichts. Dann jagten eine ganze Reihe kodierter Befehle und Erwiderungen über den Bildschirm. Jeder war für das geübte Auge erkennbar.

Sie nahmen weitere Tests vor, doch diesmal nicht an den Sensoren, sondern am Steuerschaltkreis, an den Umleitungen und sogar an Teilen des Computers.

Aber sie prüften natürlich nicht jene Teile, auf die es ankam. Die waren nämlich ...

Hargemon musterte stirnrunzelnd eine über den Schirm laufende Datenreihe. Er durchschaute sie nicht. War Spocks Ersatzprogramm besser, als er angenommen hatte? Hatte er jemandem eins der Problemlösungsprogramme vererbt, an denen er gearbeitet hatte?

Aber nein, es war keine Datenreihe, die auf einen Test hinwies. Es war eine Erwiderung – eine computererzeugte Reaktion.

Eine Reaktion, die der Computer *nicht* hätte anzeigen dürfen, wurde ihm mit Unbehagen klar.

Hargemons Stirnrunzeln nahm zu. Er wartete, bis die Testreihe zu Ende war. Die Prüfung war vorbei, jedenfalls im Augenblick. Um sicherzugehen, daß sie nicht wieder anfing, während er die seine laufen ließ, gab er einen einzelnen Befehl ein und schickte Botschaften ab, die über den Schirm rasten.

Es dauerte fünf Minuten. Sein Blick musterte die Zeichen. Er erkannte und verwarf, erkannte und verwarf.

Bis ...

Was war *das?* Ein Frösteln überkam ihn. Hatte er einen Fehler gemacht? Nach all der monatelangen Arbeit ... Hatte er irgend etwas Offensichtliches übersehen? Hargemon musterte die Tastatur mit einem finsteren Blick.

Mit verbaler Steuerung hätte so etwas nie passieren können. Ob das ganze Projekt nun wegen der ihn umgebenden primitiven klingonischen Technik zusammenbrach?

Aber nein! Als er sich die Sache noch einmal vornahm, sah er, daß es gar kein Fehler war. Es konnte keiner sein. Für einen einfachen Eingabefehler beim Aufrufen des Programms war es viel zu komplex.

Aber wenn es kein Fehler war, was dann? Und wie war es dazu gekommen?

Sein besorgtes Frösteln verblaßte und wurde durch die wütende Entschlossenheit ersetzt, das Rätsel zu lösen. Hatte Kelgar etwa ohne seine Erlaubnis irgend etwas verändert? Wenn er …

Es ist vielleicht die Chance, auf die ich gewartet habe, dachte Hargemon abrupt. Die Chance, mir Kelgar vom Hals zu schaffen. Wenn Kelgar irrtümlich angenommen hatte, daß er die Feinheiten des Programms so gut verstünde, um sie verändern zu können, bestand eine sehr hohe Möglichkeit, daß er irgend etwas verpfuscht hatte. Und wenn es etwas gab, was der Commander nicht tolerierte, dann Pfuscherei. Wenn die Dinge schiefliefen, konnte der Commander ebenso hart reagieren wie Kirk.

Ein unmerkliches Lächeln legte sich auf Hargemons Gesicht. Der Commander war schon fuchsteufelswild gewesen, als die Nachricht von der Flucht Spocks und McCoys auf Vancadia gekommen war. Da hatte jemand einen Fehler gemacht und würde dafür büßen müssen.

Und Kelgar hatte hier einen Fehler gemacht, am Computer. Mit etwas Glück würde auch *er* dafür bezahlen. Dann war er wenigstens den inkompetenten Assistenten und aufdringlichen Wachhund los, den Kelgar in den letzten sechs Monaten gespielt hatte. Dann nahm vielleicht ein anderer seinen Platz ein. Aber nicht sofort, sondern erst, wenn Hargemons eigene Pläne ihren Verlauf genommen hatten.

Was also hatte Kelgar genau getan? Oder, was eher der Wahrscheinlichkeit entsprach, was hatte er zu tun *versucht?* Hargemon lächelte vor sich hin und gab methodisch Befehle und Fragen ein.

Als die Antworten eingingen, verblaßte sein Lächeln allmählich. Was Kelgar auch angerichtet hatte, es war weitaus komplexer, als er erwartet hatte. Die Veränderung war mitten ins Herz seines eigenen Programms eingebettet und hatte Auswirkungen auf jeden einzelnen Aspekt.

Und sie war gut versteckt, wurde ihm schlagartig klar. Hätte er die anomale Reaktion nicht über den Bildschirm flitzen sehen, hätte er sie nie gefunden. Er mußte sich säuerlich eingestehen, daß Kelgars Fähigkeiten größer waren als angenommen. Dies war nicht die Arbeit eines Burschen mit zwei linken Händen. Es war die Arbeit eines Mannes, der genau wußte, was er tat, ob er nun Klingone war oder nicht.

Kelgar, wurde Hargemon mit einem plötzlichen Frösteln klar, verstand fast ebenso viel von Computern wie er – oder wenigstens von diesem speziellen Computer. Dennoch stellte sich die Frage, was die Veränderungen *bewirkten.*

Weitere Fragen, weitere Befehle, weitere Antworten strömten über den Schirm. Bis ...

»Also *das* ist es!« kam es über seine Lippen.

Die Veränderungen bewirkten nichts – solange der Computer der *Enterprise* mit voller Kraft lief und bedient wurde.

Wenn er aber aufgrund von Energieausfall abschaltete – und dies würde er in Bälde tun –, und sein Inhalt von einem anderen Computer eingelesen wurde ...

»Wie ich sehe, haben Sie es gefunden.« Kelgars rauhe Stimme kam von irgendwoher, und kurz darauf ersetzte sein Gesicht die Daten auf dem Bildschirm.

Im gleichen Moment hörte Hargemon hinter sich etwas – ein Zischen, dann ein Klicken. Er zuckte herum und sah, daß die einzige Tür des Raumes sich geschlossen hatte. Er war eingesperrt.

»Verdammt, was glauben Sie ...«

»Um die Wahrheit zu sagen, Hargemon«, sagte Kelgar und ignorierte seinen Versuch, etwas zu sagen, »ich bin nicht überrascht. Und ganz bestimmt nicht enttäuscht. Ich habe dem Commander gleich gesagt, daß Sie es sehr wahrscheinlich finden.«

»Der Commander weiß davon?«

»Natürlich. Es war doch seine Idee. Wie auch der Alarm – der uns gesagt hat, daß Sie die Änderung entdeckt haben.«

Hargemon stand abrupt auf, drehte sich um und wollte die Tür aufschieben. Sie bewegte sich nicht.

»Sie können sie nicht öffnen«, sagte Kelgars Abbild.

»Was soll das?«

»Wir wußten nicht genau, wie Sie reagieren würden. Schließlich hat die Vernichtung eines Schiffes, das von einem Mann befehligt wird, den Sie hassen, mit der Vernichtung der gesamten Raumflotte nichts zu tun. Selbst ein Verräter wie Sie sollte nicht so weit gehen.«

Als Hargemon einen erneuten Blick auf das lächelnde – grinsende – Gesicht des Klingonen warf, wurde ihm die Lage klar. Kelgar war nach alter klingonischer Sitte im Begriff, seinen direkten Vorgesetzten zu ermorden. Natürlich mußte er es für den Commander anders erscheinen lassen. Der Commander würde es hinnehmen, und dann ...

Dann würde der Commander selbst daran glauben müssen, und der Ruhm, die Föderation in die Knie gezwungen zu haben, würde einem *echten* Klingonen zufallen.

»Sie Narr!« fauchte Hargemon. »Wenn Sie glauben, es ist damit getan, daß mein Programm jene Computer infiziert, die einen Versuch machen, den Computerspeicher der *Enterprise* zu rekonstruieren, sind Sie ein noch größerer Pfuscher, als ich bisher geglaubt habe!«

»Wir werden sehen, Hargemon, wir werden sehen. Das heißt, *ich* werde es sehen. Aber ich schenke Ihnen noch einen Augenblick, in dem sie mein fachmännisches Können bewundern und Ihre Einschätzung meiner Fähigkeiten möglicherweise revidieren können.«

In diesem Moment kippte Hargemons Gedankenwelt. Plötzlich wurde ihm klar, daß Kelgar, selbst wenn er mit seinem langfristigen Plan keinen Erfolg hatte, eins ganz sicher konnte: den ersten Schritt tun, indem er ihn – seinen direkten Vorgesetzten – ermordete. Und ebenso erkannte er, daß seine einzige Überlebenschance, so gering sie auch war, in dem Schiff und der Mannschaft bestand, deren Vernichtung er seit Monaten plante.

Hargemons Finger flogen über die Tasten und rasten durch die kodierten Befehle, damit Kelgar nicht erkannte, was er dort tat, und ihn stoppte.

Doch nichts passierte. Dort, wo die Datenströme über den Bildschirm hätten laufen sollen, war nur Kelgars Gesicht zu sehen.

»Sehen Sie?« sagte er. »Der Commander und ich hatten recht, Ihnen nicht zu trauen. Hätte ich keine Blockierung vorgenommen, um Sie daran zu hindern, den Abbruchkode an die *Enterprise* zu schicken, hätten Sie das gesamte Projekt kaputtgemacht, bevor es auch nur seinen Anfang genommen hätte.«

Urplötzlich verschwand Kelgars Bild. Die *Enterprise* war wieder da, das Hangartor war dicht verschlossen.

Hargemons Verstand raste. In einer Minute würde Kelgar hinter ihm durch die Tür kommen. Vielleicht eher.

Er stellte sich den Bildschirm so vor, wie er vor dem Schließen der Tür ausgesehen hatte. Dann gab er Befehle ein. Es freute ihn zum ersten Mal, daß er mit einer Tastatur arbeiten mußte. Wäre der Computer verbal steuerbar gewesen, hätte er gar keine Chance gehabt, denn dann wäre längst alles auf Kelgars oder die Stimme des Commanders abgestimmt gewesen, und er hätte nichts tun können, um die Tür zu öffnen. Doch die Tastatur und seine Erinnerung an das, was vor dem Schließen der Tür auf dem Schirm zu sehen gewesen war, waren seine letzte Chance.

Befehle und Bestätigungen rasten über den Schirm, bis ...

Da war sie, die genaue Konfiguration – und dazu der Befehl, der die Tür verriegelte!

Er gab einen weiteren Befehl ein.

Die Tür ging auf. *Noch* war er nicht tot.

Hargemon wandte sich zur Tür – und blieb stehen. Vielleicht konnte er, bevor Kelgar ihn einholte, die letzte Fähre erreichen. Vielleicht konnte er sie sogar starten.

Aber dann brauchte Kelgar nur in den Kontrollraum zurückzukehren, das Schiff seine Spur aufnehmen zu lassen und ihn abzuschießen. Dann erreichte er den Planeten Vancadia niemals – außer in atomisierter Form.

Es sei denn ...

Hargemon wirbelte zum Computer zurück und gab schnell wie der Blitz eine weitere Befehlsreihe ein. Sein Herz tat einen Sprung, als er sah, daß in diesem Bereich keine Blockierung vorgenommen worden war. Das Navigationssystem des Schiffes stand weit offen.

Noch eine Befehlskette, ein halbes Dutzend Anschläge, und Hargemon rannte fort, ohne auf die Bestätigung durch den Bildschirm zu warten.

Zehn Sekunden später war er durch die Tür des winzigen Hangardecks des Schiffes. Er gab den Notfallkode für das Türschloß der letzten Fähre ein, sprang an Bord und zog die Luke hinter sich zu.

Die Hangartür schwang auf. Die Luft wurde hinausgesaugt. Er war sicher, jedenfalls im Augenblick. Zum Glück gab es hier kein bequemes atmosphärisches Eindämmungsfeld wie auf der *Enterprise.* Kelgar konnte den Hangar nicht betreten, bevor die Raumfähre draußen war und die Tür sich hinter ihr geschlossen hatte.

Aber Kelgar würde seine Zeit nicht damit vergeuden. Möglicherweise hatte er sogar das Öffnen und Schließen der Hangartür gesehen. Wahrscheinlich war er schon auf dem Rückweg in den Kontrollraum, wo er sich ebensosehr darauf freute, die Fähre abzuschießen, wie er sich darauf gefreut hatte, ihn im Computerraum zu töten.

Hargemon steuerte die Fähre hinaus, sobald genügend Platz vorhanden war, Sekunden bevor sich das Außentor ganz öffnete.

Ohne einen Blick zurückzuwerfen, um sich davon zu überzeugen, ob seine in letzter Minute eingegebenen Computerbefehle funktionierten, ging er auf volle Kraft und beschleunigte in Richtung Nachtseite des Planeten. Er hatte später genug Zeit, um sich Gedanken über ein bestimmtes Ziel zu machen – und wie er Spock und McCoy fand.

Zuerst mußte er aus Kelgars Reichweite verschwinden – und zwar schnell.

10

»Es *muß* doch eine Erklärung geben!« Kirk ging frustriert auf der Brücke hin und her. Auf dem Bildschirm war, wie in der vergangenen halben Stunde, nur Vancadias Oberfläche zu sehen. Der Schild bedeckte noch immer ein Gebiet von zwanzigtausend Quadratkilometern und wurde ständig undurchsichtiger. Auf dem Hangardeck ignorierte das Tor stur sämtliche Computerbefehle und alle Versuche, es von Hand zu steuern. Selbst die persönlichen Bemühungen von Commander Scott waren im Sande verlaufen. An der Kommunikationskonsole führte Lieutenant Uhura sämtliche Anlagentests durch, die Starfleet bekannt waren, und dazu eine Reihe solcher, die sie spontan selbst entwickelt hatte. Doch seit dem abgebrochenen Funkspruch Admiral Bradys war es noch zu keiner Reaktion des Hauptquartiers oder anderer Föderationsschiffe gekommen.

»Aye, Captain, irgendeine Erklärung gibt es immer«, sagte Scott und trat von der wissenschaftlichen Station zurück, an der er und Lieutenant Pritchard versucht hatten, Spocks selbstentwickelte Testprogramme zum Laufen zu bringen. »Aber wenn Sie mich fragen ...«

»Ich *frage* Sie, Scotty! Wenn Sie irgendwelche Einfälle haben, bitte *heraus damit!*«

»Aye, Captain. Ich wollte nur sagen, mir fällt nichts anderes ein als die Frage, ob wir hier einem neuen Organia gegenüberstehen.«

Kirk verzog innerlich das Gesicht, aber nach außen hin zuckte er mit keiner Wimper. Auch er hatte die

Möglichkeit bei jedem neuen und unerklärlichen Ereignis kurz in Erwägung gezogen. Aber er hatte sich geweigert, den Gedanken weiter zu verfolgen. Es hätte ohnehin nichts gebracht. Wenn sie wieder einer Gruppierung oder Entität begegnet waren, deren geistige oder technische Macht auch nur entfernt der der Organianer glich, war die *Enterprise* aller Wahrscheinlichkeit nach hilflos. Ihre erste – und einzige – Begegnung mit den Organianern war während eines anderen Konflikts mit den Klingonen zustande gekommen, fiel ihm mit Unbehagen ein. Doch ohne ihre Einmischung hätte es zu einem Krieg kommen können. Als die Organianer schließlich die Geduld verloren hatten, hatten sie einfach sämtliche Waffen beider Seiten in der ganzen Galaxis gleichzeitig unwirksam gemacht. Die Unterbrechung einer Subraum-Verbindung zum Starfleet-Hauptquartier mußte für Wesen dieser Art ein Kinderspiel sein.

Ähnlichkeiten mit ihrer gegenwärtigen Situation waren zwar vorhanden, aber ebenso offensichtlich war, daß sie eher das Gegenteil annehmen sollten, solange sie es nicht genau wußten. Die Annahme, daß irgendeine wohlwollende Supermacht wie die der Organianer die hiesige Lage steuerte, konnte sich als fatal erweisen, wenn sie nicht stimmte. Sie mußten, solange das Gegenteil nicht feststand, davon ausgehen, daß die Verantwortung für die momentane Situation entweder auf irgendein bisher unerklärliches Naturphänomen oder auf etwas zurückzuführen war, was die Klingonen taten. Oder ein neuer Verbündeter der Klingonen. Um ihr eigenes Überleben zu sichern, mußten sie davon ausgehen, daß das, was hier geschah, etwas war, das sie bekämpfen oder vereiteln konnten – falls sie ihm auf die Spur kamen.

»Es ist zwar alles möglich, Scotty«, sagte Kirk abrupt, »aber wir wollen noch nicht aufgeben. Es könnte auch etwas anderes sein; irgend etwas, mit dem wir fertig werden. Wie weit sind Sie und Mr. Pritchard mit der Analyse von Spocks Programm gekommen?«

Er würde es nicht schaffen.

Die in letzter Sekunde erfolgte Sabotage des Navigationssystems hatte ihm nicht genug Zeit verschafft. Er hatte Kelgar auch diesmal unterschätzt. Der Klingone mußte rasch erkannt haben, daß das System nicht so arbeitete, wie es sollte. Wahrscheinlich hatte er nur einen kurzen Augenblick gebraucht, um den Grund dafür zu erkennen: Hargemons Sabotage.

Insgesamt war kaum mehr als eine Minute vergangen, seit Kelgar das Schiff ausgerichtet und die richtigen Koordinaten eingegeben hatte, um die fliehende Fähre zu verfolgen.

Der erste Schuß verfehlte Hargemon um fast einen Kilometer und wandelte seine Energie in harmlose Wärme und Licht um, als er den weit vor ihm befindlichen Rand der Atmosphäre traf. Doch Hargemon wußte, daß Kelgar nicht immer danebenschießen würde. Das Navigationssystem des Schiffes, dem er kurzfristig ein falsches Koordinatensystem eingegeben hatte – es war um neunzig Grad verschoben –, hatte die Neujustierung noch nicht abgeschlossen. Sobald die Peilung stimmte – und das war in höchstens dreißig Sekunden der Fall –, würde die Abweichung kaum mehr als den Durchmesser der fliehenden Fähre betragen. Und selbst wenn nicht: eine Minute – oder auch zwei, wenn er so viel Glück hatte – reichte, um das Verfolgerschiff so aufholen zu lassen, daß Kelgar ihn mit seinen eigenen Händen umbringen konnte.

Was ihm, dachte Hargemon grimmig, wahrscheinlich sowieso viel mehr Spaß macht.

Ein neuer Schuß zerriß genau vor ihm die Atmosphäre. Diesmal hatte Kelgar höchstens ein paar Dutzend Meter danebengezielt. Die Neujustierung war demnach fast abgeschlossen.

Hargemon kippte die Raumfähre abrupt nach vorn und zog sie steil nach unten. Er würde zwar weit entfernt von seinem Zielgebiet landen, aber das machte nichts. Es war seine einzige Überlebenschance. Er mußte in die Atmosphäre eintauchen, bevor Kelgar aufholte. Kelgars Schiff konnte nicht in die Lufthülle vorstoßen, jedenfalls nicht weit, und die Strahlen seiner für das Vakuum des Raumes gebauten Energiewaffen würden abstumpfen und sich weit fächern.

Doch dann, als Hargemon erkannte, daß auch dieses Manöver ihn nicht retten würde, sah er, daß eins der klobigen Überwachungsschiffe auf dem oberen Bildschirmrand auftauchte. Hoffnung durchströmte ihn, und sein Verstand raste, um sich an den Kode zu erinnern, der ihm Zugriff auf die Schiffskontrollen gab. Als sich gerade die erste Sequenz in seinem Kopf formte, zuckten seine Finger auf die Tasten zu, und seine Hoffnung schwand. Der Kode konnte nur von einem Computer des Mutterschiffes abgestrahlt werden, doch das Mutterschiff war gerade das, in dem Kelgar ihm immer näher kam. Mit genügend Zeit hätte er vielleicht eine Möglichkeit finden können, die Schutzmechanismen zu umgehen, die alle Signale außer dem einen blockierten. Er hätte sogar die Kontrolle über die fremden Laser an sich reißen und auf Kelgar richten können; aber Zeit war das einzige, was er nicht hatte.

Nein, die einzige Direktverbindung zwischen der Fähre und den Überwachungsschiffen war jene, die man verwenden konnte, um die Antimateriebomben detonieren zu lassen, die in sie alle eingebaut waren. »Der Sicherheit wegen«, hatte der Commander gesagt. »Ich möchte nicht, daß *ich* von einem dieser Killer abgeschossen werde, falls etwas schiefgeht und das Schiff beschließen sollte, meinen Sicherheitskode nicht zu erkennen.«

Zwar war offensichtlich gewesen, daß Kelgar nur Geringschätzung für derlei ›menschliche‹ Vorsichtsmaßnahmen hatte, aber Hargemon hatte nichts gesagt. Und jetzt …

Eine erneute Salve ließ die Fähre wanken.

Hargemon riß sie ohne das geringste Zögern zur Seite und dann hoch; die Triebwerke wurden extrem belastet, der Schub des Manövers drückte ihn in den kaum gepolsterten Pilotensitz zurück. Er hörte, daß die Fähre mit einem metallischen Knirschen protestierte. Die Ränder seines Blickfeldes umwölkten sich einen Augenblick, als er die Energie wieder beschränkte – und dann losließ.

Plötzlich war er wieder im freien Fall. Und genau vor ihm auf dem Schirm erschien der monolithische Bug des Überwachungsschiffes, dessen funktionierende Laser wahrscheinlich genau auf ihn gerichtet waren. Aber er wußte, sie würden nicht feuern, solange die Fähre ihren Durchgangskode sendete. Eine Sekunde lang kam ihm der Gedanke, den Kode abzuschalten. Wenn Kelgar genau hinter ihm war …

Aber nein, er brauchte eine Überlebenschance. Und er wollte sich rächen, nicht nur Kelgar mit ihm in den Tod reißen. Und seine Position, die genau zwischen Kelgar und dem Überwachungsschiff lag, gab ihm etwas Luft zum atmen. Ob mit oder ohne Durchgangskode, das Überwachungsschiff würde das Feuer erwidern, wenn es annahm, daß es beschossen wurde.

Hargemon fegte in letzter Sekunde seitwärts, schoß in einer Entfernung von kaum hundert Metern an dem Überwachungsschiff vorbei und ging dann, direkt hinter den klobigen Raketeneinheiten am Heck, mit ihm auf eine Höhe. Wenn er nicht ganz vor Kelgars klingonischen Sensoren verborgen war, würde sich sein Abbild zumindest mit dem des Überwachungsschiffes vermischen.

Er funkte den Detonationskode.

Hinter ihm fiel das Eindämmungsfeld des Antimateriekügelchens zusammen. Millisekunden später holte die normale Materie auf, und beide wandelten sich in rohe Energie um. Die Explosion ließ das Überwachungsschiff in einem Blitz aus Hitze und Licht wie ein Miniaturtorpedo aufleuchten, der tausendmal heller war als alles, zu dem die Schiffslaser fähig waren. Hargemons Hecksensoren flammten auf und versagten, die Fähre selbst bockte und drohte sich zu überschlagen.

Als er das Gefährt wieder stabilisiert hatte, richtete er den Bug erneut nach unten und tauchte geradewegs in die Atmosphäre ein. Jetzt hatte er wenigstens eine Chance – falls nicht gar mehrere. Wenn die Explosion in dem Moment erfolgt war, in dem Kelgars Schiff passierte, dann waren er und sein Schiff in einem Feuerball von mehreren Millionen Grad verglüht. War er etwas früher gekommen, hatte die Explosion seine Sensoren ausgebrannt. Und selbst wenn sein Schiff nicht beschädigt war, so würde Kelgar zumindest fürs erste vermuten, die Fähre sei durch die Explosion vernichtet worden.

Hargemon würde es in der nächsten Minute erfahren, wenn die Fähre die Atmosphäre durchdrang. *Falls* sie die Atmosphäre durchdrang.

11

Sie hatten nur drei sich bewegende Fahrzeuge in der Stadt gesehen – ausnahmslos offizielle Luftkissenfahrzeuge der Regierung, wie das, das auch sie fuhren. In einem hatten drei Mann gesessen, unter ihnen ein Klingone; in den anderen befanden sich, wie Spocks Tricorder anzeigte, nur Menschen. Niemand schenkte dem gestohlenen Wagen die geringste Beachtung, doch das Fahrzeug mit dem Klingonen an Bord, fuhr, wie Rohgan mit Unbehagen auffiel, gerade vom Haus eines Mitverschwörers ab, eines Mannes, dessen Namen auch Tylmaurek noch aus dem alten Rat vor Delkondros kannte.

»Sie *müssen* etwas wissen«, sagte Rohgan mit nervösem, finsterem Gesicht, »aber wahrscheinlich nicht alles, wenn sie Leute überprüfen, die sich schon länger als einen Tag beim Schiff aufhalten.«

»Vielleicht«, sagte Tylmaurek in einem Versuch, optimistischer zu klingen, als er es war, »überprüfen Sie nur Leute, die ich mal gekannt habe, weil Sie annehmen, ich könnte sie um Hilfe bitten. Vielleicht sind sie auch deswegen bei *Ihnen* aufgetaucht.«

Rohgan nickte. »Hoffen wir's.«

Dann hatten sie die Stadt hinter sich gelassen und atmeten – außer Spock – erleichtert auf. Selbst McCoy gestattete sich, ohne freilich übermütig zu werden, den Gedanken, daß man sie am Schiff nicht unbedingt mit einer klingonischen Armee begrüßen würde.

Im Moment streckte sich vor ihnen eine Autobahn aus, die noch verlassener war als die städtischen Straßen. Das einzige Licht bestand aus dem matten Leuchten des kleineren der beiden Monde Vancadias, der hin und wieder von hohen, dünnen Wolken verschleiert wurde. Nirgendwo war auch nur ein einziges von Menschen erzeugtes Licht zu sehen. Es war, als hätte man in dieser Nacht die ganze Welt abgeschaltet.

»Es war nicht immer so«, sagte Rohgan, als die letzten spärlichen Lichter der Stadt hinter ihnen verblaßten. »Ich kann nur hoffen, daß das Leben zurückkehrt, wenn die Klingonen wieder verschwinden.«

Während der folgenden hundert Kilometer – sie führten durch wellige Hügel und ein landwirtschaftliches Gebiet, das McCoy an das Georgia seiner Kindheit erinnerte – versuchten die beiden Vancadier zu bestimmen, wann die ersten Klingonen im Chyrellka-System aufgetaucht sein konnten. Die Zeit nach der Ankunft des ersten Föderationsschiffes erschien ihnen am wahrscheinlichsten, und weder Spock noch McCoy äußerten gegenteilige Ansichten. Damals waren die ersten Gerüchte über den chyrellkanischen Meinungsumschwung in Sachen vancadischer Unabhängigkeit aufgekommen, und der erste ›rechtzeitige‹ Tod eines politischen Kandidaten war nur wenige Monate später erfolgt. Ein Jahr später hatte man zum ersten Mal von Delkondros gehört, und in dieser Zeit hatte Chyrellka den neuen und beinahe hysterisch antivancadischen Premier Kaulidren gewählt. Er hatte Chyrellkas Druck auf die Kolonie sofort verstärkt, die gewählte vancadische Regierung entmachtet und chyrellkanische Aufseher wie Gouverneur Ulmar eingesetzt.

Dann waren immer mehr Menschen umgekommen – und zwar auf gewalttätige Weise, wie die Dokumente bewiesen, die Kaulidren auf die *Enterprise* gebracht hatte. Chyrellka hatte daraufhin Massenverhaftungen vorgenommen. »Manchmal haben sie sich die Zeit genommen, die Beweise zu fälschen«, sagte Tylmaurek verbittert, »aber nicht immer.«

Ihr letzter Strohhalm war Delkondros' zeitlich falsch

abgestimmter Versuch gewesen, die chyrellkanische Raumflotte zu vernichten. Von da an waren die Chyrellkaner zur Besatzungsmacht geworden, obwohl die große Mehrheit der Vancadier, wie Rohgan, sowohl über Delkondros' Angriff als auch über die Morde an hier lebenden Chyrellkanern entsetzt gewesen waren.

»Im nachhinein«, sagte Rohgan, »ist es offensichtlich, daß der größte Teil der Schwierigkeiten von einer relativ kleinen Gruppe bewußt geschürt wurde. Von einer äußerst rücksichtslosen Gruppe, die wahllos zum Töten bereit ist, um ihr Ziel zu erreichen. Wir – damit meine ich Chyrellkaner und Vancadier – sind nicht so. Natürlich wurden früher auch auf Chyrellka Kriege geführt, aber der Planet lebt nun seit zweihundert Jahren in Frieden und hatte schon vor der Kolonisation Vancadias eine funktionierende Weltregierung. Aber diese Zeit hat uns naiv gemacht. Wir haben geglaubt, was Delkondros und seine Genossen sagten. Wir haben uns einfach nie vorstellen können ...«

Er brach seufzend ab, und sie fuhren schweigend einige Kilometer weiter.

Bald bog die Straße scharf nach links ab, und der Geruch von Salzluft – sie war schärfer und reiner als auf der Erde – drang in ihre Nase. Minuten später tauchten vor ihnen neben einigen Dutzend freistehenden Häusern die ersten künstlichen Lichter auf, die sie seit dem Verlassen der Stadt sahen. Skelettartige Türme, die wie Miniaturversionen der wenigen Startanlagen wirkten, die es im Kennedy-Raumhafenpark noch immer gab, stachen in den Nachthimmel und überragten alles. Spocks Tricorder zeigte eine Konzentration von Lebewesen, die sich über mehrere Quadratkilometer ausbreiteten. Etwa hundert befanden sich in unmittelbarer Umgebung der Türme.

»Dies ist jetzt unser einziger Raumhafen«, sagte Tylmaurek. »Er wird schwer bewacht, und wenn man den Gerüchten glauben darf, wird er hauptsächlich zur Evakuierung der chyrellkanischen Zivilbevölkerung und zum

Nachschub für das Militär genutzt.« Er schüttelte den Kopf. »Vor zehn Jahren hatten wir kaum Militär. Es gab ein halbes Dutzend Raumhäfen wie diesen. Jeden Tag kamen neue Siedler – und sogar ein paar Touristen. All das haben Delkondros und die Klingonen kaputtgemacht.«

»Ist das Schiff hier irgendwo?« fragte McCoy unruhig.

Rohgan schüttelte den Kopf. »Hier spielt sich der normale Raumverkehr ab. Zum Glück braucht unser Schiff keine dieser Hilfsmaßnahmen. Mit seinem Antrieb kann es fast überall starten.«

Er verlangsamte, bog nach rechts ab und steuerte das Luftkissenfahrzeug flink in die gebüschartigen Gewächse, die auf beiden Seiten der Straße wuchsen. Gleichzeitig gab er mehr Gas. McCoy hörte, daß das gedämpfte Zischen des Motors zunahm, als das Fahrzeug in den Geländemodus wechselte und sich einige Zentimeter weiter über den Boden erhob. Minutenlang war das Zischen das einzige Geräusch. Rohgan fuhr durch ein parkähnliches Gelände aus Bäumen, Gras und gelegentlichen Trampelpfaden, die offenbar in den vergangenen Wochen kaum benutzt worden waren. Sie näherten sich dem Gipfel eines Hügels. Rohgan manövrierte vorsichtig zwischen den Bäumen hindurch, als Spock, der angestrengt auf seinen Tricorder geschaut hatte, plötzlich den Blick hob.

»Ich nehme an, Professor«, sagte er, »daß sich das erwähnte Schiff ungefähr siebenundfünfzig Grad rechts von unserem momentanen Kurs befindet.«

Rohgan warf dem Vulkanier einen Blick zu. »Woher wissen Sie das?«

»Ich stelle eine Konzentration von Antimaterie fest. Ich nehme an, es handelt sich dabei um die Energiequelle des Schiffes. Sämtliche Ihrer sonstigen Raumfähren scheinen mit Atomantrieb bestückt zu sein.«

»Antimaterie?« seufzte McCoy. »Das begräbt wohl auch die letzte Vermutung, daß der neue Antrieb – so wie alles andere – eine hiesige Erfindung ist. Die Antimaterie muß von den Klingonen stammen.« Er schaute Rohgan und Tylmaurek an. »Es sei denn, Vancadia ist in der Lage, große Mengen an Antimaterie herzustellen ...«

Rohgan schüttelte den Kopf. »Davon habe ich nie gehört. Ich weiß zwar, daß in den chyrellkanischen Labors winzige Mengen für wissenschaftliche Zwecke produziert werden, aber ich war nie in die Einzelheiten von Delkondros' sogenannten Erfindungen eingeweiht.«

»Ich auch nicht«, fügte Tylmaurek hinzu. »Immer wenn ich Fragen stellte ...«

»Einheit siebzehn«, rief eine von Störgeräuschen überlagerte Stimme aus einem Lautsprecher irgendwo im Inneren des Fahrzeuges, *»bitte melden!«*

Spock konsultierte sofort den Tricorder. »Der Funkspruch kommt aus der Richtung der Stadt«, sagte er.

»Ich nehme an, Einheit siebzehn sind wir«, sagte McCoy und schaute die beiden Vancadier an, als der Anruf sich wiederholte. »Kann einer von Ihnen eine glaubwürdige Antwort geben?«

»Ich würde es nicht vorschlagen, meine Herren«, sagte Spock. »Es sei denn, Sie kennen wenigstens die Namen der Leute, von denen eine Antwort erwartet wird.«

»Aber wenn wir nicht antworten ...«, begann McCoy.

»Wenn wir nicht antworten, Doktor, werden sie argwöhnisch. Und wenn wir ungenau antworten, wird sich ihr Argwohn bestätigen.«

Über eine Minute lang wurde um eine Meldung gebeten. Als die Anfragen schließlich aufhörten, nahm Spock sich erneut den Tricorder vor.

Sekunden später schaute er auf. »Anhalten, Professor.«

»Was? Warum ...«

»Unser Schweigen hat auch nichts genützt. Etwa fünf Sekunden nach dem Ende der Bitte, eine Antwort dieser Einheit zu erhalten, wurde ein elektronisches Gerät aktiviert, das ein Peilsignal sendet. Ich kann nur annehmen, daß es dazu dient, die Behörden zu diesem Fahrzeug zu führen.«

Als das Luftkissenfahrzeug verlangsamte und zu Boden sank, verzog McCoy das Gesicht. Sie befanden sich in der Nähe des Gipfels; der Baumbestand wurde allmählich dünner. »Können Sie das Ding nicht finden und entfernen, Spock?« fragte er.

»Ich habe es bereits lokalisiert, Doktor«, sagte Spock. »Doch ich bezweifle, daß man es ohne entsprechendes Werkzeug ausbauen kann. Es befindet sich etwa fünfundzwanzig Zentimeter hinter der Funkanlage, und der Tricorder zeigt keinen direkten Zugriffsweg. Ein sehr wirkungsvolles Design – höchstwahrscheinlich dient es dazu, Diebstähle wie diesen zu verhindern.«

»Diese verfluchten und paranoiden Klingonen«, murmelte McCoy. »Die denken aber auch an alles!«

»Wir sind fast da«, sagte Rohgan. »Wenn wir schnell sind, können wir das Schiff erreichen, bevor sie uns jemanden auf den Hals hetzen. Immerhin sind wir zweihundert Kilometer von der Stadt entfernt.«

Spock musterte einige Sekunden lang den Tricorder und suchte dann das vor ihnen liegende Gelände ab. »Es könnte möglich sein, Professor«, sagte er schließlich, »aber ich vermute, wir werden einige Schwierigkeiten haben, das Schiff zu erreichen.«

»Was? Warum sollten wir ...«

»Wir sind dem Schiff nun so nahe, daß ich einzelne Lebensformen unterscheiden kann, Professor. Zwei Personen, die sich in unmittelbarer Nähe der Antimaterie aufhalten, sind Klingonen.«

Er hatte es geschafft! Er würde doch überleben!

Die Atmosphäre, in die er in einem steileren Winkel eingetreten war, als die Fährenkonstruktion vorsah, hatte sich wie eine Decke aus durch Reibung erzeugten Flammen um ihn geschlossen. Sie machte seine Bugsensoren unbrauchbar und ließen ihn völlig ohne Orientierung, bis der Kokon aus überheißer Luft sich abkühlte. Doch auch jetzt würde er streng auf das begrenzt sein, was seine zwar schwachen, aber bislang verläßlichen Augen durch das Notbullauge sehen konnten.

Und ich lebe noch! Es war, fiel Hargemon mit einem plötzlichen stummen Lachen ein, wenigstens ein Anfang.

Schließlich warf die Fähre den Flammenschleier ab, und ein Fleck der planetaren Oberfläche, kaum sichtbar im blassen Licht des einzelnen Mondes, tauchte in der schmalen Öffnung auf. Ihm wurde nun bewußt, daß er zu steil nach unten ging. Er hob den Bug der Fähre um einen weiteren Grad, dann um zwei, beugte sich näher an das Bullauge heran und versuchte sich zu orientieren.

Sein Herz tat einen Sprung, als er mehrere Kilometer rechts von sich die Lichter des Fährenstartkomplexes sah. Sein Glück hielt an. Das Schiff, das er erreichen mußte, wenn er je die Chance bekommen wollte, sich an seinem Commander zu rächen, befand sich nur gut ein Dutzend Kilometer entfernt. Er war also im richtigen Gebiet. Ein Wunder, wenn man seine Eintauchmethode bedachte. Aber frei war er noch lange nicht. Das andere Schiff war nicht so einfach zu starten, und angesichts der ausgefallenen Sensoren der Fähre, war er nicht mehr in der Lage, seine Antimaterie anzupeilen.

Selbst wenn er es gekonnt hätte, er wäre nicht in der Lage gewesen, dort zu landen, wo er hatte landen wollen. Er konnte es nicht wagen, die zerfallenden Überreste der fast zweihundert Jahre alten Landebahn zu benutzen. Auch wenn die Klingonen, die der Commander mit ziemlicher Sicherheit dort stationiert hatte, noch nicht wußten, was zwischen Kelgar und ihm vorgefallen war ... In diesem Fall reichte ihr angeborenes Mißtrauen und ihre Paranoia mehr als aus, um den Commander zu benachrichtigen, wenn sich ihnen eine unplanmäßige und unerwartete Fähre mit der rechten Hand des Commanders an Bord näherte, der aus ihr heraustaumelte und an Bord zu gehen verlangte, wo er doch Tausende von Kilometern entfernt im All sein und sich um die *Enterprise* kümmern sollte.

Außerdem bestand die reale Möglichkeit, daß er zu spät kam, daß das Schiff bereits gestartet war.

Doch es hatte keinen Sinn, derartige Möglichkeiten zu erwägen. Wenn es gestartet war, war er für immer hier gestrandet...

Die Fähre machte einen Sprung und warf Hargemon beinahe aus dem Sitz. Sofort beschäftigte sich sein Verstand nur noch mit dem Überleben. Was, zum Teufel, war denn *nun* schon wieder los?

Als er eine Sekunde später nach den Instrumenten griff, sah er, was passiert war. Der Eintritt in die Atmosphäre hatte nicht nur die Sensoren beschädigt. Der winzige Computer, der sie und die Fährenkontrollen steuerte, war ebenfalls kaputt. Einige der Schlüsselschaltkreise waren, wahrscheinlich bevor die Sensoren ihren Geist aufgegeben hatten, durch die Rückkopplung überladen worden. Nun ja, klingonisches Material taugte eben nichts!

Als er die Handsteuerung packte, bemerkte er, daß dies noch nicht alles war, was die klingonische Bauweise einem antun konnte. Sie war für jemanden mit der Kraft eines Klingonen konstruiert, nicht für normale Menschen. Hargemon konnte sie zwar bewegen, aber nicht mit dem Tempo und der Gewandtheit, die in Situationen wie dieser angebracht waren, in denen Sekundenbruchteile über Leben und Tod entschieden.

Stumm in sich hineinfluchend richtete er im matten Mondschein den Blick angestrengt auf ihm vertraute Landmarkierungen und kämpfte mit der Steuerung. Er kämpfte auch noch eine Minute später, als die Landschaft plötzlich auf ihn zuzuspringen schien, und ein großer Baum – er sah, wie eine Ecke seines Verstandes registrierte, einer Weide bemerkenswert ähnlich – ihm hängenden Äste in den Weg schob und die Fähre zu Boden stürzen ließ.

12

Bei Spocks Feststellung, daß sich Klingonen am Startplatz aufhielten, kehrten allen bösen Ahnungen McCoys sofort zurück. Falls Rohgan nicht mit Delkondros und den Klingonen unter einer Decke steckte, hatten sie ihn allerwenigstens an der Nase herumgeführt. Doch wie es auch war, die Aktivitäten von Rohgans ›geheimer‹ Gruppe aus Ingenieuren und Ex-Räten mußte für Delkondros ein offenes Buch sein. Er und Spock hatten nie eine Chance gehabt.

»Es sieht nicht so aus, als wären Sie im Bewahren von Geheimnissen eine große Leuchte, Professor«, sagte er mit finsterer Miene.

»Angesichts der Umstände, die wir enthüllt haben, Doktor«, mischte Spock sich gelassen ein, »ist dieses Versagen weder überraschend noch ehrenrührig. Auf jeden Fall wäre es gewinnbringender für uns, wenn wir unsere Kräfte auf die Anstrengung konzentrieren, unseren zukünftigen Handlungskurs zu bestimmen, statt Beschuldigungen gegen Bemühungen der Vergangenheit zu äußern.«

McCoys finsteres Gesicht wandte sich Spock kurz zu, dann schüttelte er den Kopf. »Rein intellektuell gesehen, haben Sie sicher recht«, sagte er, »aber ich fürchte, mir fällt nichts mehr ein. – Außerdem«, fügte er hinzu, »habe ich *kaum* noch K.-o.-Tropfen für die Klingonen.« Er klopfte auf sein Medokit.

»Wenn wir ein anderes Fahrzeug auftreiben könnten«, warf Rohgan ein. »Eins ohne Peilsender …«

»Sie haben doch gesagt, unsere Chancen wären mit *diesem* Gefährt höher!« fauchte Tylmaurek. »Hätten wir meins genommen ...«

»Professor Rohgan«, unterbrach Spock, »ist Ihnen der Grundriß der Basis bekannt?«

Rohgan wandte sich nach kurzem Schweigen in seinem Sitz um und blickte Spock an. »In einem gewissen Maß, ja.«

»Wenn ich die Position der beiden Klingonen bestimmen könnte – wären Sie in der Lage, uns zu Fuß an ihnen vorbeizuführen und uns in die Umgebung des Schiffes zu bringen?«

»Ich glaube schon, ja.«

»Gibt es beim Schiff irgendwelche Leute, denen sie zutrauen, daß sie keinen Alarm auslösen, wenn wir uns nähern?«

»Mehrere, ganz bestimmt. Auch wenn es wahrscheinlich besser wäre, wenn ich ein, zwei Minuten mit ihnen allein reden könnte, bevor Sie sich zeigen.«

»Natürlich, Professor. Es könnte aber sein, daß wir uns diesen Luxus nicht erlauben können. Falls ...«

Am nächtlichen Himmel blitzte etwas auf. Ein leuchtender Punkt, dessen sonnenhelles Licht sogar kurz den einzelnen Mond überstrahlte.

»Das Schiff!« keuchte Rohgan. Er wirbelte herum und starrte das schwächer werdende Licht an. »Sie haben das Schiff vernichtet!«

»Nein, Professor«, sagte Spock fast im gleichen Moment. »Die Antimaterieenergie des Schiffes befindet sich noch am Boden und ist intakt. Die Quelle dieser Entladung war ...« Er hielt inne und musterte den Tricorder. »... zu weit außerhalb der Reichweite dieses Instruments, um sie genau zu bestimmen, aber die Strahlung ist von einer Art, die nur eine Antimaterieexplosion hervorrufen kann.«

»Ein Photonentorpedo?« fragte McCoy, dessen Stimme plötzlich bebte.

»Nein, Doktor. Es war viel kleiner als die Geräte an Bord der *Enterprise.*«

»Aber ein Klingonenschiff könnte ...«

»Die Möglichkeit besteht, Doktor.« Spock schaute wieder auf den Tricorder. »Außerdem ist gerade ein kleines Schiff in die Atmosphäre eingetreten, das aus der Region der Energiefreisetzung zu kommen scheint.«

»Klingonen?«

»Die Anzeigen weisen auf klingonische Technik hin, Doktor. Doch der einzige Insasse des Schiffes ist eindeutig ein Mensch.«

McCoy schüttelte den Kopf. »*Was*, zum Henker, geht da vor? – Tylmaurek? Professor Rohgan?«

»Wenn es etwas mit den Klingonen zu tun hat«, sagte Rohgan, »sind Sie doch in der besseren Position, es zu beurteilen!«

»Wenn es seine gegenwärtige Bahn beibehält«, meldete Spock und schaute vom Tricorder auf, »müßte es in Kürze ganz in unserer Nähe herunterkommen.«

»Landet es?« McCoy schaute Spock an. »Oder stürzt es ab?«

»Es ist momentan unmöglich zu bestimmen. Der Pilot hat offenbar einige Kontrolle über das Schiff, aber ob die für eine sichere Landung ausreicht, ist ungewiß. Trotzdem möchte ich in jedem Fall vorschlagen, daß wir Untersuchungen anstellen, bevor wir uns auf den Weg zum Startplatz machen.«

»Sie sind wohl von allen spitzohrigen Geistern verlassen, Spock! Wir müssen so schnell wie möglich von hier verschwinden! Wenn das Ding irgendwo hier in der Nähe herunterkommt, sorgt es für Ablenkung! Die Explosion hat übrigens *längst* dafür gesorgt, und wir sollten diesen Vorteil nutzen!«

»Es ist aber unlogisch, Doktor. Erstens besteht die Möglichkeit, daß der Ankömmling die Klingonen und ihre potentiellen Verbündeten in der Umgebung des Schiffes nicht abgelenkt, sondern alarmiert hat. Zweitens ist es ebenso möglich, daß die Klingonen entweder wissen, was es mit der Energiefreisetzung auf sich hat, oder sogar für sie verantwortlich waren – und deswegen nicht im geringsten von ihr abgelenkt wurden. Und drittens könnten uns ein Gespräch mit dem Piloten – selbst wenn es nichts bringt – sowie eine simple Inspektion seines Schiffes oder Wracks lebenswichtige Informationen verschaffen.«

McCoy verdrehte die Augen. »Sie können doch nie genug Informationen kriegen, Spock! Ich weiß, ich weiß. Aber es gibt auch Zeiten, in denen man das Sammeln von Informationen einstellen und *handeln* muß.«

»Natürlich, Doktor. Und genau das werden wir tun, sobald sich diese scheinbar zusammenhanglose Gelegenheit für uns als nutzbar erwiesen hat.« Er wandte seine Aufmerksamkeit wieder dem Tricorder zu.

»Professor Rohgan«, sagte er kurz darauf, »peilen Sie ein Gebiet ungefähr zehn Grad rechts vom Startplatz an.«

»Kommt es da runter?« fragte Tylmaurek.

»Es ist der Ort, auf den der gegenwärtig leicht sprunghafte Kurs des Schiffes hinweist. Ich würde vorschlagen, Professor, daß wir nun keine Zeit mehr mit Diskussionen vergeuden.«

»Endlich mal was, dem wir zustimmen können«, knurrte McCoy, als Rohgan das Luftkissenfahrzeug aus dem Leerlauf holte und in die Richtung aufbrach, die Spock angegeben hatte.

Fünf Minuten später, als sie gerade einen weiteren Hügel nahmen, waren einen knappen Kilometer voraus mehrere kleine Blitze am Himmel zu sehen, die die Tricorderanzeige offenbar bestätigten.

»Es ist nicht gerade das, was ich eine perfekte Landung nennen würde«, sagte McCoy und schüttelte sich, als die Blitze hinter dem nächsten Hügel verschwanden.

»Vielleicht nicht, Doktor«, sagte Spock einige Sekunden später, »aber der Pilot hat überlebt – wenn auch nicht ohne Verletzungen.«

Das Schiff, dies sahen sie knapp fünf Minuten später, war klein, zweckmäßig und dem Anschein nach für nur einen Insassen bestimmt. Es war durch das Geäst des größten Baumes des Hügels gerast, was es vor einem schlimmeren Schicksal bewahrt hatte; von der Baumkrone abgebremst, war es auf halber Höhe des Hügels gegen den Abhang gekracht. Die Luke stand offen und hing schief in den Angeln.

»Der Pilot ist ohnmächtig«, sagte Spock, als Rohgan das Fahrzeug ein Dutzend Meter vor der Unfallstelle auf den Boden setzte.

Beim Aussteigen warf McCoy einen unruhigen Blick in die Richtung des Startplatzes. »Was ist mit den Klingonen, die Sie ausgemacht haben? Kommen Sie auch her, um sich diese Sache anzusehen?«

»Es sieht nicht so aus, Doktor. Innerhalb der Grenzen der Anzeige haben sie sich, seit ich sie entdeckt habe, nicht gerührt.«

Als sie auf das Schiff zueilten, führte McCoy sie an. Spock kontrollierte den Tricorder fortwährend nach Anzeichen einer bevorstehenden Explosion. McCoy, den medizinischen Tricorder in der Hand, erreichte die Fähre als erster und lugte hinein.

Und erstarrte.

»Was, zum Henker ...« Er schob den medizinischen Tricorder in die vollgestopfte Kabine hinein, aber er konnte den Kopf nicht weit genug drehen, um die Anzeige abzulesen.

»Spock! Helfen Sie mal! Es ist ein Starfleet-Mann!«

»Ein Starfleet-Mann?«

»Er trägt eine Fähnrichsuniform! Bringen wir ihn raus, damit ich etwas für ihn tun kann.«

McCoy griff hinein und zog den Piloten aus dem nach vorn gekippten Sitz, der sich irgendwie aus der Verankerung gelöst hatte. Dort, wo er gegen das Bullauge geknallt war, bedeckte Blut das Gesicht des Piloten.

Als Spock ihn heraushob, stöhnte der Pilot leise.

»Sieht 'n bißchen alt aus für einen Fähnrich«, murmelte McCoy und beäugte den kurzen ergrauenden Bart des Mannes, den Spock ein paar Meter von dem Wrack entfernt auf den unebenen Boden legte. McCoy kniete sich hin und fuhr mit seinem Tricorder über den Mann.

»Es liegt daran, Doktor«, sagte Spock leise, »daß er früher Lieutenant Commander war.«

»Was?« McCoy schaute stirnrunzelnd auf. »Was reden Sie da, Spock, verdammt noch mal?«

»Es ist eine lange Geschichte, Doktor. Nur sein Zustand ist jetzt wichtig. Ist er ernsthaft verletzt?«

McCoy, noch immer stirnrunzelnd, wandte sich wieder dem Mann am Boden zu. »Keine Brüche«, sagte er nach einer weiteren Tricorderuntersuchung. »Ein Wunder. Er hat einen Haufen Schrammen, ein paar Schnitte am Kopf und eine leichte Gehirnerschütterung.«

»Wie schnell kann man ihn aus der Ohnmacht holen, Doktor?«

»Ziemlich schnell, Spock – wenn ich ihn im Lazarett der *Enterprise* hätte. Aber hier, nur mit dem Medokit, ist es viel sicherer, wenn er aus eigener Kraft zu sich kommt. Wenn man Gehirnerschütterungen und Drogen mit begrenzter medizinischer Ausrüstung mischt, kommt dabei nichts ...«

»Das ist mir klar, Doktor, aber ich vermute, daß der Mann vielleicht die Antworten auf eine Anzahl wichtiger Fragen kennt. Antworten, die die Möglichkeit unserer sicheren Rückkehr auf die *Enterprise* deutlich erhöhen könnten.«

McCoy schwieg einen Augenblick. Sein Blick wanderte von seinem Tricorder zu Spock und zurück. Trotz der scheinbar fortwährenden Meinungsverschiedenheiten, die zwischen ihm und Spock herrschten, war er nie – nicht einmal in der hitzigsten Auseinandersetzung – dazu fähig, das Wissen, die Intelligenz oder gar die integeren Absichten des Vulkaniers zu bezweifeln.

»Na schön, Spock«, sagte er schließlich, »ich weiß, daß Sie nie grundlos unergründlich sind. Geben Sie mir eine Minute, dann seh' ich mal, was ich machen kann.«

Er nahm einen Hypersaugtupfer aus dem Medokit und wischte eilig das trocknende Blut an den Kopfwunden fort. Er war gerade dabei, sie mit einer keimtötenden Verbindung und einem Gerinnungsmittel zu bedecken, als Spock von seinem Tricorder aufschaute und das sie umgebende Gelände einer knappen Untersuchung unterzog.

»Kann man ihn transportieren, Doktor?«

»Solange er sich den Kopf nicht anstößt ... Aber ich dachte, ich soll ihn aufwecken.«

»Es hat sich eine dringlichere Angelegenheit ergeben, Doktor. Die Klingonen, die ich am Startplatz lokalisiert habe, sind hierher unterwegs, dem Anschein nach in zwei Luftkissenfahrzeugen. Sie sind mit Energiewaffen ausgerüstet und werden von drei menschlichen Lebewesen begleitet.«

McCoy verzog zwar das Gesicht, aber er war nicht überrascht. Es war lediglich ein weiterer Hinweis darauf, daß die Klingonen besser informiert und organisiert waren, als Rohgan annahm. Als der Peilsender in dem gestohlenen Fahrzeug aktiviert worden war und die Klingonen in der Stadt erkannt hatten, daß es sich in der Nähe des Startplatzes aufhielt, hatten sie wahrscheinlich mit ihren dort postierten Leuten Verbindung aufgenommen und sie in Bewegung gesetzt, um die Diebe einzufangen.

Beziehungsweise, um sie umzubringen.

»Wie lange haben wir noch?« fragte McCoy schnell.

»Bei ihrem gegenwärtigen Tempo schätzungsweise dreieinhalb Minuten.«

McCoy zog eine Grimasse und beendete seine Arbeit. Als er aufstand, nahm Spock den Tricorder von der Schulter und reichte ihn McCoy.

»Ich trage ihn zum Fahrzeug«, sagte er. Er bückte sich

und schob die Arme unter den Rücken und die Beine des Besinnungslosen.

Spock stand mit scheinbarer Mühelosigkeit auf und legte den Kopf des Mannes sorgfältig an seine Schulter. Nachdem er ihn auf dem Rücksitz in der Mitte plaziert hatte, stieg er selbst ein und winkte McCoy an die andere Seite, damit sie ihn stützen konnten. Rohgan und Tylmaurek saßen schon auf dem Vordersitz und musterten Spock besorgt.

McCoy, der die Klingonen mit Spocks Tricorder verfolgte, nahm Platz. »Sieht so aus, als wollten sie sich an uns heranschleichen«, sagte er und gab Spock das Gerät zurück. »Sie haben sich getrennt und kommen von zwei Seiten.«

Spock warf einen sekundenlangen Blick auf den Tricorder. »Professor Rohgan«, sagte er, »wieviel Zeit ist erforderlich, um das Schiff zu aktivieren und zu starten?«

»Wenn man die normale Prüfliste abarbeitet, dauert es ...«

»Begrenzen Sie Ihre Schätzung nur auf die Dinge, die für einen Notstart zwingend sind, Professor.«

Rohgans Augen weiteten sich in der Dunkelheit. »Eine Minute, nehme ich an. Vielleicht weniger.«

Spock schaute erneut auf den Tricorder, dann nach links und rechts. »Die beiden Fahrzeuge kommen in etwa einer Minute über diese Erhebung, Professor«, sagte er und zeigte die Richtung an. »Sie fahren um diesen Hain herum. Ich schlage vor, Sie nehmen den direktesten Weg zum Schiff – falls Sie der Meinung sind, Sie können der Mehrheit Ihrer Mitverschwörer trauen, damit sie uns auf Ihr Wort hin schnell helfen.«

»Ich weiß *überhaupt* nicht mehr, was ich glauben soll«, sagte Rohgan und leckte sich aufgeregt die Lippen. Seine Blicke flogen von einer Seite zur anderen – zu jenen Stellen, an denen die Klingonen laut Spock jeden Augenblick auftauchen mußten. Dann stieß er mit einem heftigen Seufzer die Luft aus. »Aber ich sehe leider im Moment auch keine andere Lösung für uns.«

Das sanfte Zischen des Fahrzeugs nahm jäh zu. Als es schlagartig in den Geländemodus wechselte, einen Moment schwankte, sich dann stabilisierte und den Hügel hinauffuhr, musterte McCoy den Besinnungslosen.

»Beide Klingonen haben den Kurs geändert und sich dem unseren angepaßt, Professor«, sagte Spock kurz darauf. »Sie sind offenbar in der Lage, unser Fahrzeug direkt anzupeilen.«

»Ich kann nicht sagen, daß es mich völlig überrascht, Spock«, murmelte McCoy, aber der Vulkanier schien ihn nicht wahrzunehmen, denn er hob den Tricorder, um das vor ihnen liegende Gelände abzutasten.

»Wie groß ist das Schiff, Professor?« fragte Spock etwas später und hob kurz die Brauen an. »Wie viele Passagiere kann es aufnehmen?«

»Ich weiß es nicht genau. Es wurde aus einer alten Landefähre mit vierzig Sitzplätzen konstruiert. Aber die Polsterung war so abgewetzt, daß wir die Sitze herausgenommen und den Boden und die Wände gepolstert haben. Jedenfalls hat man es mir so erzählt. Ich habe auch gehört, daß nicht mehr als zwanzig von uns an Bord sein sollen, wenn es startet.«

Kurz darauf erreichten sie den Gipfel des Hügels und fuhren abwärts. McCoy riß die Augen auf, als er die Szenerie erblickte, die sich vor ihm ausbreitete. Sogar im matten Licht des einzelnen Mondes konnte er das ganze kilometerbreite Tal überschauen. Der Boden war über die gesamte Länge – mindestens zehn Kilometer – vollkommen gerade. Durch die Mitte des Tals verlief eine alte Startbahn, die so aussah wie jene, auf denen einst die ersten Raumfähren der Erde gestartet waren. Zu beiden Seiten der Bahn standen Hunderte von zerfallenden Gebäuden, die ausnahmslos wie Fertighäuser wirkten. Es waren klotzige Hangars, Fabriken und ehemalige Wohnhäuser. Auf einem Hügel der gegenüberliegenden

Talseite stand eine Ansammlung von mehreren Dutzend Energieakkumulatorantennen, die ausnahmslos etwa zehn Meter durchmaßen. Irgendwann waren sie mit ziemlicher Sicherheit auf einen Sonnenenergiesatelliten hoch über dem planetaren Äquator gerichtet gewesen, doch nun zeigten nur noch wenige in diese Richtung. Die meisten sackten allmählich zusammen. Alle rosteten vor sich hin, und manche waren völlig zusammengebrochen.

Und an einem Ende der Landebahn, fast genau vor ihnen, ragte das Schiff auf, das in den Augen jedes Menschen wie eine größere, klobigere Version der alten irdischen Raumfähren gewirkt hätte – nur daß die Raketendüsen durch Impulstriebwerke ersetzt worden waren. Und die Luke an der Seite stand offen. Eine kleine Treppe führte zu ihr hinauf. Mehrere Männer und Frauen waren im Begriff, an Bord zu gehen.

»Mein Gott!« keuchte Rohgan. »Wir kommen in letzter Sekunde! Sie sind startbereit!« Er schüttelte den Kopf. »Aber das *dürfte* doch nicht sein! Wenn die Leute, die wir nach Delkondros' Sendung hergeschickt haben, um sie zu warnen ...«

»Im Inneren und auf der Treppe des Schiffes halten sich fünfzig Personen auf – alle eindeutig menschlich«, sagte Spock und nahm den Blick von seinem Tricorder.

»Das sind dann praktisch alle, einschließlich derer, die hergekommen sind, um sie zu warnen«, sagte Rohgan. »Was hat das zu bedeuten, verdammt?«

»Das wüßte ich auch gern«, knurrte McCoy. Er warf einen Blick zurück und sah, daß die beiden sie verfolgenden Luftkissenfahrzeuge nun auf dem Gipfel des Hügels auftauchten und hinter ihnen ins Tal hinabfuhren. »Was es auch ist – es sieht nicht gut aus.«

Rohgan gab Vollgas und jagte das Fahrzeug den Hang hinab. McCoy verzog das Gesicht. Was die Klingonen auch wußten oder planten, die einzige Hoffnung, die er und Spock hatten, bestand darin, das Schiff zu erreichen.

Der Peilsender machte eine anderweitige Flucht unmöglich. Und wenn sie das Fahrzeug aufgaben, waren die Klingonen, die sie verfolgten, in Sekunden bei ihnen. Sie hatten nicht einmal einen Phaser, um sich zu schützen.

Plötzlich waren sie zwischen den Gebäuden. McCoy schüttelte sich, als Rohgan das Fahrzeug zwischen zwei Hangars fuhr, deren Zerfall aus dieser Nähe noch deutlicher zu erkennen war. Vor ihnen hatte der letzte Passagier das Ende der Treppe erreicht. Er blieb an der Luke stehen und schaute sich um. Er hatte das näherkommende Fahrzeug wohl gehört. Die Luftkissenfahrzeuge der Klingonen schienen hinter ihnen abgebremst zu haben. Sie nahmen nun andere, breitere Wege als die furchterregend schmalen, die Rohgan ausgesucht hatte.

Das Fahrzeug hielt ruckend an und blieb wenige Meter vor der Treppe stehen. Rohgan und Tylmaurek waren sofort draußen, und Rohgan winkte dem Mann auf der Treppe zu. »Es ist Jarlok!« rief er McCoy und den anderen über die Schulter hinweg zu. »Er gehört zu denen, die sie warnen sollten.«

»Rohgan!« rief der Mann auf der Treppe. »Was machen *Sie* denn hier? Ihre letzte Nachricht …«

»… war eine Fälschung!« schrie Rohgan zurück. »Ich habe keine Nachricht geschickt, seit Sie meine Wohnung verlassen haben!«

»Und warum …«

»Ich erkläre es später! Im Moment müssen Sie mir vertrauen! Wir müssen an Bord und sofort starten!«

»Aber in der Sendung des Gouverneurs hieß es, Tylmaurek …«, begann Jarlok. Dann brach er ab. Seine Augen wurden größer, als er Spock und McCoy aus dem Fahrzeug steigen sah. Spock trug den Verletzten auf den Armen, McCoy hatte den Tricorder wieder an sich genommen. »Sind Sie ihr Gefangener?«

»Aber nein!« Rohgan und Tylmaurek, die am Fuß der Treppe standen, gingen nun hinauf. »Die Sendung war eine Lüge! Praktisch alles, was Sie heute abend gehört haben – und eine Menge von dem, was wir in den vergangenen Jahren gehört haben!«

Rohgan, nun oben angekommen, ergriff den Arm des Mannes, während Tylmaurek eine Stufe unter ihm stand und noch unbehaglicher wirkte als Jarlok. »Es gibt *wirklich* eine Erklärung«, sagte Rohgan drängend, »aber wenn wir nicht sofort abheben, lebe ich nicht mehr lange genug, um sie abzugeben! Was Sie heute abend über die Föderation gehört haben, Jarlok, war erlogen! Im Moment ist nur wichtig – und zwar lebenswichtig für uns alle –, daß wir das Schiff starten, bevor die da…« Er deutete auf die beiden sich nähernden Fahrzeuge. »… uns daran hindern können!«

»Aber allein die Startprozedur dauert…«

»Kann abgekürzt werden!« fauchte Rohgan. »*Muß* abgekürzt werden!« Jarlok musterte Rohgan eine lange Weile. Dann, als Spock den Fuß der Treppe erreichte hatte, trat er zurück, drehte sich um und war verschwunden.

Rohgan trat schnell zur Seite und winkte die anderen an Bord. Spock nahm trotz seiner Last stets zwei Stufen auf einmal. McCoy, der nur eine Sekunde hinter ihm war, hielt ruckartig an, weil ihm plötzlich der Klingone einfiel, der noch im Kofferraum des Fahrzeugs lag – Spocks ›Beweis‹. Aber sie hatten keine Zeit mehr, ihn zu holen, und außerdem hatten sie, so wie die Dinge liefen, alle Beweise, die sie brauchten. Mit einem letzten Blick auf das Fahrzeug verschwand McCoy im Inneren des Schiffes.

Innen wirkte es wie eine öde Nissenhütte. Eine Art dünne Polsterung bedeckte den Boden und die Wänden. Viele der Anwesenden saßen bereits am Boden und hielten sich an Behelfsgriffen fest. Andere ließen sich gerade nieder. Vorn befand sich ein Schott mit einer offenen Tür, hinter dem sich das Reich des Piloten befand. Der Mann, mit dem Rohgan sich unterhalten hatte, sprach gerade in ernster Form mit dem Mann im Pilotensitz.

Als Spock den Besinnungslosen auf den dünn gepolsterten Boden legte, schloß Rohgan die Außenluke. Die meisten Anwesenden musterten Spock und McCoy mit offener Neugier, und drei oder vier wirkten sogar ängstlich.

McCoy warf noch einen Blick auf den Tricorder, dann verzog er das Gesicht und gab ihn Spock zurück. Die Klingonen hatten die Verfolgung eingestellt. Sie hatten ihre Fahrzeuge angehalten und beobachteten das Schiff aus einer Entfernung von hundert Metern. Wahrscheinlich baten sie um neue Instruktionen.

»Rohgan!« rief ein Passagier, dessen Blick nervös zwischen Tylmaurek und den drei Männern in der Starfleet-Uniform hin und her huschte. »Warum haben Sie diese ... diese Meuchelmörder mitgebracht?«

Rohgan wandte sich jäh von der nun fest verschlossen Luke ab. »Es ist alles erfunden!« sagte er laut. »Delkondros hat die Männer selbst umgebracht – nicht Tylmaurek und die angebliche Mordbrigade der Föderation!«

Auf der Stelle erhoben sich ein Dutzend Stimmen und überschrien einander. Rohgan gestikulierte mit beiden Händen. »Sie müssen mir jetzt glauben!« rief er so laut, daß er die anderen übertönte, und wiederholte die Worte so lange, bis die anderen in Schweigen verfielen. »Ich weiß, daß es einigen von Ihnen schwer fällt, in Delkondros einen Mörder zu sehen – aber es stimmt! Und das Schlimmste kommt noch! Im Moment ist aber nur wichtig, daß wir und die Männer aus der Föderation – sie gehören zum Raumschiff *Enterprise* – ins All entkommen. Wenn wir Erfolg haben, habe ich auch die Zeit, alles zu erklären, und ...«

»Nein, Professor Rohgan«, warf eine andere Stimme ein, »das reicht uns nicht!« Der Pilot, ein skelettdürrer Mann, war von seinem Sitz aufgestanden, stand nun in der Cockpittür und schaute Rohgan finster an. »Wir haben in den letzten Stunden einen widersprüchlichen Befehl nach dem anderen erhalten – unter anderem auch von Ihnen –, und nun fegen Sie in letzter Minute hier herein und bringen drei Leute mit, von denen uns Ihre Kuriere gerade erst erzählt haben, daß sie kaltblütige Mörder sind! Ich werde nicht …«

»Sie sind keine Mörder!« schrie Rohgan. »Sie haben ihr Leben selbst nur knapp retten können! Die Sendungen der Regierung waren reine Manipulation! Bitte, Sie müssen …«

Das Schiff erbebte und brachte jedermann an Bord sofort zum Schweigen. Der Pilot wirbelte zu den Kontrollen herum. Der Platz, den er gerade verlassen hatte, war leer, aber auf dem Armaturenbrett flackerten Kontrollämpchen. Karten und Berechnungen liefen über den Bildschirm.

Der Pilot sprang wortlos an seinen Platz zurück und hantierte an den Kontrollen.

Die Lichter blitzten weiter auf. Auch die Berechnungen endeten nicht.

Wieder schüttelte sich das Schiff – dann setzte es sich in Bewegung.

Der Pilot fuhr herum und maß Rohgan mit einem wütenden Blick. »Noch eine Überraschung, Professor?« fauchte er.

Rohgan warf Spock und McCoy einen plötzlich furchtsamen Blick zu. »Was *ist* das? Haben Sie mich *angelogen?*«

Im gleichen Augenblick, in dem die Schiffsmaschinen zum Leben erwacht waren, hatte Spock sich wieder dem Tricorder zugewandt. Nun schaute er auf. »Das Schiff wird von Signalen gesteuert, die von irgendeinem Ort im Raum kommen – außerhalb der Reichweite meines Geräts.«

Rohgan und der Pilot starrten den Vulkanier an. Das Schiff beschleunigte jäh und zwang alle, die sich nicht am Boden befanden, nach den Wandgriffen zu greifen.

»Das ist unmöglich!« protestierte der Pilot. »Das Schiff kann nicht ferngesteuert werden!«

»Trotzdem, meine Herren, genau das passiert im Moment.«

»Ihr Schiff – die *Enterprise* – ist dafür verantwortlich!«

»Nein, meine Herren. Die *Enterprise* verfügt nicht über solche Fähigkeiten.«

»Aber hin und wieder wünschen Sie es sich doch, Mr. Spock?« Die neue Stimme ließ alle zusammenzucken und sich nach dem Sprecher umschauen, bis jemand erkannte, daß sie aus der Nähe der Steuerkonsole kam.

Der Pilot fuhr erneut herum und betätigte Knöpfe, um sie abzuschalten. Während er dies tat, hob das Schiff vom Boden ab und zog steil nach oben. »Wer sind Sie?« fragte er und ließ sich nach hinten sacken. »Was machen Sie mit uns?«

Spock schaute erneut von seinem Tricorder auf. »Die Stimme kommt aus dem gleichen Bereich wie das Signal, das dieses Schiff steuert«, sagte er.

»Sehr gut, Mr. Spock«, sagte die Stimme spöttisch. »Darf ich davon ausgehen, daß Sie mit Ihrer Logik auch meine Identität herausgefunden haben?«

»Ihre gegenwärtige Inkarnation. Ja, Premier Kaulidren.« Spocks Worte führten zu einem neuen Ausbruch, aber fast alle verfielen in Schweigen, als er fortfuhr: »Ihre wahre Identität habe ich allerdings noch nicht bestimmen können.«

»Ich möchte nicht, daß Sie sterben, ohne Sie zu kennen, Mr. Spock. Ich bin Carmody – Jason Carmody.«

Spock schwieg eine Weile. »Gewisse Aspekte der Situation werden mir nun klar, Lieutenant Commander Carmody. Starfleet ist stets davon ausgegangen, daß Sie entweder umgekommen sind oder von den Klingonen gefangengenommen wurden.«

»Ich dachte mir, daß Ihre Datenbanken diese Information verbreiten, Mr. Spock. Sie stimmt sogar. Ich wurde nach Selar VII mit dem größten Teil meiner Mannschaft *tatsächlich* von Klingonen gefangengenommen, aber da ich damals schon als Gefangener im Knast eines Föderationsschiffes saß, wurden die Klingonen natürlich neugierig. Am Ende, so könnte man sagen, sind wir zu einer Übereinkunft gelangt. Ich habe seither ständig gute Fortschritte gemacht, und zwar weitaus bessere, als mir in der Föderation möglich gewesen wären. Meinen Sie nicht auch?«

»Es ist verständlich, daß die klingonische Philosophie Ihnen geistig nähersteht als die der Föderation. Soweit ich mich erinnere, hätten die Beweise, die das Kriegsgericht gegen sie hatte, mit ziemlicher Sicherheit ausgereicht, um Sie wegen vorsätzlicher Verletzung der Ersten Direktive zu verurteilen.«

»Ohne den geringsten Zweifel.« Carmodys Stimme wurde schroffer. »Starfleet hätte die Gründe für mein Handeln auf Delar nie verstanden. Aber meine Tat war rechtens. Irgendwie hat es mir immer leid getan, daß ich *meine* Sichtweise und *meine* Gründe nie offiziell vertreten konnte.« Er stieß einen spöttischen Seufzer aus. »Es ist doch zu schade, daß meine ängstlichen Freunde bei Starfleet nie die Wahrheit über diese Episode erfahren werden. Aber dies würde das gesamte Unternehmen vereiteln, finden Sie nicht auch, Mr. Spock? Freilich wird mir die Tatsache, daß Sie wissen, daß ich für den bevorstehenden Tod und die Erniedrigung von Captain Kirk sowie die Vernichtung der *Enterprise* – und schließlich auch der gesamten Föderation – verantwortlich bin, über den Schmerz meiner Enttäuschung hinweghelfen.«

Rings um Spock wurden erneut Stimmen laut – fragende, ängstliche Stimmen.

»Sie werden es den anderen doch erklären, nicht wahr, Mr. Spock?« fuhr Carmody fort. »Jedenfalls so viel, wie Sie logisch deduzieren können. Ich würde mir ja liebend gern selbst die Ehre geben, aber ich muß mich nun um andere Dinge kümmern, nun, da Lieutenant Commander Finney, mein Helfer in dieser Angelegenheit, beseitigt werden mußte.«

Finney! McCoy wandte sich instinktiv dem Verletzten

zu, doch fast im gleichen Augenblick spürte er Spocks eisernen Griff an seinem Arm, der ihn zur Unbeweglichkeit zwang.

»Spock, verdammt noch mal ...«

»Was hat Mr. Finney angerichtet, um Ihr Mißfallen auf sich zu ziehen?« fragte Spock mit einer für ihn untypischen Lautstärke, die McCoys Ausbruch übertönte.

»Ich kenne noch nicht alle Einzelheiten, Mr. Spock«, sagte Carmody in einem Tonfall, zu dem man ein Lächeln assoziierte. »Kurz und gut, er hatte, wie auch Starfleet, nicht den Mumm, schwierige Entscheidungen zu treffen, wenn es hart auf hart ging. Falls ich Gelegenheit habe, noch einmal mit Ihnen zu sprechen – und darauf hoffe ich –, erzähle ich Ihnen vielleicht mehr. Aber um die Wahrheit zu sagen, ich glaube nicht, daß es dazu kommt. Falls ich nicht dazu komme ... Ich belüge Sie nicht, indem ich ›Langes Leben und viel Glück‹ wünsche. Ich sage nur Adieu. Adieu, Mr. Spock und Dr. McCoy. Sie werden nie erfahren, welche Freude es war, mit Ihnen und Ihrem selbstgerechten Captain, von dem Mr. Finney mir so viel erzählt hat, zu tun zu haben.«

Die Stimme schwieg abrupt, die Verbindung war offenbar unterbrochen. »Es sieht so aus, als könnte man sich nun sicher unterhalten«, sagte Spock nach einem kurzen Tricordertest.

»Also *das* haben Sie gemeint, Spock!« rief McCoy aus. Er drehte sich um, suchte mit Hilfe eines am Boden befestigten Griffes sein Gleichgewicht und kniete sich neben den Mann, den sie an Bord gebracht hatten. »Ein ehemaliger Lieutenant Commander. Er ist Finney! Sie haben ihn nach der Bruchlandung erkannt!« Er mußte vor dem Abschluß seiner psychiatrischen Behandlung entkommen sein. »Aber was hat Kaulidren – Carmody – gemeint, als er sagte, man hätte ihn beseitigt ...«

Seine Worte wurden vom Keuchen aus einem Dutzend rauher Kehlen unterbrochen.

McCoy schaute alarmiert auf. Sein Mund stand noch offen, als sein Blick dem der anderen folgte. Alle starrten auf den Bildschirm des Piloten. Die Berechnungen waren verschwunden.

An ihrer Stelle erblickte McCoy den bedrohlich wirkenden Rumpf eines sich nähernden Überwachungsschiffes, dessen Laserkanonen genau auf sie gerichtet waren.

13

»Das gleiche Ergebnis, Captain.« Lieutenant Pritchard schaute von der Anzeige der wissenschaftlichen Station auf. »Das Programm bestätigt das Vorhandensein anomaler Sensoranzeigen, kann sie aber weder verifizieren noch ihren Typ bestimmen. Ich weiß, daß es verrückt klingt, Sir, aber es ist fast so, als würde der Computer dem Programm *absichtlich* Informationen vorenthalten. Wenn Mr. Spock hier wäre, könnte er ...«

»Aber er *ist* nicht hier, Mr. Pritchard!« fauchte Kirk. »Gibt es noch irgend etwas, das irgend jemand – von denen, die hier *sind* – tun könnte?«

Pritchard errötete über den Rüffel, aber er protestierte nicht. Von allen an Bord Anwesenden, dies war ihm klar, mußte für den Captain der Verlust Spocks am schwierigsten zu verkraften sein. Und er durfte am wenigsten davon zeigen. »Jetzt, da die Analyse komplett ist, kann ich einen Versuch machen, das Programm zu modifizieren«, sagte er, »aber ich kann nicht garantieren, daß das Ergebnis so ausfällt, wie der Erfinder es beabsichtigt hat. Es verrät uns nicht, *warum* der Programmierer bestimmte Funktionen erledigen wollte oder was das Ergebnis ihm sagen sollte. Wir wissen nicht mal, ob das Programm in seiner gegenwärtigen Form wirklich das tut, was der Programmierer beabsichtigt hat. Er hat noch daran *gearbeitet*, als ...« Pritchards Stimme verlor sich verlegen im Raum.

Kirk schwieg einen Augenblick. Als sein Stirnrunzeln verschwand, glätteten sich seine Züge. »Verstanden, Mr.

Pritchard«, sagte er. »Tun Sie Ihr Bestes.« Er wandte sich von der wissenschaftlichen Station ab und stellte eine Verbindung zum Maschinenraum her. »Mr. Scott, hat die Überprüfung der Sensoren irgend etwas ergeben?«

»Nicht im geringsten, Captain. Die Einheiten, die wir auseinandergenommen und bis in die kleinsten Einzelteile zerlegt haben, weisen nicht den geringsten Fehler auf. Wo er auch liegen mag – bei den Sensoren jedenfalls nicht. Jedenfalls nicht in diesen hier.«

»Und das Hangartor?«

»Zwei meiner Leute sind dabei, es zu modifizieren, damit wir es ohne Hydraulik von Hand öffnen können. Es wird nicht leicht werden, Captain. Angesichts der Größe der Torhälften ...«

»Verstanden, Scotty. Machen Sie weiter. Lieutenant Uhura, haben Sie ...«

»Nichts, Captain. Sämtliche Leitungen funktionieren zu hundert Prozent, egal was ich auch mache. Es ist nur so, daß wir keine Signale empfangen, weder im Standard- noch im Subraum-Modus.«

»Captain«, warf Lieutenant Sulu ein, »ein Schiff ist gerade durch den Schild gestoßen.«

Kirk fuhr zur wissenschaftlichen Station herum. »Einzelheiten, Mr. Pritchard. Energie, Lebensformen und alles andere!«

»Es handelt sich *möglicherweise* um die rudimentäre Form eines Impulstriebwerks, Captain!«

»Es muß sich um den neuen Antrieb handeln, von dem Kaulidren berichtet hat«, sagte Kirk und runzelte erneut die Stirn. Selbst das einfachste Impulstriebwerk war weitaus stärker – und technisch viel weiter entwickelt – als jeder Nuklearantrieb. »Wie wird es angetrieben, Lieutenant?«

»Von einer kleinen Antimaterie-Einheit, Sir.«

»Antimaterie? Hat Ihre vorherige Sensorabtastung nicht keinerlei Beweis für Antimaterie gezeigt?«

Pritchard blinzelte, als fiele es ihm erst jetzt wieder

ein. »Ja. Diese Menge *hätte* sich eigentlich nachweisen lassen müssen.«

Kirk verzog das Gesicht. »Schon wieder eine Unmöglichkeit! Und dann noch eine solche, die nicht einmal eine Einmischung von außen erklärt. Wohin ist das Schiff unterwegs, Lieutenant?«

»Sein momentaner Kurs wird es in eine Umlaufbahn über den Überwachungsschiffen bringen, aber mit dem Impulsantrieb kann es in diesem Sonnensystem jeden Punkt erreichen.«

»Lebensformen?«

»Schätzungsweise ...«, begann Pritchard, dann brach er ab. Sein Blick flitzte über die entsprechenden Anzeigen.

»Stimmt was nicht, Lieutenant?«

»Ich weiß nicht, Sir«, sagte Pritchard kurz darauf. Er ließ sich schnell noch einmal eine vorherige Messung des Computers zeigen. »Keine Lebensformen«, sagte er, und dann, mit gerunzelter Stirn: »Aber ich war mir sicher ... Als das Schiff durch den Schild kam, waren *wirklich* Lebensformen an Bord. Und zwar mehrere.«

Kirk baute sich hinter dem Lieutenant auf. »Und jetzt keine mehr?«

»Genau, Sir. Als ich mir die erste Anzeige noch einmal geben ließ, auf denen ich Lebensformen gesehen zu haben *glaubte ...«* Er deutete auf den Bildschirm. »Da, sehen Sie selbst. Nichts.«

»Genau umgekehrt wie bei der Antimaterie. Zuerst war sie nicht da, und es jetzt ist sie es doch.«

Pritchard schluckte. »Jawohl, Sir.«

»Die Lebensformen, die Sie gesehen zu haben glauben – waren es Menschen oder Klingonen?«

»Ich ... ich weiß es nicht. Ich glaube, es waren Menschen, aber ich habe sie nur kurz aus den Augenwinkeln gesehen und deswegen vielleicht nur angenommen ... Aber wenn sie wirklich nicht da sind, spielt es doch keine Rolle.«

»Vielleicht. Vielleicht auch nicht. Läuft Mr. Spocks Diagnoseprogramm noch?«

»Jawohl, Sir. Ich habe es so modifiziert, daß es die Computeraktivität ständig überwacht.« Während Pritchard redete, gab er den Kode ein, der die diagnostische Anzeige aufrief. »Es zeigt im Grunde des gleiche wie am Anfang, Captain. Es beharrt auf anomalen Sensorenmessungen, kann sie aber noch immer nicht identifizieren oder lokalisieren.«

»Als würde der Computer absichtlich etwas vor dem Programm verbergen... Haben Sie das nicht eben gesagt, Lieutenant?«

»Jawohl, Sir, aber...«

»Wenn es stimmt, könnte er auch die Tatsache verbergen, daß sich *doch* Lebensformen an Bord des Schiffes aufhalten.«

»Das nehme ich an, Sir, aber logisch ist es nicht.«

»Logisch war praktisch nichts von den Ereignissen seit unserer Ankunft im Chyrellka-System, Lieutenant. Deswegen ist dies auch kein gültiges Kriterium. Nehmen wir doch mal an, es wäre möglich. Und dann versuchen wir herauszukriegen, wie man so etwas bewerkstelligen könnte.«

»Dazu müßte man im Grunde wohl den ganzen Computer neu programmieren, Sir.«

»Und jedes Vorgehen dieser Art müßte Spuren hinterlassen – und zwar so deutliche, daß man sie unmöglich übersehen kann. Sollte man meinen.«

»Normalerweise ja, Sir, aber jemand, der wirklich gut ist...«

»... könnte diese Spuren fast perfekt verwischen. Jemand wie Mr. Spock. – Verstanden, Mr. Pritchard. Und man braucht auch jemanden wie Mr. Spock, um die wenigen Spuren zu finden, die man nicht verwischen kann.«

»Jawohl, Sir.«

»Tun Sie während seiner Abwesenheit das Beste, was

Sie können. Und bis dahin ... Wie wird das Schiff gesteuert, wenn kein Pilot an Bord ist? Fernsteuerung?«

»Nein, Sir, es gibt keinen Hinweis auf externe Steuersignale. Es muß einem vorprogrammierten Weg folgen.«

»Waffen?«

»Keine, Sir.«

»Dann werden die Überwachungsschiffe es mit hoher Wahrscheinlichkeit vernichten.«

»Ja, falls sie so operieren, wie Premier Kaulidren sagt.«

Pritchard verfolgte fortwährend die Anzeigen. Nun weiteten sich seine Augen. »Captain! Es ist *doch* bewaffnet! Ich hätte schwören können ...«

»Art der Bewaffnung?«

»Fünf Laserkanonen, Sir. Aber vorher waren sie nicht da!«

»Wie die Antimaterie und die Lebensformen?«

»Jawohl, Sir, aber was die Lebensform-Anzeige betrifft, kann ich mich geirrt haben. Und die Antimateriemenge war so gering, daß die Sensoren sie bei der Erstmessung übersehen haben können. Aber die Waffen hätten so deutlich angezeigt werden müssen, daß ich sie nicht hätte übersehen können!«

»Das Ergebnis einer neuen ›anomalen‹ Sensormessung, Lieutenant? Haben Sie die Aufzeichnung der Erstmessung überprüft?«

»Schon dabei, Sir.« Pritchards Finger flogen über die Tasten. Als die Anzeige sich änderte, schüttelte er den Kopf. »Sie waren von Anfang an da, Sir.«

»Laut der Computeraufzeichnung, Mr. Pritchard, laut der Computeraufzeichnung.« In Kirks Geist bildete sich der erste Ansatz einer Idee. »Konzentrieren Sie jetzt all Ihre Bemühungen auf die Arbeit mit dem Diagnoseprogramm. Holen Sie sich jede Hilfe, die sie brauchen.« Er wandte sich der Funkstation zu.

»Lieutenant Uhura, kann ich davon ausgehen, daß das neue Schiff nicht mit uns spricht?«

»Es sendet nicht, Sir. Es antwortet auch nicht auf unseren Anruf.«

»Captain«, warf Sulu ein, »zwei Überwachungseinheiten der Chyrellkaner scheinen das Schiff ausgemacht zu haben. Sie fliegen einen Abfangkurs.«

»Mr. Pritchard, die Laserkanonen, mit denen die Überwachungsschiffe ausgerüstet sind – und die, die auf dem Neuankömmling existieren ... oder auch nicht existieren ... Angenommen, sie existieren beide ... Würde unser Schild gegen sie halten?«

»Zeitlich unbegrenzt, Sir. Falls die Energie, die sie laut den Sensoren nun anzeigen, stimmt.«

Kirk verzog das Gesicht. »*Irgend etwas* müssen wir als gegeben hinnehmen. Schild aktiveren, Mr. Sulu. Bringen Sie uns genau zwischen das aufsteigende Schiff und die sogenannten Überwachungseinheiten. Bevor es in seine Bestandteile zerlegt wird, möchte ich es mir näher ansehen.«

»Aye, aye, Sir. – Schild aktiviert. Impulskraft.«

Die *Enterprise* schoß vorwärts, fegte auf den Rand der Atmosphäre zu, und das aufsteigende Schiff auf dem Bildschirm wurde größer. Dann, als sie genau über ihm hinwegflogen, zogen sie in einem weiten Bogen hoch, richteten sich direkt davor gerade aus und blieben, als es in eine Kreisbahn ging, auf derselben

Kurz darauf tauchte das erste Überwachungsschiff auf dem Bildschirm auf und kam genau von oben auf sie zu. »Sensoren melden einjustierte und schußbereite Laserkanonen«, meldete Pritchard. Im gleichen Moment zischten zwei Strahlen aus dem sich nähernden Schiff, deren Energie sich in einem aufblitzenden Flammenband am Schild der *Enterprise* zerstreute.

»Schild hält, Captain«, meldete Sulu, »aber das zweite Überwachungsschiff nähert sich aus der Gegenrichtung. Wir müssen vielleicht einen Rückzieher machen und ...«

Sulu brach jäh ab. Fast gleichzeitig wurde der Laserbeschuß eingestellt. Das Überwachungsschiff schien einen Moment zu zögern, dann deutete sein rechteckiger Bug aufwärts, und es sah so aus, als kehre es in seine normale Kreisbahn zurück.

»Captain!« sagte Sulu überrascht. »Das Schiff ist weg!«

»Was ist passiert?« fauchte Kirk. »Hat ein anderes Überwachungsschiff es abgeschossen?«

»Nein, Sir, es wurde nicht abgeschossen. Es ist einfach ... *weg*. Verschwunden.«

»Hatte es einen eigenen Schild? Wie der auf dem Planeten?«

»Nein, Sir. Es ist einfach verschwunden. Als wäre es ...« Sulu hielt inne und warf Kirk einen schnellen Blick über die Schulter zu. »Ich habe so etwas nur einmal gesehen, Sir. Als ich Zeuge war, wie ein romulanisches Schiff hinter einem Tarnschirm verschwand.«

McCoys Laune nahm rapide ab, als er das gewaltige Überwachungsschiff auf dem Bildschirm noch größer werden sah. Rohgan stand neben dem Piloten, der wieder auf seinem Sitz saß und sich bemühte, den Instrumenten eine Reaktion zu entlocken. Außer Spock, der ständig seinen Tricorder beobachtete, starrten alle auf das Überwachungsschiff.

»Ist das Gerät eingeschaltet, das uns angeblich beschützen soll?« fragte Rohgan scharf.

Der Pilot arbeitete kopfschüttelnd weiter. »Ich weiß es nicht! Die Kontrollen reagieren nicht. Wenn es eingeschaltet ist, wurde es von dem aktiviert, der uns steuert.« Er drehte sich wütend zu McCoy und Spock um. »Arbeiten Sie mit Kaulidren zusammen? Sind Sie deswegen hier?«

»Ja, das möchte ich auch gern wissen!« Auch Rohgan drehte sich um und schaute sie an. »Ich habe mich auf Ihre und Tylmaureks Worte verlassen, aber jetzt ...« Er warf dem Überwachungsschiff auf dem Bildschirm einen ängstlichen Blick zu. »Werden wir explodieren? Hat Kaulidren das gemeint, als er sagte, er sei für unseren Tod verantwortlich?«

»Das glaube ich nicht«, sagte Spock gelassen. »Ich nehme aber an, daß man uns in Kürze irgendwie vernichten wird. Es sei denn, wir erfahren, was der Mann, den Sie als Kaulidren kennen, genau vorhat.«

»Wer er auch sein mag, Mr. Spock«, sagte Rohgan, »er hat den Eindruck erweckt, als wäre es Ihnen nicht unbekannt. Und er wirkte zufrieden, nicht besorgt.«

»Ich weiß nur wenig und vermute etwas mehr«, gab Spock zu, »aber es reicht nicht, um uns zu retten. Unsere einzige realistische Überlebenschance ...«

Er brach schlagartig ab und schaute vom Tricorder zum Bildschirm. »Ein Schiff, möglicherweise ein Schiff der Föderation, wahrscheinlich die *Enterprise*, ist gerade in Tricorderreichweite gekommen«, sagte er und nahm seinen Kommunikator vom Gürtel.

Als er ihn aufklappte, tauchte die *Enterprise* auf dem Bildschirm auf und überlagerte halb das Bild des sich nähernden Überwachungsschiffes. McCoy zückte ebenfalls seinen Kommunikator, doch weder er noch Spock erhielten irgendeine Antwort.

»Was, zum Henker, geht hier vor?« knurrte McCoy und schüttelte den Kommunikator, als wolle er ihn zum Funktionieren zwingen. »Der Schild kann uns doch *jetzt* nicht mehr blockieren!«

»Tut er auch nicht«, sagte Spock und wandte sich wieder dem Tricorder zu. »Die Schilde der *Enterprise* sind zwar aktiviert, aber sie würden doch nie ...«

Er brach erneut ab, als der *Enterprise*-Schild unter dem plötzlichen Laserbeschuß des Überwachungsschiffes aufflackerte. Sekunden später wurde der Beschuß eingestellt.

Kurz darauf änderte das Überwachungsschiff seinen Kurs und begann den raschen Aufstieg in eine höhere Kreisbahn.

»Vielleicht, wenn sie *näher kommen*«, murmelte McCoy und wandte sich wieder seinem Kommunikator zu.

»Ich glaube nicht, daß wir darauf zählen können, Doktor«, sagte Spock, den Blick noch auf dem Bildschirm, auf dem nun auch die *Enterprise* rasch kleiner wurde. »Sie gehen wohl auch in ihre Standardkreisbahn zurück.«

»Das ist doch verrückt! Sie haben uns gerettet, gerade als das Ding uns erledigen wollte! Sie haben es ebenso gesehen wie ich!«

»Ich habe das Überwachungsschiff feuern sehen, Doktor – und daß die Schilde der *Enterprise* den Beschuß abgelenkt haben. Es gibt keinen Hinweis darauf, ob der Captain weiß, daß wir hier an Bord sind. Ihr momentanes Verhalten deutet sogar darauf hin, daß sie sich unserer Anwesenheit nicht bewußt sind.«

»Dann ist es noch verrückter, Spock. Sie *müssen* einfach wissen, daß wir hier sind! Selbst wenn unsere Kommunikatoren irgendwie blockiert sind – die Sensoren müßten uns doch registrieren! Bei dieser Entfernung müßte man sogar erkennen, daß ein Vulkanier an Bord ist. Weswegen also ...«

Der Bildschirm flackerte hell auf, viel heller als der Wellenschlag der Laser über dem Schild der *Enterprise*. Die meisten an Bord keuchten auf, und alle schauten wieder auf den Bildschirm. »Sie feuern wieder auf uns!« schrie jemand. Urplötzlich herrschte Stille in dem Schiff.

»Sie feuern nicht«, sagte Spock, der wieder von seinem Tricorder aufschaute. »Das uns nächste Überwachungsschiff ist gerade in einer Antimaterieexplosion vernichtet worden.«

McCoy, der es nun endgültig aufgab, in allem, was um sie herum passierte, einen Sinn zu suchen, schüttelte den Kopf. Dann fiel sein Blick auf den verletzten und noch immer besinnungslosen Mann, den sie mit an Bord gebracht hatten.

»Eine Explosion wie die, zu der es kam, bevor unser

Freund hier seine Bruchlandung baute?« fragte er und runzelte in abermaligem Erstaunen die Stirn. »Werden sie von irgend jemandem abgeschossen, Spock, oder was ist da los?«

»Die Explosionen sind einander zwar ähnlich, Doktor«, sagte Spock und wandte sich erneut dem Tricorder zu, »aber ich vermute, daß sie nicht abgeschossen wurden. Ein weiteres dieser Schiffe ist gerade in Reichweite gekommen, und auch dieses scheint eine geringe Menge Antimaterie zu enthalten. Sein Antrieb wird jedoch von Kernverschmelzung bestimmt. Die Antimaterie ist kein Bestandteil eines energieerzeugenden Geräts, sondern in einem einfachen Eindämmungsfeld isoliert. Es ist logisch anzunehmen, daß das erste Schiff ähnlich ausgerüstet war und sein Eindämmungsfeld irgendwie geplatzt ist.«

»Warum, zum Geier, sollte ein Schiff einen Klumpen Antimaterie mit sich herumschleppen, wenn nicht aus Gründen der Energieversorgung? Oder war es eine Waffe?«

»Ich habe nicht genug Daten, um logische Schlüsse zu ziehen, Doktor. Allerdings ...« Spock brach erneut ab. Seine Brauen rutschten leicht in die Höhe, als etwas Neues auf seinem Tricorder sichtbar wurde. »Ich habe neue Daten, Doktor. Das Überwachungsschiff hinter uns wurde gerade in einer ähnlichen Explosion vernichtet. Ihr ging ein Signal voraus, das denen ähnelt, die das Schiff steuern, auf dem wir uns befinden.«

»Und was lernen wir daraus, Spock?« fragte McCoy, als Spock einen Moment in Schweigen verfiel.

»Es sieht so aus, Doktor, als hätte die Antimaterie als Selbstzerstörungsmechanismus gedient, der aus der Ferne gezündet wurde.«

»Soll das heißen«, warf Rohgan ein, »daß die Antimaterie in *unserem* Schiff auf gleiche Weise gezündet werden kann?«

»Es ist zwar zweifelhaft, Professor, aber nicht unmöglich. Unsere Antimaterie ist ein Bestandteil des Antriebs, kein separater Gegenstand ohne erkennbare Funktion. Wir sollten am besten Ex-Commander Finney befragen.« Spock wandte sich zu McCoy um. »Je früher Sie ihn aus seiner Ohnmacht befreien, Doktor, desto besser stehen unsere Chancen.«

»Wenn ich ihn aufwecke und er uns unter den Händen wegstirbt«, fauchte McCoy, »würde er uns auch nichts nützen.«

»Dann sollten Sie vorsichtig sein und darauf achten, daß er nicht stirbt, Doktor. Ich habe höchstes Vertrauen in Ihr Geschick.«

Während der nächsten fünf Minuten registrierte Spocks Tricorder die Energieblitze zweier weiterer Antimaterieexplosionen, aber McCoy nahm sie kaum wahr, da er sich mit dem Verletzten beschäftigte.

Kaulidren – beziehungsweise Carmody – hatte ihn Finney genannt, und nun, als er ihn aus der Nähe betrachtete, sah er, daß es wirklich Finney war. Jetzt verstand er auch, wieso Spock ihn trotz der oberflächlichen Unterschiede sofort erkannt hatte. Sein ehemals roter Haarschopf war nun bis auf eine einzelne Stelle völlig grau, und die untere Hälfte seines Gesichts wurde von einem dichten, kurzgeschorenen Bart bedeckt.

Aber die Augen hatten sich nicht verändert. Als man ihn in seinem Versteck in der *Enterprise* gefunden hatte, hatten sie einen gequälten Ausdruck gezeigt. Finney hatte damals seinen Tod vorgetäuscht und den Schiffscomputer manipuliert, damit er anzeigte, daß der Captain den Befehl gegeben hatte, bei dessen Ausführung er gestorben war. Jetzt, selbst mit geschlossenen Augen und besinnungslos, zeigte Finneys Gesicht den gleichen gequälten Ausdruck. Es war, als hätte sich seine Reaktion auf die vermeintlichen ständigen Ungerechtigkeiten seiner Vorgesetzten – die Starfleet-Akademie inklusive – irgendwann in seine Gesichtszüge eingegraben.

Der Mann, der sich Hargemon nannte, erwachte urplötzlich. Als die letzten Bilder des Absturzes seiner Raumfähre vor ihm aufblitzten, zuckte er unweigerlich zusammen. Ein Stöhnen entrang sich seinen Lippen, als jage selbst diese leichte Bewegung eine Welle von Schmerzen durch seinen Kopf.

Wo, zum Teufel …

Sein Blick wurde klarer, dann ächzte er erneut, denn nun sah er das Gesicht Dr. Leonard McCoys, das ihn – wie üblich – stirnrunzelnd musterte. Und hinter ihm befand sich Commander Spock.

Und Rohgan und ein halbes Dutzend aus der Gruppe, die der Commander manipuliert hatte.

Und über ihm …

Er zuckte zusammen, als er die Umgebung erkannte – die Fähre! Und nach allem, was er hörte und spürte, war sie schon unterwegs! Wenn sie zu weit geflogen waren …

Er drehte sich abrupt zu den beiden Männern von der *Enterprise* um. »Wie weit sind wir von Vancadia entfernt?«

»Wir dürften jetzt in der Kreisbahn sein, Mr. Finney«, sagte Spock gelassen. »Aber wir beschleunigen weiter.«

Finney atmete zischend aus, dann entspannte er sich und ließ seinen Körper auf dem dünn gepolsterten Boden erschlaffen. »Dann haben wir noch eine Menge Zeit.« Sein Blick fiel wieder auf Spock und McCoy. »Auch wenn Sie es mir in diesem Augenblick vielleicht nicht glauben – ich freue mich sehr, Sie zu sehen.«

»Wieso«, sagte McCoy, »sollte ich Ihnen *überhaupt* irgend etwas glauben? Wie, zum Teufel, sind Sie …«

»Wir haben später bestimmt eine Möglichkeit, über die alten Zeiten zu reden«, sagte Finney, wobei die alte Verbitterung in seiner Stimme wieder hörbar wurde. Er schüttelte sich, setzte sich aufrecht hin und kam wankend auf die Beine. »Das heißt, nur dann, wenn ich eine bestimmte Übermittlung vornehme, Doktor. Würden Sie mir bitte Ihren Kommunikator leihen?«

McCoys Stirnrunzeln wurde stärker. »Warum, zum Henker, sollte ich das tun? Was ...«

Finney streckte die Hand aus. »Wenn Sie's nicht tun, bin ich gezwungen, die Funkanlage dieses Schiffes zu verwenden – und die kann zweifellos abgehört werden. Wenn ich meinen Funkspruch nicht *bald* absetze, wird dieses Schiff verdunsten – und mit ihm alle an Bord.«

14

Kirk wirbelte zur wissenschaftlichen Station herum. »Meldung, Mr. Pritchard.«

»Das Schiff wird von keinem Sensor mehr angezeigt, Captain.«

»War es das gleiche Muster wie bei einem Schiff, das hinter einem Tarnschirm verschwindet? Oder irgendwie anders? – Mr. Sulu, bringen Sie uns in die Standardkreisbahn zurück. Ich möchte keine Zufallskollision, mit nichts und niemandem.«

»Aye, Sir.«

Als die *Enterprise* in die Kreisbahn zurückkehrte, rief Pritchard eine Anzeigenreihe ab, studierte sie kurz, setzte zum Sprechen an und ließ sich dann vom Computer eine neue Reihe zeigen. »Computer«, sagte er, »detaillierten Vergleich zwischen diesen beiden Meßreihen vornehmen.«

»Meßreihen sind identisch«, erwiderte die monotone weibliche Computerstimme wenige Augenblicke später.

Pritchard warf einen Blick auf den Captain, dann wandte er sich wieder der Anzeige zu. »Vergleich wiederholen«, sagte er nach einem Moment. »Da die Schiffe beider Vorfälle in Masse und Volumen stark differieren, erscheint eine identische Messung *unwahrscheinlich.*«

»Beide Meßreihen sind identisch«, wiederholte der Computer.

Pritchard drehte sich zu Kirk um. »Sie haben es gehört, Captain«, sagte er unbehaglich. »Es war ein Vergleich zwischen den Sensormessungen, die in dem Augenblick gemacht wurden, als das Schiff verschwand, und einer Messung der Tarnmuster eines romulanischen Kriegsschiffes. Es hätte einige Unterschiede geben *müssen.*«

»Ich verstehe, Lieutenant«, sagte Kirk und runzelte nachdenklich die Stirn. »Keine zwei Ereignisse können absolut identische Messungen ergeben. Aber können wir den gegenwärtigen Anzeigen angesichts der Probleme vertrauen, die wir mit den Sensoren hatten?«

Pritchard schluckte. »Ich weiß nicht, Captain.« Er warf einen nervösen Blick auf die Anzeige und schaute dann Kirk wieder an. »Commander Spocks Programm weist nur darauf hin, daß es zu anomalen Anzeigen gekommen ist. Es hat nicht bestätigt, daß irgendwelche speziellen Anzeigen – oder überhaupt irgendwelche – tatsächlich fehlerhaft sind.«

»Verstanden, Mr. Pritchard. – Mr. Scott ...«

»Captain!« mischte Sulu sich ein. »Auf ein Überwachungsschiff ist geschossen worden!«

Kirk wandte sich sofort zum Hauptbildschirm um. »Maximale Vergrößerung!«

»Aye, aye.«

Einen Moment lang war der Monitor vom Bild eines bedrohlich wirkenden Überwachungsschiffes ausgefüllt. Dort, wo zuvor eine der Laserattrappen gewesen waren, klaffte ein rundes, geschmolzenes Loch. Dann war das Schiff verschwunden. Der Bildschirm flammte wie bei einer Überladung auf, dann brach die Vergrößerung zusammen, bis in der Mitte nur noch eine kleine verblassende Sonne zu sehen war.

»Ursprung des Beschusses«, fauchte Kirk.

»Quelle nichtidentifizierbar, Captain«, erwiderte Sulu. »Aber er könnte in etwa aus der Richtung des Schiffes gekommen sein, das sich vermutlich eben getarnt hat.«

»Es hat gefeuert, ohne die Tarnung aufzuheben? Das ist doch unmöglich!«

»Für ein Schiff, das ein romulanisches Tarngerät verwendet, Captain«, bestätigte Sulu. »Wir *wissen* aber nicht, ob es sich hier um ein solches handelt.«

»Captain«, meldete Pritchard, »die Sensoren haben das Schiff wieder aufgefangen.«

»Es ist aber nicht auf dem Schirm, Lieutenant«, gab Kirk knapp zurück. »Mr. Sulu, Koordinaten überprüfen.«

»Aye, aye, Captain.« Eine Pause, die kaum eine Sekunde dauerte. »Koordinaten überprüft. Noch immer kein Anzeichen ...«

Urplötzlich war das verschwundene Schiff wieder da. Es flackerte nicht wie die romulanischen Schiffe, wenn sie ihren Tarnschirm ausschalteten. Es war einfach da, als hätte man plötzlich vor ihm einen Vorhang hochgezogen.

»Es ist wieder da«, sagte Sulu in einem unbehaglichen Tonfall. »Es scheint auf Abfangkurs zum zweiten Überwachungsschiff dieses Gebiets zu sein.«

Während Sulu sprach, verschwand das Schiff erneut vom Bildschirm. Eine Minute später war es wieder da, über und hinter dem Überwachungsschiff. Das Überwachungsschiff hatte kaum seine Drehung begonnen, um die Laserkanonen auf den Angreifer zu richten, als es aufblitzte und verschwand. Augenblicke später verschwand das angreifende Schiff zum zweiten Mal.

Die restlichen Überwachungsschiffe ereilte nacheinander das gleiche Schicksal. Eins gab einen einzelnen Schuß ab, der jedoch über einen Kilometer an seinem beabsichtigten Ziel vorbeiging. Endlich, dachte Kirk mit finsterer Miene, schaltete das angreifende Schiff bei jedem Schuß die Tarnung ab. Daß es beim ersten Mal noch im Tarnzustand geschossen haben sollte, konnte nur ein Ergebnis der noch immer ungeklärten Abweichung der *Enterprise*-Sensoren gewesen sein. Der Gedanke war fast ebenso beunruhigend wie die Möglichkeit, daß das Schiff seine Waffen *tatsächlich* im Tarnzustand abfeuern konnte.

»Funkspruch, Captain«, meldete Uhura. »Nur Audio, Standard, kein Subraum.«

»Auf den Lautsprecher, Lieutenant.«

Uhuras Finger flogen über die Tasten, und kurz darauf ertönte auf der Brücke die dünne, von Hintergrundgeräuschen überlagerte Stimme von Premier Kaulidren.

»... Ihnen los? Ich wiederhole, Captain Kirk: Was ist bei Ihnen los? Wir empfangen Daten, die darauf hindeuten, daß unsere Überwachungsschiffe von einem oder mehreren Schiffen angegriffen und vernichtet werden, die wir nicht orten können! Sind Sie dafür verantwortlich, Captain? Sind Sie zu den Terroristen übergelaufen? Ich *verlange,* daß Sie mir berichten, was da oben los ist!«

Kirk unterdrückte ein Ächzen. »Der Premier steht zwar nicht auf der Liste derjenigen, mit denen ich mich gern unterhalte, aber wenigstens ist er nicht an Bord. – Mr. Sulu, bringen Sie uns in eine Standardkreisbahn um Chyrellka, damit wir über diese Angelegenheit sprechen und herausfinden können, ob der Premier irgendwelche neuen Ideen hat.«

Die Hälfte der Fähreninsassen redeten gleichzeitig. Es war ihre Reaktion auf Finneys plötzliche Ankündigung, daß sie bald verdunsten würden. Während Rohgan sich bemühte, wieder für Stille zu sorgen, versuchte Spock mit seinem Kommunikator eine neue Verbindung mit der *Enterprise* herzustellen.

»Sie reagiert noch immer nicht, Mr. Finney«, sagte er.

»Natürlich nicht«, sagte Finney verärgert. »Sie brauchen den richtigen Kode – meinen Kode.« *Typisch Vulkanier,* dachte er. *Sie rennen lieber mit dem Kopf gegen die Wand, als jemanden um Hilfe zu bitten.*

»Und was bewirkt dieser Kode, Mr. Finney?«

»Geben Sie mir einen Kommunikator, dann zeige ich es Ihnen!«

Spock musterte ihn schweigend einige Sekunden lang.

»Mr. Carmody«, sagte er dann, »ist der Meinung, man hätte sich Ihrer ... Ich glaube, er sagte ›entledigt‹.«

Finney spannte sich. Wenn der Commander wußte, daß er noch lebte ... »Wann haben Sie mit dem ... Commander gesprochen?«

»Kurz bevor Sie zu sich kamen.«

»Sie haben ihm doch nicht erzählt, daß ich noch lebe, oder?«

»Nein. Ich hielt es für unklug, ihm mehr Informationen zu geben als er selbst schon hat.«

Finney atmete erleichtert auf, dann lächelte er matt und verbittert. »Ich hätte selbst darauf kommen können. Wenn er es wüßte, wären wir bestimmt längst verdunstet. Der Commander geht nicht gern unnötige Risiken ein. Bitte, geben Sie mir jetzt einen Kommunikator. Falls Sie mir noch immer nicht trauen ... Ich kann Ihnen den Kode auch geben, dann können Sie ihn selbst ausprobieren. Die Zeitabstimmung ist allerdings ein wichtiger Teil des Kodes, wie auch die Betonung der Stimme, die ihn spricht.«

Spock verfiel für einige weitere Sekunden in Schweigen und musterte Finney eingehend. Dann reichte er ihm seinen Kommunikator.

»Spock!« McCoy setzte eine finstere Miene auf. Finneys Augen weiteten sich überrascht.

»Fahren Sie fort, Mr. Finney«, sagte Spock.

Finney nickte. »Sie haben doch immer gewußt, wann Vertrauen angebracht ist«, sagte er zurückhaltend, »ob es sich dabei um einen Menschen oder einen Computer handelt.« Er klappte den Kommunikator auf und sprach. Er sagte langsam und akzentuiert eine scheinbar willkürliche Zahlenreihe auf.

Nach über zwanzig Zahlen hielt er inne.

Und wartete.

Finney hatte urplötzlich ein mulmiges Gefühl in der Magengrube. Hatte Kelgar den Kode verändert? Aber warum? Hatten ihm die anderen Fallgruben nicht genügt? Warum sollte er den Kode ändern, wenn er den Mann längst beseitigt hatte, der ihn benutzen konnte?

Es sei denn …

Ein Dutzend Szenarien blitzten durch Finneys Kopf. Kelgar hatte von Anfang an geplant, ihn zu beseitigen, und den Kode schon vor langer Zeit geändert.

Oder der Commander hatte von Anfang an beabsichtigt, ihn zu betrügen, sobald das Programm geschrieben und installiert war. Wenn er nicht mehr gebraucht wurde.

Oder Kelgar hatte sich während seiner Flucht *nicht* von der Explosion des Überwachungsschiffes narren lassen. Er hatte allerdings den Commander nicht darüber unterrichten wollen, daß er Finney das Entkommen gestattet hatte. Deswegen hatte er ihm erzählt, er hätte ihn ›beseitigt‹. Dann hatte er den Kode geändert, um auf Nummer Sicher zu gehen.

Doch was der Grund auch war …

Finney unterdrückte das Zittern, das ihn zu übermannen drohte, und begann die Sequenz aufs neue.

15

Endlich wurde der Premier auf dem Bildschirm sichtbar. Kirk fiel auf, daß sein übliches Gefolge nirgendwo zu sehen war.

»Können Sie sich irgendwie erklären, Premier«, begann er, bevor Kaulidren die Chance erhielt, das Wort zu ergreifen, »warum wir, seit Sie von Bord der *Enterprise* gegangen sind, weder über Standard- noch über Subraum-Funk, mit *irgend jemanden* Verbindung aufnehmen können?«

Kaulidren blinzelte. »Angesichts des Tempos, mit dem Ihre Ausrüstung den Geist aufgab, bevor Sie mir zu gehen erlaubten, überrascht mich dies nicht. Allerdings berühren mich ihre kleinen Schwierigkeiten im Moment weniger, Captain Kirk! Soweit wir wissen, wurden unsere Überwachungsschiffe ausnahmslos zerstört oder schrottreif geschossen. Falls nicht für diesen Vandalismus verantwortlich sind, muß ich davon ausgehen, daß Delkondros inzwischen Hilfe von den Klingonen erhalten hat und unterwegs ist, das Zerstörungswerk zu beenden, das er vor vier Jahren begonnen hat! Ich verlange zu wissen, was Sie dagegen unternehmen wollen!«

»Was sollen wir Ihrer Meinung nach tun?«

»Mein Gott, Captain, ist es denn nicht offensichtlich? Brauchen Sie denn noch mehr? Die sogenannte Erste Direktive erfordert doch wohl nicht, daß Sie zusehen müssen, wenn Tausende von hilflosen Menschen abgeschlachtet werden! Und doch wohl schon gar nicht, wenn die Klingonen eindeutig die Hände im Spiel haben und vielleicht sogar direkt dafür verantwortlich sind! Ich habe gehört, daß Admiral Brady gesagt hat, Sie hätten die Autorität, alles zu tun, was die Lage erfordert! Nun, die Lage erfordert, daß dieses Schiff *aufgehalten* wird! Es ist mit ziemlicher Sicherheit nach Chyrellka unterwegs. Wenn sein Antrieb mit dem jener Schiffe vergleichbar ist, die beim ersten Angriff auf uns vernichtet wurden, könnte es in wenigen Stunden hier sein! Sein Ziel – sein *erstes* Ziel – ist zweifellos das gleiche wie damals: die Orbitalfabrik, die unsere interplanetaren Schiffe herstellt. Dort halten sich Tausende von Chyrellkanern auf; Arbeiter mit ihren Familien, und viele andere ... Tausende, die sterben werden, wenn *Sie* nichts unternehmen!«

»Dann schlage ich vor, daß Sie keine Zeit mehr vergeuden und mit der Evakuierung beginnen, Premier.«

»Evakuierung? Unmöglich! Mit unseren Fähren würde es Tage dauern, keine Stunden!«

»Wir werden helfen. Wenn Sie dafür sorgen, daß sich auf der Raumstation alle in Gruppen zusammenfinden und uns ihre Koordinaten sowie die der Orte geben, an die wir sie beamen sollen, können die Transporter der *Enterprise* die Arbeit in der zur Verfügung stehenden Zeit verrichten.«

»Transporter? Die Maschinen, die einen auseinandernehmen und anderswo wieder zusammensetzen? Ich glaube nicht ...«

»Ist es Ihnen lieber, daß die Leute sterben?«

»Es wäre mir lieber, Sie entfernen die *Bedrohung!*«

»Wenn alles andere schiefgeht ...«

»Wenn dies ein Beispiel dafür sein soll, wie die Föderation ihren Mitgliedern hilft, Captain, dann verstehe ich, warum ihr nur so wenige Welten beigetreten sind! Auch wenn die Evakuierung erfolgreich verläuft – die Raumstation wird *trotzdem* vernichtet!«

»Premier, die Koordinaten ...«

»Wie Sie wünschen!« Kaulidrens Gesicht verzog sich in wütender Verachtung, als es abrupt vom Bildschirm verschwand. Kurz darauf wurde es durch einen seiner normalerweise schweigenden Gefolgsleute ersetzt.

»Ich verbinde Sie mit Bardak«, sagte der Mann steif. »Er ist der Geschäftsführer des Raumdocks. Sie können alles Erforderliche mit ihm besprechen.«

Dann verschwand auch er – und zwar ebenso plötzlich wie Kaulidren.

Nach dem dritten Versuch mit dem Kommunikator schluckte Finney nervös und schaute zu Spock und den anderen auf. »Es funktioniert nicht.«

»Vielleicht, Mr. Finney«, sagte Spock, ohne auf McCoys höhnisches Schnauben einzugehen, »sollten Sie sich die Zeit nehmen, uns die Lage zu erklären. Wenn wir genau wissen, was Sie, Ex-Commander Carmody und eine unbekannte Anzahl von Klingonen hier im Chyrellka-System zu gewinnen hoffen, finden wir vielleicht eine Lösung für unser gegenwärtiges Problem.«

»Wenn der Kode verändert wurde, *gibt* es keine Lösung«, sagte Finney kopfschüttelnd, und die vertraute Hoffnungslosigkeit kehrte wieder in seinen Blick zurück. »Es besteht einfach keine Möglichkeit, an den neuen heranzukommen. Und ohne den Kode haben wir keine Möglichkeit, das zu verhindern, was passieren wird.«

»Und *was*, zum Henker, wird passieren, Finney?« fragte McCoy grob. »Und *wann?* Und wenn wir schon mal dabei sind, ich würde auch gern wissen, *warum!* Wir alle haben, glaube ich, nichts dagegen zu erfahren, warum wir sterben sollen!«

Finney krümmte sich bei McCoys Worten. Trotz seines gesenkten Blickes sah er auch die anderen, die vielen Dutzend, die ihn mit Angst und Wut im Blick beobachteten. Eine geraume Weile lang verschwammen die Gesichter vor ihm, wurden anonym und fern; sie waren ihm alle fremd, auch die derjenigen, deren Namen ihm in den letzten drei Jahren vertraut geworden waren.

Bis …

Ohne Vorwarnung sprang ihn eins der Gesichter aus der Menge an – eins aus dem halben Dutzend Gesichter der jungen Frauen an Bord. Es war unmöglich, aber …

»Jamie?« Der Name seiner Tochter kam in einem rauhen Flüstern aus seiner plötzlich engen Kehle. Einen Augenblick lang verschwand die ihn umgebende Fähre, und er war wieder auf der *Enterprise,* vor vielen, vielen Jahren … Sein Sabotageplan war fertig, seine Rache näherte sich dem Höhepunkt, während Kirks Schiff seinen katastrophalen Absturz aus der Kreisbahn begann.

Dann hatte er erkannt, daß Jamie an Bord war. Kirk hatte sie an Bord geholt, damit auch sie umkam. Und nun hatte er sie auch irgendwie *hierher* gebracht, auf dieses … dieses …

Finney schüttelte heftig den Kopf, damit sich Jamies Bild und das der vielen anderen auflöste. Er schloß fest die Augen, um gegen den plötzlichen Schwindel anzukämpfen.

Hände griffen nach seinen Schultern und hinderten ihn daran, zu Boden zu fallen. Das Deck schien unter seinen Füßen zu schwanken.

»Finney! Sind Sie in Ordnung?« McCoys rauhe Stimme knirschte in seinen Ohren.

Finney öffnete furchtsam die Augen. Das Gesicht des Arztes war wenige Zentimeter vor ihm, und seine Miene war finster. Die anderen verschwanden wieder in der Ferne, doch diesmal als feste Gestalten, nicht als wankende Figuren in einem Wach-Alptraum.

Das Gesicht, das er sekundenlang für das seiner Tochter gehalten hatte, ähnelte Jamie überhaupt nicht. Ich habe mich getäuscht, redete er sich ein. Es stammt aus den anderen Alpträumen, die mich nie ganz verlassen haben.

Aber ihm wurde plötzlich klar, daß diese Frau *irgend jemandes* Tochter war, und der Gedanke überwältigte ihn. Diese Woge der Realität umhüllte ihn enger als die zeitweilige Täuschung und vollständiger als alles andere seit vielen Jahren. Sämtliche Anwesenden, jeder, für dessen bevorstehenden Tod er verantwortlich war, war *jemandes* Tochter, Sohn, Schwester oder Bruder!

All diese Gesichter gehörten realen Menschen. Sie waren nicht bloß Namen und Nummern in einem Plan – dem Rachespiel –, den er und der Commander ausgearbeitet hatten. Außer Kirk und seinen anderen Gegnern auf der *Enterprise* hatte er den anonymen Menschen, die von seinen Plänen betroffen waren, nie gegenüberzutreten brauchen. Er hatte ihnen nie in die Augen zu sehen brauchen …

Finney schluckte. Als er aufschaute, wich er McCoys Blick aus. »Die *Enterprise*«, sagte er, »wird dieses Schiff irgendwann in den nächsten paar Stunden vernichten. Entweder mit Phasern oder einem Photonentorpedo.«

»Das ist doch verrückt!« rief McCoy. »Jim würde doch nie auf ein unbewaffnetes Schiff voller Menschen schießen!«

»Er weiß nicht, daß es unbewaffnet ist. Und er weiß auch nicht, daß jemand an Bord ist.«

»Das ist ja noch verrückter! Die Sensoren der *Enterprise* können sogar messen, was Sie heute zum Frühstück gegessen haben. Wie sollte Ihnen entgehen …« McCoy brach ab, denn ihm fiel ein, daß die *Enterprise* erst vor wenigen Minuten bis auf ein paar Kilometer an sie herangekommen war und sich verhalten hatte, als existierten sie überhaupt nicht.

»Den Sensoren entgeht nichts«, sagte Finney. »Aber der Computer gibt die Informationen nicht an die Brücke weiter.«

»Wie, zum Henker …« McCoy hielt erneut inne, diesmal in plötzlicher Einsicht, denn nun fiel ihm der Tag wieder ein, an dem Finney und der Captain sich gegenübergestanden hatten.

»Sie haben den *Computer* manipuliert! Wie damals, als Sie Jim vors Kriegsgericht gebracht haben! Aber wann … und wie …«

Finney zückte einen münzgroßen Gegenstand, der an seinem Gürtel gehangen hatte. Er hielt ihn Spock hin. »Untersuchen Sie das mit Ihrem Tricorder, Commander Spock.«

»Es sendet einen Kode, den der Computer empfangen kann«, sagte Spock nach ein paar Sekunden. »Ich nehme an, die Computerprogrammierung wurde modifiziert, um diesen Kode zu erkennen.«

»Ich habe es erst vor ein paar Stunden getan, als Kaulidren ... Ich meine Carmody ... Vielleicht sollte ich mich daran gewöhnen, ihn so zu nennen, auch wenn es keinen großen Sinn mehr hat ... Als Carmody auf der *Enterprise* war. Ich war in der Fähre, die ihn an Bord brachte, in dieser Uniform. Deswegen wollte er keinen Transporter benutzen. Deswegen hat er darauf bestanden, mitsamt der Fähre an Bord zu kommen. Er wollte sie an einer Hangarwand parken, damit ich eine bessere Chance hatte, ein- und auszusteigen, ohne gesehen zu werden. Als die Wache, die er dort zurückgelassen hatte, mir signalisierte, daß die Luft rein war, bin ich von Bord geschlichen und direkt in den Hauptcomputerraum gegangen. Ich kenne den Weg gut. Ich hatte das Programm in einer Datenkassette, deswegen dauerte es nur ein paar Sekunden, sie einzulegen. Ein Teil des Programms war natürlich die Instruktion, die Existenz eines jeden zu ignorieren, der ein solches Gerät bei sich trägt. Zwar haben die Sensoren meine Anwesenheit registriert, aber der Computer, der den Kode, den es sendet, im Bruchteil einer Sekunde empfing, hat mich ignoriert. Er hat die Information nicht einmal in seine Datenbanken aufgenommen.«

»Und aus diesem Grund wird der Computer niemandem sagen, daß wir hier auf diesem Schiff sind?« fragte McCoy.

»Nein, das galt nur, solange ich auf der *Enterprise* war und von den internen Sensoren erfaßt wurde. Mein Programm hat keine Kontrolle über sie. Es hat mich bloß in die Lage versetzt, aus dem Computerraum heraus und wieder zur Fähre zu gelangen. Das Hauptprogramm, das ich eingespeist habe, steuert die Informationen der Außensensoren, Waffen und sämtlicher anderen Systeme. Und dieses Programm wiederum wird von dem Computer in Kaulidrens – Carmodys – Schiff gesteuert ... und überwacht. Und von demjenigen, der diesen Computer bedient. Wir haben mit einem Traktorstrahl einen kleinen Überwacher an der *Enterprise* verankert. Er fungiert als Relaisstation zwischen der *Enterprise* und Carmodys Schiff. Der *Enterprise*-Computer zeigt der Mannschaft nur das, was der andere Computer sie sehen lassen will – und der, der ihn bedient. Gleichzeitig zeichnet der *Enterprise*-Computer – alles auf, was *wirklich* geschieht – zum Beispiel den Abschuß der Fähre, in der wir uns befinden. Es gibt natürlich keine Aufzeichnung von der Relaisstation, und wenn alles vorbei ist, sind wir ... ist Carmody in der Lage, die Aufzeichnungen nach Belieben so zu gestalten, daß auch jeder Halbgescheite begreift, daß der Mord an seinen engsten Freunden Kirk hat durchdrehen lassen, so daß er sich aus lauter Rachsucht über die Erste Direktive hinweggesetzt hat.«

»Dann hatte Dr. McCoy also doch recht, Mr. Finney«, bemerkte Spock, »als er andeutete, Sie hätten den *Enterprise*-Computer genau so manipuliert wie damals, als Sie Ihren Tod vortäuschten und den Versuch machten, ihn unserem Captain anzulasten. War dies etwa auch der Grund, Dr. McCoy und mich aus dem Schiff zu entfernen – damit wir Ihre Vorgehensweise nicht wiedererkannten?«

Finney lächelte fast. »Sie, Mr. Spock, ja. Carmody hatte Angst, die Geschichte könnte sich wiederholen, und er hatte damit wahrscheinlich auch recht. Sie sind der einzige auf diesem Schiff, der eine *Chance* gehabt hätte, die Sache zu durchschauen.«

»Unterschätzen Sie den Captain nicht, Mr. Finney«, sagte Spock.

Finney schüttelte den Kopf. »Oh, ihm fällt sicher auf, daß irgend etwas nicht stimmt, aber er kann nichts dagegen unternehmen. Kelgar ...«

Er hielt inne und verzog das Gesicht. »Jetzt kontrolliert sicher Kelgar den Computer. Ich habe ihn unterschätzt, einfach nur deswegen, weil er Klingone ist. Er hat mich ziemlich leicht beseitigt ... Aber selbst wenn Kirk erkennt, was vor sich geht, er kann nichts dagegen tun, nicht ohne den ganzen Computer neu zu programmieren. Er müßte schon über den genauen Kode stolpern, der das Programm initiiert, das den Computer wieder auf normalen Kurs schaltet. Nein, diesmal kann er nichts tun. Es handelt sich hier nicht um ein simples kleines Programm wie das, was ich damals benutzt habe. An diesem hier habe ich fast zwei Jahre lang gearbeitet. Ich bin mir nicht einmal sicher, ob ich es selbst finden würde, wenn ich nicht genau wüßte, wo und wonach ich Ausschau halten muß. Und selbst wenn ich es fände – in der Zeit, die uns noch verbleibt, könnte ich es ohne den Kode nicht abschalten.«

»Aber *warum,* Finney?« platzte McCoy heraus. »Was, zum Henker, wollten Sie um Gottes willen damit erreichen?«

Finney schüttelte sich. *Damals hielt ich es für eine gute Idee,* zuckte der alte Spruch durch seinen Verstand. Doch nun, da er, von seinen Opfern umgeben, gezwungen war, darüber nachzudenken, wußte er es nicht mehr so genau. Der Commander – Carmody – war überzeugend und, das wußte er nun, mehr als nur etwas unaufrichtig gewesen.

»Kirk hat Sie kaltgestellt«, hatte Carmody gesagt. »Und er hätte Ihre Tochter ohne mit der Wimper zu zucken getötet, um seine kostbare *Enterprise* zu retten. Starfleet hat ihm die Stange gehalten und ihm auf die Schulter geklopft, weil er sie verraten hat. Sehen Sie in meinem kleinen Plan eine Möglichkeit, es beiden heimzuzahlen: Kirk und Starfleet. Wir machen sie fertig, indem wir sie genau gegen das verstoßen lassen, was für sie das Heiligste ist: ihre kostbare Erste Direktive.«

Daß er mit den Klingonen hatte zusammenarbeiten müssen – und daß Carmody eigentlich schon selbst zum Klingonen geworden war, denn er befehligte eine klingonische Einheit aus Soldaten und Wissenschaftlern –, hatte nicht gereicht, um ihn davon abzuhalten. Nicht in dem Zustand, in dem er sich damals befunden hatte.

»Bei uns zählen nur Fähigkeiten«, hatte Carmody gesagt. »Fähigkeiten und Loyalität. Wir sind nicht die Sklaven einer Million Gesetze oder der sogenannten Ersten Direktive, die einem Raumschiffkommandanten die Hände binden und die Föderation ständig daran hindern, Rückgrat zu zeigen und eine Macht zu werden, mit der man wirklich rechnen muß – wie das klingonische Reich.«

Und schließlich: »Was sind Sie der Föderation oder Starfleet *schuldig,* Mr. Finney? Sie waren ein besserer Offizier als die ganze Bande, und man hat sie auf den Müll geworfen! Bei mir, bei den Klingonen, werden Sie für Ihre Fähigkeiten Anerkennung erfahren – keine Entlassung aus dem Dienst aus psychiatrischen Gründen und die Erniedrigungen einer Zwangstherapie, weil Sie das getan haben, was jeder ehrenhafte Klingone auch getan hätte; weil Sie nach Ihren eigenen Bedingungen Gerechtigkeit gesucht haben.«

Und später, nachdem man ihn ins Chyrellka-System gebracht und mit der Hargemon-Identität versehen hatte, hatte er ausschließlich an seinem Programm gearbeitet und nur noch Kontakt zu Carmody, Kelgar und ein paar anderen Klingonen gehalten. Diese Arbeit hatte seinen Verstand völlig ausgefüllt. Er hatte das Programm laufend verbessert und getestet, bis …

»Der ursprüngliche Plan«, sagte Finney abrupt, »sah vor, Kirk – oder den Captain des Raumschiffes, das dem chyrellkanischen Hilfeersuchen entsprach – auf ein unbewaffnetes Schiff feuern zu lassen. Auf das Schiff, auf dem wir uns nun befinden. Und genau das wird der *Enterprise*-Computer später zeigen. Starfleet wird gedemütigt werden, aber was noch wichtiger ist: Starfleet wird sich in Zukunft doppelt und dreifach bemühen zu verhindern, daß *noch einmal* jemand die Erste Direktive verletzt. Laut Carmody gereicht dies den Klingonen zum Vorteil. Es macht die Föderation noch vorsichtiger und ängstlicher; man wird weniger Risiken eingehen als bisher, bis man für eine klingonische Herausforderung reif ist – eine Herausforderung, die Carmody anführen will.«

»Und warum sind Sie ausgestiegen?« fragte McCoy geringschätzig. »Haben Sie es sich plötzlich anders überlegt?«

Finney schüttelte den Kopf. »Ich wünschte, es wäre so gewesen ...« Er verzog das Gesicht und erläuterte, wie ihm die Veränderung aufgefallen war, die Kelgar – oder Kelgar und der Commander zusammen – an seinem Programm vorgenommen hatte.

»Sie glaubten wohl, sie brauchten mich nicht mehr, deswegen war ich entbehrlich. Sobald ich erkannte, was geschehen war, war ich so gut wie tot. Aber mir wurde auch klar«, fügte er eilig hinzu, »daß mein Programm nach der Veränderung jedem Schiff, das gekommen wäre, um die Computerunterlagen der *Enterprise* zu bergen, mit den anderen Informationen zusammen in die Hände gefallen wäre. Es wird sich ausbreiten – wie ein Virus in jedem Computer, in den man die Informationen überspielt. In ein paar Jahren könnte es sich in jedem Starfleet-Computer eingenistet haben.«

»Und dann«, nahm Spock den Faden auf, als Finney in Schweigen verfiel, »können klingonische Schiffe in die Föderation eindringen, wie es ihnen paßt. Sie können jedes Föderationsschiff kontrollieren, das ihnen begegnet, und es zu ihrem Vergnügen vernichten.«

Finney senkte den Kopf und nickte. »Jetzt weiß auch ich nicht mehr, was sie noch aufhalten kann.«

16

Die chyrellkanische Orbitalfabrik, die den Bildschirm der *Enterprise* ausfüllte, ähnelte sehr einer riesigen O'Neil-Kolonie.

»Wie viele sind es, Mr. Pritchard?« fragte Kirk.

»Etwa neuntausend, Captain. Bis auf eine Handvoll haben sie sich alle an den festgelegten Koordinaten versammelt.«

»Wir müssen sie so schnell zum Planeten hinunterbringen, wie sie an Bord kommen; das Schiff kann so viele Menschen nicht unterbringen. – Fangen Sie mit dem Transport an, Mr. Kyle«, befahl Kirk. »Ich will mal sehen, was wir mit den Nachzüglern anfangen können.«

»Aye, aye, Captain«, kam die Meldung aus dem Frachtkontrollraum über das Interkom.

»Captain!« rief Uhura. »Manager Bardak ist …«

»Auf den Schirm, Lieutenant.«

Kurz darauf wurde der Satellit durch den kahlen Schädel eines Beamten ersetzt. »Was ist denn, Mr. Bardak?«

Der Manager schluckte nervös. »Tut mir leid, Captain, aber es gibt ein paar Leute, die nicht kooperieren wollen. Sie sagen … sie wollen ihr Glück lieber mit den Terroristen versuchen als mit Ihren Transportern.«

Kirk unterdrückte eine Grimasse. »Wir haben uns schon gedacht, daß einige Leute nicht mitmachen wollen. Ich habe allerdings nicht damit gerechnet, daß sie so hartnäckig sind. Bearbeiten Sie sie weiter.«

»Mach' ich, aber … Gibt es keine andere Möglichkeit, sie einzusammeln?«

»Wir brauchen genaue Koordinaten, um sie zu erwischen. Ohne sie... Es gibt noch eine Möglichkeit, Bardak. Wenn wir genügend Zeit haben, könnten wir einige unserer Leute mit Kommunikatoren an ihre ungefähren Koordinaten beamen. Glauben Sie, daß Ihre Leute sich den meinen körperlich widersetzen?«

»Ich weiß nicht, Captain, aber bei einigen vermute ich es zumindest. Selbst die, die sich hier versammelt haben, sind nervös. Wir haben alle von den Fehlfunktionen und den Sabotageakten gehört, denen Ihr Schiff ausgesetzt war, so daß sich nun selbst die Sorgen machen, die normalerweise nicht beunruhigt wären...«

»Ich verstehe, Mr. Bardak. Aber wenn Premier Kaulidren recht hat, ist ihre Alternative vermutlich der Tod.«

»Ich weiß. Ich habe es allen erklärt, aber es reicht ihnen nicht.«

Kirk seufzte. »Was ist mit Ihren Fähren? Wenn wir alle nach unten gebeamt haben... Könnten die Quertreiber dann nicht die Fähren benutzen?«

»Natürlich, Captain, aber wir dürfen nicht mehr warten. Unsere Fähren...«

»Nein«, warf Kirk ein. »Nach dem, was ich von Ihnen und Kaulidren gehört habe, werden *alle* mit den Fähren fliegen wollen, sobald Sie jemanden an Bord gehen lassen. Und dann müssen wir wieder von vorn anfangen. Halten Sie die Fähren jedoch in Bereitschaft...«

»Captain!« meldete sich jäh die Stimme des Transporterchefs. »Sind Sie sicher, daß Koordinaten stimmen, von denen wir die Leute herüberbeamen sollen?«

»Sie stimmen absolut mit unseren Sensoranzeigen überein – oder etwa nicht, Mr. Pritchard?«

»So ist es, Captain.«

»Dann ist irgend etwas mit dem Transporter nicht in Ordnung, Sir. Ich kann niemanden anpeilen. An diesen Koordinaten zeigen meine Instrumente nur leeren Raum an.«

»Überprüfen Sie...«

»Wir haben alles Überprüfbare doppelt und dreifach gecheckt, Captain. Jetzt können wir nur noch den Transporter auseinandernehmen.«

»Mr. Scott ...«

»Aye, Captain.« Die genervt klingende Stimme des Chefingenieurs antwortete sofort. »Zwei meiner Leute sind schon unterwegs.«

»Danke, Mr. Scott. Aber ich brauche auch einen Zustandsbericht über unsere Schildgeneratoren.«

»Sie funktionieren alle hundertprozentig, Captain. Soweit ich's beurteilen kann.«

»So überzeugt klingen Sie aber nicht, Scotty.«

»Aye, Captain, zugegeben. Würden *Sie* an meiner Stelle überzeugter klingen? Vor zehn Stunden hätte ich nichts von dem, was uns passiert ist, für möglich gehalten – geschweige denn alles!«

»Verstanden. Ich weiß, daß Sie die Situation im Griff haben.« Kirk wandte sich wieder dem Bildschirm zu, auf dem Bardaks Gesicht noch immer groß und finster zu sehen war.

»Was ist los, Captain?« fragte der Geschäftsführer abrupt, als Kirks Blick ihn traf. »Ich habe gehört, mit den Koordinaten soll etwas nicht ...«

»Besteht die Möglichkeit, daß Sie uns bezüglich der Sammelpunkte falsche Daten übermittelt haben?«

»Das ist kaum möglich. Ich habe sie gerade noch einmal überprüft, und ...«

»Teilen Sie Ihren Leuten mit, daß wir wahrscheinlich doch nicht in der Lage sind, sie zu transportieren. Sagen Sie ihnen, Sie sollen sich bereithalten und an den bisherigen Koordinaten bleiben – für den Fall, daß wir das Problem lösen können. Bis es soweit ist, wird sich die *Enterprise* Ihnen nähern und ihren Schild ausweiten, bis er die gesamte Raumstation umfaßt.«

Vorausgesetzt, das Leitsystem versagt nicht, dachte Kirk wie unter einem Zwang, *und wir knallen gegen das Raumdock.*

Nachdem Finney die Geschichte seiner Flucht aus Carmodys Schiff beendet hatte, verfielen für mehrere Sekunden alle in Schweigen.

»Wie detailliert war die von Ihnen vorgenommene Analyse, mit der sie die Veränderung Ihres Programms entdeckt haben, Mr. Finney?« fragte Spock schließlich.

»*Sehr* detailliert. Sonst wäre mir bestimmt kein Fehler aufgefallen.«

»Wäre der Kode vor diesem Zeitpunkt verändert worden, hätte die Analyse auch diese Veränderung gezeigt?«

»Ja, ich nehme es an, aber was sollte ...«

»Der Kode könnte also aus Ihrer Analyse bestimmt werden.«

»Kann sein. Wenn wir eine vollständige Aufzeichnung der Analyse *hätten.*« Finney schüttelte den Kopf. Ein grimmiges Lächeln zerrte an seinen Lippen. »Ich hatte bloß keine Zeit, einen Ausdruck zu machen und ihn mitzunehmen.«

»Vielleicht nicht, Mr. Finney, aber laut Ihres Berichts haben Sie den Bildschirm während der gesamten Analyse eingehend betrachtet.«

»Natürlich! Sonst ...«

»Dann brauchen wir also nur einen Zugriff auf Ihre Erinnerungen an das, was Sie gesehen haben.«

Finney blinzelte, dann schüttelte er erneut den Kopf. »Mein Gedächtnis ist zwar gut – aber so gut nun auch wieder nicht. Sie sind doch hier derjenige mit dem fotografischen Gedächtnis, nicht ich.«

»Sie waren in der Lage, die Datenanzeige zu rekonstruieren, die es Ihnen erlaubte, den Befehl zu finden, der Ihnen die Tür für die Flucht öffnete.«

»Aber ich hatte ihn erst Sekunden zuvor gesehen – nicht Stunden später! Und ich konnte mit dem Computer arbeiten, um die Anzeige zu rekonstruieren und so zu verändern, daß ich sie nutzen konnte!«

»Was Ihnen nach Ihrer Aussage in wenigen Sekunden gelungen ist.«

Finney lachte rauh und humorlos auf. »Ich hatte in dieser Hinsicht wirklich keine Wahl, Mr. Spock.«

»Auch jetzt haben Sie keine, Mr. Finney, wenn Sie überleben wollen. Wenn Sie wollen, daß die Föderation überlebt.«

»Wenn Sie die nächsten *dreißig Sekunden* überleben wollen, Mr. Finney, oder wie Sie sonst heißen, verdammt«, sagte ein untersetzter Mann in den mittleren Jahren und trat drohend ein paar Schritte vor, »sollten Sie lieber tun, was Ihnen gesagt wird! Und zwar sofort!«

Während der nächsten zehn Minuten zermarterte Finney sich das Hirn, aber es führte zu nichts. Je mehr er sich um Konzentration bemühte und versuchte, die flüchtigen Bilder die er auf dem Computerbildschirm gesehen hatte, in seinem Gedächtnis neu aufzubauen, desto weiter schienen sie sich zurückzuziehen.

»Es funktioniert nicht«, sagte er und sackte in sich zusammen. »Ich habe es vergessen.«

»Ich habe Sie gewarnt ...«, sagte der Untersetzte, aber bevor er noch mehr sagen konnte, trat Spock zwischen ihn und Finney und hielt den Mann zurück.

»Es besteht noch eine Möglichkeit«, sagte Spock zu Finney. »Sind Sie mit den mentalen Disziplinen der Vulkanier vertraut, Mr. Finney?«

»Ich weiß zwar, daß sie existieren, aber ich weiß nicht genau, um was es sich dabei handelt. Ich werde sie in den nächsten beiden Stunden auch gewiß nicht lernen, selbst wenn sie meinem Gedächtnis auf die Sprünge helfen könnten.«

»Das meine ich nicht, Mr. Finney. Ich schlage vor, daß Sie mir Ihre Erinnerungen direkt zugänglich machen. Dazu ist Ihre Mithilfe nötig. Zusammen haben wir vielleicht Erfolg.«

McCoy wandte sich mit finsterer Miene zu Spock um. »Sie reden von einer Bewußtseinsverschmelzung? Mit *ihm?*«

»Würden Sie ihm eine medizinische Behandlung verweigern, Doktor?«

»Natürlich nicht. Auch wenn es vielleicht verlockend wäre. Aber ...«

»Machen Sie sich keine Gedanken, Doktor. Ein solches Erlebnis ist nie erfreulich. Deswegen ist der Charakter meines Partners kaum von Belang und könnte mich auf keinen Fall davon abhalten, meine Anstrengungen in einer Sache dieser Dringlichkeit und Wichtigkeit zu hemmen.«

Spock wandte sich zu Finney um. »Mr. Finney, ich bitte Sie, sich nicht zu weigern.«

Finney wich zurück. »Ich habe von diesen telepathischen Tricks gehört. Sie wollen ... in meinen *Verstand* eindringen?«

»Es ist vielschichtiger, Mr. Finney, aber wenn Sie möchten, können Sie ruhig in diesen Begriffen denken. Wenn ich Erfolg habe, wird sich Ihr Verstand mit dem meinen vermischen, bis sie nicht mehr unterscheidbar sind.« Spocks Stimme war zwar so gelassen und vernünftig, wie seine Züge reserviert waren, aber als McCoy in sein Gesicht schaute, glaubte er in seinen Augen den Anflug eines bevorstehenden Schmerzes zu sehen. Die Bewußtseinsverschmelzung bewirkte eine vollkommene Fusion der Psyche zweier Menschen und durchbrach Barrieren, die im Laufe eines Lebens aufgebaut worden waren.

Finney schluckte hörbar. »Könnten Sie nichts anderes versuchen?«

»Wenn es etwas gäbe, hätten wir es längst versucht!« knurrte McCoy und winkte dem Untersetzten, der Finney bedroht hatte. Die beiden bauten sich rechts und links von Finney auf, der sie rasch mit nervösen Blicken maß, dann tief Luft holte, die Augen schloß und abwartete. Seine schweißnasse Haut kitzelte plötzlich in schmerzhafter Überempfindlichkeit, die das Material seiner Uniform sich anfühlen ließ wie Schmirgelpapier.

Finney, unfähig seinen rebellierenden Körper völlig am Zittern zu hindern, wartete hilflos darauf, daß Spock in seinen Geist vordrang. Alle Geräusche schienen zu verstummen. Als Spock vortrat, hörte Finney nur das Reiben seiner Stiefel auf dem Boden, dann das Geräusch seines Atems, als er nur Zentimeter vor ihm stand, und das Schlagen seines eigenen Herzens gegen den Brustkorb.

Das Geräusch von Spocks Atem verstummte einen Moment, dann hörte Finney ihn sehr tief Luft holen und spürte, daß seine Handfläche ihn an der Stirn berührte. Die Finger des Vulkaniers griffen an seine Schläfen und seine Schädelkrone.

Zuerst war es nur eine körperliche Berührung, und Finney dachte: *Es klappt nicht. Ich bin außer Gefahr. Auch wenn wir alle umkommen, ich bin außer Gefahr.*

Er wiederholte diesen Gedanken in einer Zeit, die ihm minutenlang erschien, immer wieder, wie eine Litanei, wobei sein Herz fortwährend schlug und seine Haut weiterhin unter der Schmirgelpapieruniform schmerzte.

Doch dann durchströmte ihn ohne Warnung eine so intensive Woge der Trauer, daß unter seinen geschlossenen Lidern Tränen hervorquollen.

Ich weine nicht! schrie sein Verstand. *Ich weine nicht!*

Doch im gleichen Moment wußte er, daß es *doch* seine Tränen waren. Es war etwas, mit dem er gelebt und das er den größten Teil seines Erwachsenenlebens unterdrückt hatte. Nun fragte er sich, wie er dies geschafft hatte, ohne daß sein Geist in tausend Stücke zersprungen war. Aber sein Geist war *wirklich* zersprungen, als seine Tochter …

Nein! Dies war ein anderes Bewußtsein, eine andere Qual, die er *nicht* hatte einkapseln oder beherrschen können, auch wenn er nun sah, daß es im Vergleich mit der anderen, aus dem Nichts gekommenen Trauer, die ihn in seinem Schmerz ertränkte, trivial war. Doch nun wurden sie allmählich nicht mehr unterscheidbar. Aus Kirks Verrat wurde Freundschaft und Loyalität, die sich über ein Leben erstreckten, und dann, den Bruchteil einer Sekunde später, ein weiterer Verrat, als das Gesicht des Verräters/Freundes – das Einzelbild, das zu beiden Schmerzen paßte – vor ihm wirbelte, in seinen Gedanken eine kaleidoskopartige Mischung aus Haß und Treue fabrizierte, und er sich auf nichts anderes mehr konzentrieren konnte, bis es so war, als stünde Kirk persönlich vor ihm und sei im Begriff, ihn erneut zu verraten/sich seiner anzunehmen.

Er zuckte zurück und spürte, daß Spocks Finger sich an seine Schläfen preßten. Er konnte sich nicht befreien. Er konnte nur dastehen, es ertragen und sich über die Intensität wundern, bis schließlich …

Eine Stimme.

Aus dem zweifachen Schmerz heraus kam eine Stimme. Sie sprach langsam, präzise, widerstand irgendwie dem Schmerz, erhob sich sogar über ihn hinaus, als er darin ertrank. Mit unendlicher Gleichmut und Geduld geleitete sie ihn aus der Gegenwart in die Vergangenheit, zum Zeitpunkt seines plötzlichen Erwachens, zur Bruchlandung, zur Vernichtung des Überwachungsschiffes, zu seiner Flucht aus dem Schiff des Commanders. Und zu seiner Entdeckung …

Da! sagte die Stimme lautlos, als das Bild des Computerbildschirms hinter seinen noch immer geschlossenen Lidern in dem Meer aus Schmerzen wankte. *Das da suchen wir.*

17

Wenn man Spocks Quartier betrat, war es, als tauche man nach einem Transfer in einer fremden Welt auf. Die wüstenartige Hitze, die Kirk entgegenschlug, ließ ihn unweigerlich nach Luft schnappen, und die düstere, rotgetönte Beleuchtung wirkte einen Moment lang so, als störe ein lichtdurchlässiger Film aus Blut seine Sicht. Spock stellte die Atmosphäre seiner Unterkunft normalerweise erdähnlicher ein, damit sich seine Besucher wohler fühlten, doch in den vergangenen paar Tagen hatte er versucht, die Saat einer kaktusähnlichen vulkanischen Pflanze zum Keimen zu bringen...

Als die Tür sich zischend hinter ihm schloß, erkannte Kirk, daß der Raum in seinem ›normal-vulkanischen‹ Zustand einem einen treffenderen Einblick in die Natur Spocks lieferte als alles andere, das er je gesehen hatte. Dieser Raum machte Kirk noch mehr als Spocks Logik – mehr als seine Gewohnheit, mit weit offenen Augen zu schlafen, mehr als seine spitzen Ohren und sein grünes Blut – die Andersartigkeit und nichtmenschliche Herkunft seines Ersten Offiziers deutlich.

Doch er machte ihm auch die Stärke des Engagements bewußt, das der Vulkanier nicht nur Jim Kirk, sondern auch Starfleet und der Föderation entgegenbrachte. Für Spock war die Brücke – die gesamte *Enterprise* außer seiner selten benutzten Zuflucht – eine fremde Welt mit grellem, zu hellem Licht und zu niedriger Temperatur. Und ihre Bewohner waren unlogisch und oftmals grundlos brutal.

Doch hatte er sich diese physikalische und psychologische Umgebung, die er ertragen mußte, bewußt ausgesucht. Er war sowohl seiner Wahl als auch sich selbst treu geblieben – trotz des von innen und außen auf ihn einwirkenden Drucks, etwas anderes zu tun. Der konstante Druck, ›mehr als menschlich‹ zu sein; ein Druck, zu dem Kirk oft beitrug. Der nie endende, wenn auch seit Jahren unausgesprochene Druck, die vulkanische Lebensweise zu praktizieren, jene Lebensweise, die Sarek seinem und Amandas einzigem Sohn vorgegeben hatte. Es wäre so viel leichter, so viel weniger – emotional und physisch – schmerzhaft gewesen, sich Sareks Wünschen zu fügen.

Aber Spock hatte es nicht getan. Er hatte Starfleet gewählt und im Dienst dieser Organisation zahllose Male sein Leben riskiert. Er hatte sogar seine Ehre riskiert, die ihm zwar wichtiger war als sein Leben, aber *weniger* wichtig als die Loyalität gegenüber denen, die sich ihm gegenüber loyal verhalten hatten. All dies hatte er zweifellos mehr als einmal bewiesen, doch nie deutlicher als auf der letzten Reise nach Talos IV, mit seinem Freund und Mentor Christopher Pike.

Kirk verzog das Gesicht und wischte sich den Schweiß von der Stirn. Was suchte er hier, verdammt noch mal? Hier war nichts, das ihnen aus der gegenwärtigen Notlage helfen konnte. Mit welchem Diagnoseprogramm Spock auch gerade an seinem Terminal experimentiert hatte: Er konnte es sich an jedem der vielen hundert Bordbildschirme ansehen.

Spocks spezielles Wissen – seine fast symbiotische Beziehung zum Computer –, würde er hier ganz sicher nicht finden. Zusammen mit Spock war es vergangen. Es war nichts, das man zurücklassen konnte, damit es jemand aus seiner alten Umgebung ›absorbierte‹, so sehr Kirk sich auch wünschte, es sei möglich. Spock hatte dieses Wissen in Jahrzehnten entwickelt, in Dekaden vulkanischer Disziplin und Selbstverleugnung. Es war nichts, das er jemandem ›vererben‹ konnte, es war nicht einmal etwas, das man jemanden lehren konnte, es sei denn in rudimentärster Form.

Nein, er sollte lieber wieder auf die Brücke gehen. Er hatte keinen Grund, hier zu sein, um sein Bedauern – sein schlechtes Gewissen? – darüber auszuschwitzen, daß er nicht tiefer in die Materie eingedrungen war, bevor er zugelassen hatte, Spock und Pille von Bord zu beamen. Er hätte – das wurde ihm nun klar – nur noch ein paar Fragen zu stellen brauchen. Damit hätte er zwar auch nichts von der Existenz des Schildes erfahren, aber zumindest von den anderen Erfindungen, und wäre sich der Möglichkeit einer Einmischung von außerhalb bewußt geworden.

»Captain!« Das einzelne Wort krachte aus dem Interkom und riß ihn aus seinen Gedanken.

»Kirk hier«, sagte er rasch. »Was ist denn?«

»Das Rebellenschiff hat den Tarnschirm abgeschaltet, Captain«, meldete Sulus Stimme knisternd über das Interkom. »Es fliegt die Orbitalstation an! Sie befindet sich in dreißig Minuten in Reichweite seiner Laserkanonen!«

»Deflektoren auf Maximum, Mr. Sulu. – Mr. Pritchard, schauen Sie sich die Waffen an, solange wir noch Gelegenheit dazu haben. Schauen Sie nach, ob es seit dem letzten Mal Veränderungen gegeben hat.«

»Schon gemacht, Sir«, erwiderte Pritchard sofort. »Alle Waffenanzeigen sind identisch. Und noch immer keinen Hinweis auf Lebewesen.«

»Die verschwundenen Lebewesen. Überprüfen Sie weiter, Lieutenant. Und lassen Sie Spocks Diagnoseprogramm laufen.«

»Aye, aye, Sir.«

»Captain«, meldete sich Uhura, »der Premier ...«

»... möchte mich wieder einmal bitten, daß ich das Schiff in Fetzen schieße«, fauchte Kirk. »Sagen Sie ihm, ich werde später mit ihm reden, es sei denn, er hat neue Informationen.«

Als Uhura bestätigte, ließ Kirk den Interkom-Knopf los. Er blinzelte, als die Tür zischend aufging und die Korridorbeleuchtung nach den Minuten in Spocks Quartier, ihn beinahe blendete. Als er zum Aufzug hetzte, verdunstete in der um zwanzig Grad kühleren Luft des Ganges langsam die Feuchtigkeit auf seiner Haut.

»Was geht da vor, Doktor?« fragte Rohgan. Der Vancadier ragte neben Spock und Finney auf, die zusammengesunken, schweigend und teilnahmslos auf den beiden Pilotensitzen saßen. Sie verhielten sich nun seit einer knappen Stunde so, und die Hände des Vulkaniers lagen um Finneys Kopf. »Wann erfahren wir, ob es funktioniert?«

Obwohl Rohgan sich bemühte, es zu verbergen, zeigte seine Stimme eine Angst, die McCoy nicht gefiel. Wenn Rohgan durchdrehte und in Panik verfiel, würde er die gesamte Mannschaft der Raumfähre mitreißen. Und das war das letzte, was ihnen jetzt noch fehlte.

»Nun, Professor«, sagte er, packte Rohgan am Arm und führte ihn von den beiden sitzenden Gestalten fort. »Spock beschafft uns die Informationen, die wir brauchen. Es dauert eine Weile, um in das Bewußtsein eines Menschen vorzudringen. Das Wichtigste, was wir jetzt beachten müssen...« Er preßte einen Finger auf seine Lippen und senkte die Stimme wie ein Verschwörer. »... ist, daß wir die Verschmelzung nicht unterbrechen.«

Natürlich, dachte McCoy, *ist es für die Verschmelzung völlig unerheblich, wie laut wir sind, aber so bleibt Rohgan wenigstens ruhig.*

Rohgan nickte. »Ich verstehe, Dr. McCoy. Es ist nur so frustrierend, wenn man hilflos herumsitzen muß und nichts tun kann.«

McCoy empfand Mitgefühl für den Mann. Er selbst war zwar in seiner beruflichen Laufbahn mehr als einmal gezwungen gewesen, tatenlos abzuwarten, aber um der Wahrheit die Ehre zu geben, in diesem speziellen

Fall rechnete er mehr damit, daß Jim irgend etwas einfiel. Er hatte nie davon gehört, daß der Vulkanier fähig war, einer Verschmelzung solch spezielle Informationen zu entnehmen.

»Dann laßt uns nicht hilflos herumsitzen und auf den Tod warten!« schrie plötzlich eine kleine, energisch um sich blickende Frau. »Laßt uns versuchen, das Schiff selbst zu steuern, um es umzudrehen …«

»Bei all den Fallen, die die Klingonen möglicherweise hier eingebaut haben?« unterbrach McCoy sie kopfschüttelnd. »Auf keinen Fall. Dann sterben wir nur noch schneller.«

»Wir müssen doch irgend etwas tun können!« sagte ein anderer Insasse frustriert.

»Sie haben doch gehört, was Dr. McCoy gesagt hat«, sagte Rohgan. »Unsere beste – und einzige – Chance besteht darin, darauf zu warten, daß Mr. Spock an die Information herankommt, die wir brauchen.«

»Und ich sage, wir müssen das Risiko eingehen, die Kontrolle über das Schiff zu erringen!« erwiderte die Frau. »Wer sagt uns denn, daß wir diesen Föderationsleuten überhaupt vertrauen können?«

»Welche Wahl haben wir denn?« fragte der Professor und trat vor, bis er direkt vor den rebellischen Passagieren stand. »Sie sollten sich mal reden hören! Haben Sie denn vergessen, daß wir Wissenschaftler sind? Daß der einzige Grund für die Existenz des Schiffes der ist, Geschwätz wie das zu verhindern, das Sie jetzt von sich geben?«

Die Frau blieb einen Moment still stehen, dann warf sie Rohgan und McCoy einen durchdringenden Blick zu. Schließlich nickte sie und zog sich mit der sie umgebenden Gruppe in den Mannschaftsbereich zurück.

McCoy schaute Rohgan dankbar an. »Danke. Ich glaube, Sie haben schon wieder mein Leben gerettet.«

»Gern geschehen, Doktor«, sagte Rohgan und deutete mit dem Kopf in Richtung Spock und Finney. Diesmal machte er sich nicht die Mühe, die Besorgnis in seiner Stimme zu verbergen. »Ich hoffe nur, Ihr Freund kann den Gefallen erwidern.«

Scheinbar stundenlang waberte das Abbild des Computerbildschirms im Schiff des Commanders vor Finneys Augen, doch aufgrund seines neu empfundenen Schmerzes war es zu verschwommen und undeutlich, selbst wenn das andere Bewußtsein – das, wenn er sich bemühte, es zu untersuchen, irgendwie auch sein eigenes war – es an Ort und Stelle hielt. Am Rande seines Verstandes tanzten und drehten sich kodierte Zeilen: Erinnerungen an ähnliche Projekte, an seine Arbeit vor zahllosen Jahren …

Doch in der ganzen Zeit blieb die Stimme lautlos hinter ihm, drängte ihn, den allerschlimmsten Schmerz zu ignorieren, sich das Bild genauer anzusehen, sich an das zu *erinnern,* was er gesehen hatte. Unbarmherzig und logisch hämmerte es immer wieder auf ihn ein, hielt niemals inne und gestattete ihm keine Verschnaufpause.

Bis …

Das Bild wurde schlagartig klar. Ein Teil seines Bewußtseins – *ihres* Bewußtseins – war nun endlich in der Lage, es in aller Deutlichkeit zu sehen und erinnerte sich: Wenn er sich *nicht* konzentrierte, um die Bedeutung der Symbole auf dem schillernden Schirm zu erfassen, würden alle sterben, die sich mit ihm in diesem Schiff aufhielten.

Aber er erkannte, daß das, was er sah, ein Bild war, das ans Ende der Analyse gehörte. Falls sich die zur Rekonstruktion des veränderten Zugriffskodes nötige Information irgendwo in der Analyse befand, dann am Anfang, nicht am Ende, lautete sein Gedanke, und er spürte, daß er ihm zustimmte.

Auf der vorherigen Bildschirmseite hatte er irgendwann die Art der von Kelgar eingegebenen Veränderung entdeckt. Er spürte, daß der andere Teil seines Ichs ihm erneut zustimmte, als läse er über seine Schulter mit statt durch seine Augen.

Langsam, Bild für Bild, arbeiteten sie sich zurück, und jedes Bild wurde schärfer als das vorherige. Ein Bruchstück hier, eine Zeile da – Kelgar hatte die Änderungen gut verborgen. Er hatte die Kodes so einfach wie möglich gehalten, damit ein beiläufiger Blick auf das Programm nichts enthüllte. Und schließlich hatten sie alle nötigen Informationen.

Aber sie mußten entpackt, interpretiert und rekonstruiert werden. Es war wie bei dem Versuch, einer Seite Text Papier eine Handvoll Wörter zu entnehmen und eine Analyse durchzuführen, bei der die Wörter nur eins von hundert analysierten Elementen waren, bei der die Umrisse der vielschichtig ineinander verschlungen Buchstaben ebenso wichtig waren wie die chemischen Bestandteile der Farbe jeder Letter, die Dicke und die Struktur der Papieroberfläche und zahllose andere Einzelheiten.

Aber die Informationen waren da, *mußten* da sein. Langsam, pedantisch, fing er – fingen sie – an, sie zu entpacken.

18

Nachdem alles überprüft war, was überprüft werden konnte, bedeutete Kirk Uhura, Kaulidren auf den Bildschirm zu holen.

»Worauf, in Gottes Namen, warten Sie noch, Captain?« schrie sein Bild im gleichen Moment, in dem es sichtbar wurde.

»Die Orbitalfabrik befindet sich innerhalb unseres Deflektorschirms, Premier. Er wird den Lasern des näherkommenden Schiffes zeitlich unbegrenzt standhalten.«

»Und was ist, wenn er *ausfällt?* Ihre sogenannten Transporter *haben* doch schon versagt! Ihr Subraum-Funk ist ausgefallen! Wer weiß, was alles ausgefallen ist, von dem Sie sich noch nicht die Mühe gemacht haben, es mir zu erzählen! Wenn Sie Ihr *eigenes* Leben riskieren wollen, indem Sie sich auf Ihre offenbar unzuverlässige Föderationstechnik verlassen, ist es Ihre Sache, aber jetzt riskieren Sie *unser* Leben! Captain, in dem Raumdock halten sich über *neuntausend Männer, Frauen und Kinder* auf! Und Sie haben selbst gesagt, daß das Rebellenschiff mit Waffen bestückt ist – mit Waffen, die diese neuntausend Menschen ausradieren, wenn Sie nicht sofort etwas unternehmen!«

»Wir werden es nicht vergessen, Premier.«

»Sie sollten mehr tun, als es nicht zu vergessen, Captain! *Unternehmen Sie etwas dagegen! Bevor es zu spät ist!*«

»Ich tue, was ich kann, Premier«, sagte Kirk, während er Uhura stumm das Zeichen gab, das Gespräch abzubrechen. Als das Gesicht des Premiers vom Bildschirm verschwand, drückte Kirk den Knopf für eine Verbindung zum Maschinenraum.

»Irgendwelche Fortschritte, Mr. Scott? Oder sonst irgend etwas?«

»Nichts, was Sie nicht ohnehin schon bemerkt haben, Captain«, erwiderte Commander Scotts inzwischen deutlich abgekämpft klingende Stimme. »Wir haben noch ein Dutzend Sensoren auseinandergenommen, aber alle sind bestens in Schuß! Meine Leute haben auch am Frachttransporter alles geprüft, was man prüfen kann, ohne ihn in seine Bestandteile zu zerlegen, aber auch er zeigt nicht die *geringste* Fehlfunktion. Unser einziges Problem ist, daß er nichts *transportiert!*«

Kirk schwieg einen Augenblick. »Nehmen Sie ihn nicht auseinander, Scotty. Jedenfalls nicht jetzt. Und ersetzen Sie auch keine Sensoren.«

»Aye, Captain, aber was ...«

»Da es uns allem Anschein nach nicht weiterbringt, Systeme *nach* ihrem Ausfall zu überprüfen, überprüfen wir sie, *bevor* sie ausfallen. Behalten Sie alles im Auge, was Sie können – Schild, Impulstriebwerke, Warp-Antrieb und so weiter. Wenn Sie *beobachten,* daß irgend etwas *ausfällt,* können Sie vielleicht etwas daraus lernen.«

»Aye, Captain, vielleicht. Aber ich würd' nicht drauf wetten.«

Er glaubt noch immer, die Organianer könnten hinter allem stecken, dachte Kirk. Aber er sagte nur: »Falls es hier etwas zu lernen gibt, Scotty, sind Sie der einzige, der dazu in der Lage ist.«

Kirk wandte sich wieder dem Bildschirm zu und sah, daß das sich nähernde Schiff nun deutlich erkennbar war. »Irgendwelche Hinweise, Mr. Pritchard, wieso es beschlossen hat, die Tarnung aufzugeben, statt zu warten, bis es auf Laserreichweite an die Raumstation herangekommen ist? Energieüberladung? Ein Versagen irgendwelcher Art?«

»Nichts, Captain. Aber die Sensoranzeigen waren bei der Enttarnung identisch mit den vorherigen – *und* identisch mit den Anzeigen früherer romulanischer Schiffe.«

»Und Mr. Spocks Diagnoseprogramm? Zeigt es noch immer undefinierbare und unlokalisierbare Anomalien an?«

»Jawohl, Sir.« Pritchard beugte sich vor, um die sich stetig verändernden Zahlen zu studieren. »Es hört nie auf. Ich habe einige kleinere Modifikationen an dem Programm vorgenommen, aber ...«

Pritchard versteifte sich jäh. »Captain! Eine ganz neue Reihe – sie sind überall!«

»Anomale Sensorenanzeigen?«

»Ja, Sir – Dutzende! Aber das Programm kann noch immer nicht ...«

»Captain!« meldete Sulu. »Unser Schild versagt!«

Kirk wirbelte zum Bildschirm herum. »Was ist passiert, Mr. Sulu? Wird es von etwas hervorgerufen, das das Schiff verursacht?«

»Es gibt keinen deutlichen Bezug, Sir.« Sulus Finger betätigten eine Reihe von Kontrollen, während sein Blick die Resultate einfing. »Er ... versagt einfach! Egal, was ich ihm auch an Energie zuweise, er löst sich weiterhin auf!«

»Scotty! Der Schild ...«

»Aye, Captain, ich weiß. Die Energie geht zwar weiter zu den Generatoren, aber ich sehe nicht im geringsten, was da nicht stimmt. Der Schild bricht zusammen!«

»Wie lange dauert es, bis er sich ganz aufgelöst hat?«

»Bei diesem Tempo höchstens fünf Minuten.«

»Tun Sie, was Sie können, Mr. Scott. – Mr. Pritchard, die anomalen Anzeigen ... Sie kamen zur gleichen Zeit wie das Versagen des Schildes, nicht wahr?«

»Es sieht so aus, aber nun liegen sie auf einem ... Nun, auf etwas, das ich ›normales Hintergrundniveau‹ nennen möchte.«

»Ist Ihnen irgendeine Systematik aufgefallen? Oder sonst irgend etwas?«

»Nur, daß die Anzeigen wie eine Flut herankamen, Sir. Und als das Programm sie sich noch einmal vornahm ...« Pritchard schüttelte frustriert den Kopf. »Es ist so wie letztens, Sir. Die einzige Systematik, die ich erkenne ... Es sieht so aus, als würde der Computer dem Programm bewußt Informationen vorenthalten. Und im Moment ... Nun, ich weiß, es ist möglicherweise eine Analogie, die auf eine falsche Spur führen kann ... Aber es ist fast so, als hätte das Programm die neue Anomalienkette aus den Augenwinkeln gesehen, als seine Beachtung auf etwas anderes gerichtet war. Und als es dann genau auf die betreffenden Sensoren achtete, waren die Anomalien verschwunden und alles sah wieder in Ordnung aus.«

»Außer daß der Schild nun versagt.«

»Richtig, Sir, der Schild bricht zusammen.«

»Es *kann* kein Zufall sein«, knirschte Kirk. »Mr. Scott, haben Sie im Maschinenraum irgend etwas gesehen, als es anfing?«

»Nicht das geringste, Captain. Kein Monitor hat auch nur geflackert. Nach allem, was ich von hier aus sehen kann, produzieren die Generatoren die gleiche Energie wie zuvor. Sogar noch mehr, seit Mr. Sulu sich um einen Ausgleich bemüht.«

Kirk schüttelte frustriert den Kopf. »Damit sagen Sie das gleiche wie Mr. Pritchard, Scotty. Es ist zwar unmöglich – aber passieren tut es trotzdem.«

»Aye, Captain. Besser hätt' ich's auch nicht sagen können.«

Es ist unmöglich, hallte es in Kirks Geist wider, *aber es passiert trotzdem.*

Und dann, wie aus dem Nichts, kam ihm ein zweiter Gedanke. *Es ist ebenso unmöglich wie damals, als das Computerlogbuch behauptete, ich hätte bei Alarmstufe Gelb Finneys Hülse abgeworfen – obwohl ich wußte, daß wir Alarmstufe Rot gehabt hatten.*

Und plötzlich fügte sich alles zusammen.

»Captain?« Sulu drehte sich am Ruder um und maß Kirk mit einem fragenden Blick. »Haben Sie etwas gesagt?«

Kirk starrte auf den Bildschirm und die zahllosen computergesteuerten Anzeigen auf der ganzen Brücke, die über den Zustand jedes einzelnen Systems der *Enterprise* Mitteilung machen sollten.

Und ihm wurde schlagartig klar, daß er denen nicht mehr trauen konnte.

»Und ob ich etwas gesagt habe, Mr. Sulu«, erwiderte er und erhob sich aus dem Kommandosessel. Es war die einzig logische Erklärung. Scottys Organianer hatten nichts damit zu tun. Der planetare Schild, der wiederholte Ausfall der Instrumente, die ›anomalen‹ Sensormessungen, die Spocks Programm zwar melden, aber nicht analysieren konnte – all dies waren ›Halluzinationen‹, die von etwas erzeugt wurden, was mit dem Computer zusammenhing. Von etwas, das noch *immer* mit ihm passierte.

Die Sensorenmessungen bei der ›Tarnung‹ des Schiffes waren nur deshalb mit denen identisch, die sie während des romulanischen Zwischenfalls aufgezeichnet hatten, weil es sich mit ziemlicher Sicherheit um *dieselben* handelte. Sie waren dem Gedächtnis des Computers entnommen worden und wurden in die Sensorstromkreise wie externe Daten eingespeist.

Die Sensoranzeige, die zuerst Lebewesen auf dem Schiff registriert und dann das Gegenteil behauptet hatte; die zuerst keine Waffen auf dem Schiff registriert hatte, und dann doch. All dies waren nur ›Ausrutscher‹ gewesen, doch dem wachsamen Pritchard waren sie nicht entgangen, bevor sie korrigiert wurden.

Sogar den eigentümlichen letzten, von Störungen unterbrochenen Funkspruch von Admiral Brady hätte der Computer bewerkstelligen können.

Der fehlgeschlagene Versuch, das Tor des Fährenhangars zu öffnen, war am aufschlußreichsten. Die vom Hauptcomputer unabhängigen Fährensenoren hätten die Dinge so gesehen, wie sie waren – und das war etwas, was derjenige, der die Fäden zog, nicht zulassen konnte. Aber wer ...

Alles hatte mit dem angeblichen Fehlalarm im Hauptcomputerraum angefangen – wenige Minuten nachdem Kaulidren und sein Gefolge mit der Fähre an Bord gekommen waren. Es war also *doch* kein falscher Alarm gewesen. Jemand war in die *Enterprise* eingedrungen, und Kaulidren hatte ihn mit ziemlicher Sicherheit an Bord gebracht. Und dieser Jemand hatte den Computer sabotiert.

Was bedeutete, daß nicht nur die Vancadier ihre Finger in dieser Sache hatten, sondern auch Kaulidren und die Chyrellkaner. Vielleicht hatten die Vancadier *überhaupt nichts* damit zu tun. Nur konnte man Delkondros' Botschaften ebensowenig trauen wie Kaulidrens hitzköpfig vorgetragenen Beweisen.

»Lieutenant Uhura«, sagte Kirk und eilte zum Turbolift, »übernehmen Sie das Kommando. – Mr. Sulu, kommen Sie mit.«

Endlich tauchte in der schillernden Menge der aus Finneys Gedächtnis stammenden Symbole das letzte Fragment des Kodes auf, und Spock fügte es den anderen hinzu. Die Eleganz der Änderungen, die der Klingone vorgenommen hatte, waren beeindruckend. Unter anderen Umständen hätte er es genossen, sich mit Kelgar darüber zu unterhalten. Doch im Moment standen weitaus drückendere Probleme an. Er hatte Finney während der ganzen Zeit abschirmen müssen, um dafür zu sorgen, daß sein/ihr Bewußtsein nicht nur von den privaten zerrütteten Gefühlen des Renegaten verschluckt wurde, sondern auch von jenen, die er selbst seit Jahrzehnten beherrschte und unterdrückte. Und diese Gefühle, durch Finneys Eindringen unvermeidlicherweise befreit und erfaßt von ihrem momentan verschmolzenen Bewußtsein, waren für den Finney-Teil noch schlimmer gewesen als dessen eigene.

Spock zog sich vorsichtig zurück, doch sofort spürte er, daß neue Beben durch das andere Bewußtsein liefen.

Wenn seine Unterstützung endete, konnte Finneys normale Abwehr, die ihre private Last ohne Hilfe von Täuschungen kaum angemessen verarbeiten konnte, wie eine Eierschale unter dem Gewicht dessen zerbrechen, was sie aus Spocks Erinnerungen und dem sachlichen Blick aufgenommen hatte, den es gezwungenermaßen auf Finneys lange persönliche Geschichte irrationalen und verletzenden Verhaltens geworfen hatte.

Er mußte sich langsam zurückziehen, so langsam wie eben möglich, und einen Versuch machen, so viele Erinnerungen wie möglich mitzunehmen, damit der Finney-Teil des Bewußtseins Zeit hatte, um sich …

Aber er hatte keine Zeit. Egal was Finney auch deswegen passieren würde, er hatte keine Zeit.

Spock bremste sich. Er bemühte sich, Finneys persönliche Abwehr nach besten Möglichkeiten zu stützen, und bereitete seinen Rückzug vor.

19

Unter dem Hangardeck, inmitten der Maschinerie, die das Tor bediente, mühte sich ein Dutzend Männer an den Behelfshebeln ab. Nun, da jede Verbindung zum Computer unterbrochen war, konnte man nur noch Hebelwirkung und Muskelkraft einsetzen.

Von der hinteren Beobachtungsgalerie, die genau vor einer aufgestemmten Ausgangstür verlief, schauten Kirk und Commander Scott schweigend zu, als die Hangartorhälften zentimeterweise aufruckten. Sulu saß hinter den Kontrollen einer Fähre; er war bereit, im dem Moment, in dem der Spalt breit genug war, hinauszufliegen. Lieutenant Shanti saß unmittelbar hinter ihm in einer zweiten Fähre. Sobald Sulu draußen war, sollte Shanti die Fähre genau an der Grenze des atmosphärischen Eindämmungsfeldes verankern und warten. Ihr Funkgerät auf die gleiche, selten benutzte Frequenz abgestimmt wie das Sulus. Wer den Computer auch steuerte – wahrscheinlich konnte er jeden normalen Funkspruch, der von der Fähre zur *Enterprise* übermittelt wurde, mithören. Doch man hoffte, daß dies nicht den Funkverkehr zwischen zwei Fähren betraf. Man hatte Sulu zudem instruiert, die Funkverbindung ausschließlich für Routinemeldungen zu verwenden. Sie hatten für spezielle Entdeckungen eine Reihe von Signalen abgesprochen. Dabei ging es um die Frage, ob der Schild tatsächlich aktiv war und funktionierte, ob sich auf dem näher kommenden Schiff Menschen und Waffen befanden und ob irgendwelche Schiffe in der Nähe waren, die nicht von den *Enterprise*-Sensoren angezeigt wurden. Und letztlich um die Frage, ob es irgend etwas zu entdecken gab, das in direkter Beziehung mit dem Zustand des Computers zu tun hatte. Diese Antworten sollte Sulu persönlich auf der *Enterprise* abliefern.

»Wir haben keine Ahnung, mit wem oder was wir es hier zu tun haben«, hatte Kirk in einer isolierten Sektion des Maschinenraums bei der Einweisung Sulus und Shantis gesagt. Scotty hatte dafür garantiert, daß der Raum von allem gesäubert worden war, was als Horch- oder Beobachtungsposten des unsichtbaren Fädenziehers dienen konnte. »Deswegen gehen wir nur die unbedingt notwendigen Risiken ein. Falls Sie dort draußen etwas finden, das uns zum Vorteil gereichen könnte, gehen Sie nicht das Risiko eines Funkspruches ein. Wenn sie wissen, daß wir ihnen auf der Spur sind und unseren nächsten Schritt kennen, sind Sie vielleicht auch in der Lage, ihn zu verhindern.«

»Noch mal zehn Zentimeter, Lieutenant«, informierte Scott Sulu über den Kommunikator. Er war auf eine Frequenz eingestellt, von der sie annahmen, daß sie sicher war.

Die einzige Bestätigung bestand darin, daß die Fähre sich ein Stück vom Deck erhob und weiter dem Mittelpunkt der Torhälften näherte.

Plötzlich tauchte ein Schimmern vor der Öffnung auf: Das Eindämmungsfeld brach zusammen.

»Es geht los, Mr. Sulu!« sagte Kirk knapp, obwohl er wußte, daß Sulu es ebenfalls gesehen hatte. »Viel Glück!«

Scottys Augen weiteten sich leicht. Er warf Kirk einen Blick zu, sagte aber nichts. Bislang hatte er die Tatsache, daß jemand die Fehlfunktionen steuerte, zwar noch nicht recht akzeptiert, aber der Ausfall des atmosphärischen Eindämmungsfeldes in genau diesem Moment – allem Anschein nach ein letzter Versuch, den Start der Fähre zu verhindern – konnte wohl kaum ein Zufall sein. Beide Männer machten einen Schritt auf die hinter ihnen befindliche Tür zu. Das Schimmern nahm zu, es nahm kurz einen irisierenden Glanz an, wie Öl auf Wasser.

Dann war es abrupt verschwunden. Im gleichen Augenblick rauschte die Luft auch schon vom Hangardeck ins All, zerrte an der Fähre und drohte sie zur Seite zu kippen und in die zu schmale Öffnung zu rammen.

Von überallher auf dem Hangardeck kam das Geräusch sich schließender und verriegelnder Türen; eine automatische Reaktion auf das Versagen des Eindämmungsfeldes. Kirk und Scott wirbelten herum, schauten geradewegs in die ausströmende Luft und schoben sich durch die Tür hinter ihnen, die einzige, die noch nicht verriegelt war. Kirk trat den Keil beiseite, der die Tür offengehalten hatte. Scotty betätigte derweil den Umschalter und versiegelte sie manuell, um dafür zu sorgen, daß Sulu und Shanti sie vom Hangardeck aus öffnen konnten, wenn es nötig werden sollte. An allen anderen Ausgängen taten seine Männer das gleiche.

»Er hat es geschafft, Sir«, sagte Lieutenant Shantis leicht akzentuierte Stimme über den Kommunikator. »Die Hülle wurde etwas angekratzt, aber er hat es geschafft.«

»Danke, Lieutenant«, bestätigte Kirk, als er und Scott zum Turbolift eilten.

»Captain Kirk«, meldete sich Uhura über das Interkom, »Premier Kaulidren möchte Sie sprechen.«

Kirk und Scott tauschten einen Blick. »Welch freudige Überraschung«, murmelte Kirk. »Sagen Sie ihm, ich bin zur Brücke unterwegs, Lieutenant«, fügte er lauter hinzu.

Als Scott im Maschinenraum ausstieg, nickte Kirk ihm nur zu und sagte lautlos: »Bereithalten, Scotty.«

Kaulidrens Bild füllte den Brückenbildschirm. Er war nun noch verärgerter, und Uhura wirkte erleichtert, als sie Kirk das Kommando zurückgeben und sich wieder an die Funkstation setzen konnte.

»Wo *waren* Sie, Captain?« sagte Kaulidren, als Kirk in den Bereich der Aufnahmekamera kam. »Das Terroristenschiff hat unsere Orbitalfabrik in wenigen Minuten erreicht!«

»Sie brauchen sich keine Sorgen zu machen, Premier«, sagte Kirk scharf. »Unser Schild wird Ihren Satelliten beschützen.«

Kaulidrens Gesicht erstarrte sekundenlang. »Dann funktioniert er also noch?«

»Natürlich.«

Der Premier schwieg für ein paar Sekunden. Er schien sich nur mit Mühe zu beherrschen. »Dann kann ich also davon ausgehen«, sagte er schließlich, »daß Sie sich weigern, auf das Terroristenschiff zu schießen?«

»Ja, Premier. Solange, bis wir ... gewisse Diskrepanzen geklärt haben.«

»Diskrepanzen? Was soll *das* nun wieder bedeuten, Captain? Oder ist dies ein Starfleet-Ausdruck für ›Fehlfunktion‹?«

»In diesem Fall könnte es so sein«, sagte Kirk und ließ seine Stimme absichtlich zögerlich klingen. »Es gibt jedoch, wie schon gesagt, keinen Grund zur Sorge, solange ...«

»Was sind das für Diskrepanzen, Captain? Um welche Fehlfunktionen dreht es sich diesmal? Ich *will* es wissen! Dies hier ist doch kein Spiel! Es geht um neuntausend Leben! Was verheimlichen Sie mir?«

Kirk warf einen Blick auf Pritchard, der zusammen mit Uhura, Sulu, Chekov und einem Dutzend anderer an mehreren Blitzkonferenzen mit Kirk und Scott teilgenommen hatte. »Irgend etwas Neues über die anomalen Messungen, Lieutenant?«

»Nichts, Sir.«

»Und Sie sind noch immer sicher, daß das, was Sie anfangs gesehen haben, stimmt?«

»Eindeutig, Sir.«

Kirk wandte sich wieder Kaulidren und dem Schirm zu. »Wir haben Grund zu der Annahme, Premier«, sagte er, wobei sein Tonfall noch zögerlicher wurde, »daß sich an Bord des sich nähernden Schiffes Lebewesen aufhalten.«

»Sie haben doch *gesagt,* laut Ihren Sensoren sei es unbemannt! Oder ist das die Fehlfunktion, unter der Ihr Schiff leidet?«

»Ich weiß nur eins, Premier: Die erste Sensormessung hat gezeigt, daß sich *tatsächlich* Lebewesen an Bord befinden, und zwar mehrere Dutzend. Weitere Messungen haben zwar das Gegenteil ergeben, aber ...«

»Captain! Auf dem Raumdock, das dieses Schiff vernichten will, halten sich *Tausende* von Lebewesen auf! Selbst wenn in dem sich nähernden Schiff *tatsächlich* ein paar Leute sind – es sind ganz eindeutig Terroristen! Es könnten sogar die von Ihnen vielzitierten Klingonen sein, die sich hinter einem Schild verbergen, den Sie nicht kennen! Sie haben doch gesehen, was sie mit unseren Überwachungsschiffen gemacht haben – sie haben alle vernichtet! Und Ihre Männer, Captain! Sie haben Ihre Männer umgebracht!«

»Ich verstehe Sie ja, Premier, aber bevor diese Diskrepanzen nicht geklärt sind ...«

»Sie wollen mein Volk einfach umbringen lassen! Ist es das, was Sie mir sagen wollen, Kirk?«

»Natürlich nicht. Wir behalten die Raumstation so lange in der Sicherheit unseres Schildes, wie es nötig ist.«

Wieder folgte ein langes Schweigen. »Soll das heißen, Kirk«, sagte Kaulidren schließlich, »daß Ihr Schild hundertprozentig einsatzbereit ist? In diesem Augenblick?«

»Ich habe es doch schon gesagt, Premier«, sagte Kirk steif.

Wieder Schweigen. Dann löste sich Kaulidrens finstere Miene schlagartig auf. Er lachte.

»Sie wissen also mehr, als Sie zugeben, Kirk«, sagte er.

»Wie bitte, Premier?«

»Lassen wir doch das Spielchen, Kirk.«

»Sie haben doch eben erst gesagt – und zwar ziemlich nachdrücklich, wenn ich mich recht entsinne –, daß hier kein Spiel gespielt wird; daß es um das Leben von Tausenden Ihrer Leute geht.«

»Stimmt. Lassen Sie es mich anders formulieren.« Kaulidrens Augen verengten sich zu einem gönnerhaften Lächeln. »Ihr Schild funktioniert *nicht,* Captain Kirk. Er funktioniert schon seit geraumer Zeit nicht mehr. Ich weiß es. Nun zu etwas, das *Sie* nicht wissen. Er wird auch nicht plötzlich wieder *anfangen* zu arbeiten – egal was Ihr Chefingenieur und seine stümperhaften Untergebenen auch tun.«

Kirk setzte eine finstere Miene auf. »Was, zum Teufel, soll das heißen, Premier? Und woher haben Sie Ihr angebliches Wissen über den Zustand unseres Schildes?«

»Bitte, Kirk, spielen Sie nicht den Ignoranten. Wir wissen doch beide, daß es nicht zu Ihnen paßt. Ich weiß zwar nicht, wieviel Sie vermutet haben, aber bestimmt eine Menge mehr, als Sie zugeben. Aber nicht annähernd genug, um Sie zu retten.«

»Uns retten? Wovor?«

»Vor der Schande, zum Beispiel. Und natürlich vor dem Tod.«

»Drohen Sie uns, Premier? Ich brauche Sie doch wohl nicht daran zu erinnern, daß sie es mit einem Raumschiff der Föderation zu tun haben.«

»Ich bin mir ziemlich bewußt, womit – und mit wem – ich es zu tun habe, Kirk. Sie hingegen ... Aber damit wir quasi auf der gleichen Ebene stehen, möchte ich mich Ihnen vorstellen: Carmody, Commander Jason Carmody, ehemals Starfleet. Gegenwärtig diene ich in einer Organisation, die besser zu mir paßt. Bei den Klingonen, um genau zu sein.«

Carmody!

Es gelang Kirk irgendwie, äußerlich nicht auf den Namen zu reagieren. Bis zu diesem Augenblick hatte er den Premier für einen Chyrellkaner gehalten, der für die Klingonen tätig war, doch das plötzliche Geständnis, daß er es mit einem ehemaligem Starfleet-Offizier zu tun hatte, ließ in seinem Geist alles durcheinanderwirbeln. Es war schon schwer genug gewesen, der Vermutung zu glauben, es könne den Klingonen gelungen sein, den Computer der *Enterprise* zu sabotieren. Doch daß eben dies Carmody gelungen sein sollte, war ebenso schwer faßbar ...

Das schlimmste war, daß der Zweck dieser unglaublichen Scharade plötzlich auf geradezu perverse Weise eine innere Logik bekam. Carmody wollte sich mit Hilfe der Klingonen für seinen Arrest und die geplante Kriegsgerichtsverhandlung rächen. Um dieses Ziel zu erreichen, hatte er den Captain eines Raumschiffes dazu zwingen wollen, gegen die Erste Direktive zu verstoßen. So wie er es einst selbst getan hatte – wenn auch in viel größerem Umfang.

In der Hoffnung, daß sein Blick nicht die Gedanken verriet, die durch seinen Kopf rasten, riß Kirk scheinbar verwundert die Augen auf. »Sie sind kein Chyrellkaner?«

»Stellen Sie sich doch nicht dumm, Kirk. Sie enttäuschen mich. Ihr Mr. Spock hat mich zwar gewarnt, ich solle Sie nicht unterschätzen, aber wenn Sie hier bewußt den Trottel mimen, fällt es mir zunehmend schwerer.«

Diesmal machte Kirk sich nicht die Mühe, seine wahre Reaktion zu verbergen. »Spock? Wann haben Sie ihn getroffen?«

»Ich habe ihn nicht getroffen. Ich habe nur mit ihm gesprochen.« Carmody legte eine Kunstpause ein. »Es war, kurz nachdem er und Dr. McCoy in das Schiff gestiegen sind, das ich Sie abzuschießen gedrängt habe. In das Schiff, das *ich* in ein paar Minuten abschießen werde.«

Kirk schluckte die plötzlich in seinem Inneren aufbrodelnde Gefühlsmischung hinunter und setzte eine finstere Miene auf. »Jetzt weiß ich, daß Sie wahnsinnig sind, Kaulidren – oder wie Sie auch immer heißen! Commander Spock und Lieutenant Commander McCoy sind nämlich beide nicht mehr am Leben …«

»So hätte es sein *sollen*«, schnitt Carmody ihm das Wort ab, »aber sie waren offenbar zu gerissen für ihre Möchtegern-Henker. Aber das wird ihnen auch nicht mehr lange nützen. Um die Wahrheit zu sagen, ich freue mich fast, daß ihnen die Flucht gelungen ist, speziell jetzt, da sie sich – nicht zuletzt durch meine Hilfe – in diesem Schiff aufhalten. Der Gedanke gefällt mir sehr, daß Sie es sein werden – beziehungsweise Ihre *Enterprise* –, der diese Untat begeht.«

Spock und McCoy leben! Kirk konnte sich eines Lächelns kaum erwehren. Aber er mußte es unterdrücken, zumindest in diesem Augenblick, um eine Chance zu bekommen, sie zu retten. Er schnaubte geringschätzig. »Reden wir doch mal Klartext, Premier. Sie glauben, daß Sie nach allem, was Sie zugegeben haben, noch immer in der Lage sind, mich zu überreden, auf dieses Schiff zu schießen?«

»Natürlich nicht, Kirk. Tun Sie doch nicht so. Ihre absichtliche Begriffsstutzigkeit wird, ehrlich gesagt, langsam ermüdend.«

Nicht mehr als die Ihre, dachte Kirk, *aber bevor ich Sulu nicht genügend Zeit verschafft und so viel wie möglich von dir erfahren habe …*

»Dann klären Sie mich auf«, sagte er. Sein Ton war noch immer spöttisch und skeptisch. »Wenn Sie mich zwingen wollen, meine besten Freunde zu töten, würde ich wirklich gern wissen, wie es geschehen soll.«

Carmody lächelte in höhnischem Mitleid. »Also *das* Spiel spielen Sie, was? Sie glauben, wenn ich Ihnen erzähle, was ich plane, könnten Sie irgendein As aus dem Ärmel ziehen und mich aufhalten. – Na schön, ich werde es Ihnen sagen, auch wenn Sie es vielleicht schon vermutet haben. Ich werde es genau so machen, wie ich Ihren Schild abgeschaltet habe; auf die gleiche Weise, wie ich Sie daran gehindert habe, die Besatzung der Raumstation zu evakuieren. Um es in einfachen und leichtverständlichen Worten auszudrücken, Captain Kirk: Ich steuere Ihren Computer – und damit Ihr Schiff, und es gibt absolut nichts, was Sie dagegen unternehmen können.«

»Seien Sie sich da nicht so sicher! – Mr. Scott! Abschalten!«

»Aye, Captain«, bestätigte Scottys Stimme in der gleichen Sekunde, und sofort erloschen sämtliche Bildschirme und Meßtafeln auf der Brücke.

Und gingen wieder an.

Carmodys Lachen erfüllte die Brücke.

Nachdem Lieutenant Sulu den Fährenhangar der *Enterprise* verlassen hatte, überprüfte er schnell und gewandt die Systeme des Raumfahrzeugs und suchte die gesamte unmittelbare Umgebung ab.

Der Schild war *deaktiviert*. Die Scanner zeigten es deutlich.

Und dort …

Im Schatten der klotzigen chyrellkanischen Orbitalfabrik, gegen die die *Enterprise* wie ein Zwerg wirkte, schwebte ein Gegenstand, der kleiner war als eine Ein-Mann-Fähre, an einem schmalen Traktorstrahl neben der *Enterprise*. War dies das Objekt, dessen Finger in ihren Computer hineinreichten?

Ja! Selbst mit den Fährenscannern konnte Sulu feststellen, daß zwischen dem Gegenstand und der *Enterprise* ein ständiger Datenstrom ausgetauscht wurde. Einen kurzen Moment lang dachte er daran, das Ding einfach zu rammen, auch wenn der Aufschlag sein Fahrzeug zu einem Wrack machen würde. Sein Individualschild würde ihn überleben lassen, bis die *Enterprise*, nachdem sie wieder volle Gewalt über ihren Computer hatte, ihn an Bord holen konnte. Und selbst wenn es nicht dazu kam, was war ein Leben gegen die vielen Leben an Bord ...

Doch dann erkannte er schlagartig, daß es damit nicht getan war: Ein zweiter Datenstrom floß nämlich zwischen dem Gegenstand und etwas anderem hin und her; etwas, das sich außerhalb der Reichweite der Fährenscanner befand. Das winzige Objekt war offenbar eine Relaisstation. Möglicherweise eine lebenswichtige Verbindung, vielleicht aber nur bloße Bequemlichkeit. Selbst wenn er in der Lage gewesen wäre, sie zu kappen – derjenige, der sich am Ende des zweiten Datenstroms aufhielt, würde davon erfahren. Dann brauchte er wahrscheinlich nur näher heranzukommen, um das Relais zu übergehen und den Datenfluß direkt zu steuern. Und für die *Enterprise* war Sulu dann in einer demolierten Fähre nicht mehr von Nutzen.

Nein. Das Rammen des Objekts war vielleicht die allerletzte Lösung, aber im Augenblick war es wichtiger, daß er Informationen sammelte. Das Schiff, das Kaulidren vernichtet sehen wollte, war noch über zwanzig Minuten entfernt, und es gehörte auch zu seinen Prioritäten, etwas über seine wahre Natur zu erfahren. Kirk wußte vielleicht schon, daß der Schild der *Enterprise* abgeschaltet war; Sulus nicht gegebenes Signal an Lieutenant Shanti mußte es ihm gesagt haben.

Zuerst einen Flug zu dem sich nähernden Schiff, und dann, je nachdem, was er dort fand, entweder mit den Informationen zur *Enterprise* zurück oder zum zweiten Datenstrom hinaus, um sich dort genauestens umzuschauen.

Sulu richtete die Fähre aus und schaltete auf volle Impulskraft.

20

»Haben Sie noch irgendwelche Asse im Ärmel, Captain?« fragte Carmody. Das arrogante Lächeln auf seinem Gesicht wirkte wie einstudiert.

»Ich versichere Ihnen«, sagte Kirk knapp, »daß Sie der erste sind, der es erfährt!«

»Daran zweifle ich nicht. Aber gibt es unter den gegebenen Umständen nichts, was Sie gern erfahren möchten? Vor einem Moment hatten Sie noch eine Menge Fragen. Sie wollen mir doch nicht erzählen, daß Ihre Neugier so schnell zu befriedigen ist.«

»Da es Ihnen offenbar so viel Freude bereitet, mich zu verhöhnen, sollten Sie sich den Spaß gönnen, solange Sie noch die Chance dazu haben.«

Carmody zuckte die Achseln. »Zugegeben, es macht mir Spaß. Aber wem würde es keinen Spaß machen, wenn einem eine so perfekte Gelegenheit geboten wird? Ich bedaure nur eins: daß Sie jetzt, nachdem ich Sie in den vergangenen Stunden so gut kennengelernt habe, kaum ausreichend Gelegenheit haben werden, die Lage zu würdigen. Aber Starfleet wird mehr davon haben, das versichere ich Ihnen. Vielleicht sogar zwei Jahre lang. Ich schätze, so lange wird es ungefähr dauern, bis sämtliche Starfleet-Computer infiziert sind. Bis dahin wird man sich an Sie als an den Captain erinnern, der die Föderation durch die Verletzung der Ersten Direktive entehrt hat. Sie werden prominenter sein als ich, weil Sie ein unbewaffnetes Schiff voller Botschafter des Friedens beschossen und vernichtet haben.«

Kirk unterbrach ihn. »Sie wollen die Computer unserer Schiffe infizieren? Sie glauben doch wohl nicht, daß in dieser langen Zeit auf so vielen Schiffen niemand Ihren Maulwurf entdeckt und ausschaltet!«

»Aber natürlich, Captain! Dies hier ist zwar nur ein Probelauf, aber er war bisher trotz einiger geringfügiger Probleme – die wir natürlich beseitigen werden – ein voller Erfolg. In Zukunft wird nicht einmal ein Programm wie das Ihres Mr. Spock noch irgend etwas bemerken. Und wenn erst einmal alles an Ort und Stelle ist...« Carmody hielt inne, sein Lächeln wurde noch breiter. »Wie geht doch der alte irdische Spruch, Captain? – Es ist eine meiner leichtesten Übungen.«

»Wenn Sie glauben, daß Sie damit durchkommen...«

»Ich *weiß* es, Captain. Und *Sie* werden es in etwa drei Minuten wissen, wenn Ihre Phaser losfeuern. Wenn Sie mich nun bitte entschuldigen wollen? Ich muß mich um einige Dinge kümmern.«

Carmodys Bild verschwand abrupt vom Schirm und wurde durch das des sich nähernden Schiffes ersetzt. Die Luken seiner Laserkanonen waren am Bug deutlich auszumachen.

Doch einen Moment später waren die Luken verschwunden, der Bug glatt und ohne Öffnungen. Sekunden später zerschmolz das Schiff in eine ganz andere Form und schrumpfte auf ein Viertel seiner ursprünglichen Größe. Auch wenn Kirk damit gerechnet hatte, beunruhigend war es trotzdem. Er spannte sich an und wartete auf das nächste Zeichen. Er wagte es nicht, zu eilig zu sein; er wagte es nicht, seinen letzten Trumpf zu früh auszuspielen.

»Captain!« rief Fähnrich Sparer, der Sulu am Steuer ersetzte. »Sämtliche Phaserbatterien nehmen das näher kommende Schiff ins Visier! Meine Eingriffe zeigen keinerlei Wirkung!«

»Na schön«, sagte Kirk, und der Anfang eines Lächelns legte sich auf seine Lippen. »*Jetzt,* Mr. Scott!«

Scott gab zwar keine Bestätigung durch, doch eine Sekunde später, als er und ein Dutzend seiner Leute an den Schlüsselpositionen im ganzen Schiff handelten, gingen alle Bildschirme und Anzeigen aus.

Und diesmal wurden sie nicht wieder eingeschaltet.

Spock taumelte eine Sekunde, als er den mentalen Rückzug vervollständigt hatte und zog seine Hand von Finneys Stirn zurück. Finney keuchte auf, und wenn McCoys Hände nicht auf seinen Schultern gelegen wären, wäre er umgefallen.

»Die Informationen, Spock... Haben Sie sie?« fragte McCoy, ohne den Blick von Finney zu nehmen.

»Ich glaube, ich habe sie, Doktor.« Während McCoy Finney auf den Boden legte, zog Spock schnell den Kommunikator von seinem Gürtel und klappte ihn auf. »Zum Glück scheint der veränderte Kode nicht an eine bestimmte Stimme gebunden zu sein.«

Dann entnahm er seiner Erinnerung langsam die Zahlen und sprach sie in den Kommunikator. McCoy und die anderen schauten zu und warteten angespannt. Auf dem Bildschirm über dem Pilotensitz hatte sich der Punkt in der Mitte mittlerweile in einen kleinen Zylinder verwandelt, eine Spielzeugversion der chyrellkanischen Orbitalfabrik. Ein Punkt in seiner Nähe war nur als Punkt erkennbar und nicht als Raumschiff identifizierbar, obwohl alle davon ausgingen, daß es sich um die *Enterprise* handelte.

Nach mehr als zwei Dutzend Zahlen verfiel Spock schließlich in Schweigen.

Mindestens eine halbe Minute lang herrschte absolute Stille. Man hörte nur das Atmen der Passagiere und das Knarren und Ächzen des Schiffes, das fortwährend auf die ungewohnte Belastung der erst kürzlich installierten Impulstriebwerke reagierte.

»Stimmt was nicht, Spock?« fragte McCoy schließlich.

»Der *Enterprise*-Computer reagiert nicht.«

»*Das* habe ich auch schon vermutet, Spock! Haben Sie *irgend eine* Vorstellung, warum er nicht reagiert? War vielleicht eine falsche Zahl dabei? Oder war es nicht die richtige Reihenfolge? Sind wir außerhalb der Kommunikatorreichweite?«

Spock schwieg einen Moment und musterte die sich schrittweise vergrößernden Bilder auf dem Schirm. »Es ist möglich, daß wir außerhalb der Reichweite sind. Ich werde die Zahlenfolge wiederholen.«

Und das tat er dann auch, nicht einmal, sondern ein halbes Dutzend Mal, während die Darstellungen auf dem Schirm immer größer wurden, wenn auch nicht mehr so schnell wie zuvor. Ihr Schiff verlangsamte offenbar die Geschwindigkeit für ein Rendezvous mit dem Raumdock.

Inzwischen hatte McCoy Finney wieder zu sich gebracht. Wenn er auch nicht hundertprozentig klar war, so konnte er doch zumindest Fragen beantworten. »Haben *Sie* irgendwelche Vorschläge?« fragte McCoy finster, als der ehemalige Starfleet-Offizier sich unsicher aufrappelte.

Finney schüttelte den Kopf, aber es war keine Verneinung, sondern der Versuch, seinen Verstand zu klären. »In welcher Hinsicht? Was ist passiert?«

»Der neue Kode, den Spock Ihrer Erinnerung entnommen hat, funktioniert nicht«, erwiderte McCoy.

Finney schaute einen Moment lang leer drein, als brauchten die Worte zu lange, um die Barrieren zu durchdringen, die sein angegriffener Verstand offenbar errichtet hatte. Dann verzog er das Gesicht und sagte: »Das habe ich befürchtet.«

»Was?« knirschte McCoy. »Los, Finney, wenn Sie gewußt haben, daß der Kode nichts taugt ...«

»Ich habe *gar nichts* gewußt«, verteidigte sich Finney. »Es ist nur so, daß Kelgar weiß – oder vermutet –, daß ich die Sprengung des Überwachungsschiffs überlebt habe. Deswegen hat er den Kode vielleicht *erneut* geändert. Es könnte aber auch sein«, fuhr er mit plötzlich vorwurfsvoller Stimme fort, »daß jemand von Ihnen dem Commander gegenüber eine Andeutung gemacht hat, daß ich hier bin ...«

»Das haben wir nicht getan!« fauchte McCoy.

»Es hat keinen Sinn, einen Schuldigen zu suchen, Doktor. Ich schlage für den Moment vor, daß einer von uns damit fortfährt, den Kode zu senden – in der Hoffnung, daß es eine andere Erklärung für die bisherige Erfolglosigkeit gibt.«

McCoy wandte sich finster zu Spock um. »Vielleicht sollten Sie noch einmal reingehen und die Sache überprüfen. Besteht nicht die Möglichkeit, daß Ihrer unperfekten menschlichen Hälfte etwas entgangen ist?«

»Möglich ist alles, Doktor. Allerdings ...«

»Was ist *das* denn?« Der stämmige Mann, der McCoy geholfen hatte, Finney zu halten, deutete auf den Bildschirm vor dem Pilotensitz.

McCoy schaute sich jäh um. Seine finstere Miene veränderte sich zu einem plötzlichen Grinsen, als er sich auf das Bild konzentrierte.

»Eine Raumfähre!« stieß er hervor, klappte seinen Kommunikator auf und warf Finney einen verächtlichen Blick zu. »Raumfähre, hier spricht Dr. McCoy! Was ist da los, verdammt noch mal? Können *Sie* eine Nachricht an die *Enterprise* weiterleiten?«

Ein langes Schweigen folgte, dann bremste die Fähre ab. Ihr Rumpf überlagerte die ferne Orbitalfabrik und das Raumschiff.

»Raumfähre!« wiederholte McCoy. »Antworten Sie – oder der Klabautermann soll Sie holen!«

Er fuhr herum und schaute Finney an. »Man braucht den Kode doch nicht, um eine *Fähre* zu erreichen, oder?«

Finney schüttelte den Kopf. »Nein, nur der *Enterprise*-Computer ist betroffen. Die Fähren sind ...«

»Dr. McCoy?« kam Sulus überraschte Stimme aus dem Kommunikator. »Sind Sie's wirklich?«

»Natürlich bin ich es, Mr. Sulu!«

»Doktor … ist Spock bei Ihnen?«

»Ja, Lieutenant! Hören Sie, können Sie eine Nachricht …«

»Wenn Sie wirklich Dr. McCoy sind: Wie heißt Ihre Tochter?«

»Zum Henker, Sulu! Vergeuden Sie keine Zeit …«

»Ich muß leider aus verschiedenen Gründen darauf bestehen, Ihre Identität zu überprüfen, Doktor. Bitte, den Namen Ihrer Tochter.«

»Joanna! Und jetzt …«

»Diese Information könnte allerdings auch im Schiffscomputer enthalten sein«, sagte Sulu, als sei es ihm gerade erst klar geworden. »Tut mir leid. Also etwas anderes … Dr. McCoy, damals, als Scotty, Sie und ich Mr. Spock auf Sternenbasis zwei zur alten Kegelbahn mitgeschleppt haben … Wissen Sie noch, über was Sie sich da im Zusammenhang mit Mr. Spock aufgeregt haben?«

»Wie soll ich mich *daran* erinnern, verdammt? Es ist Jahre her! Außerdem habe ich mich im Zusammenhang mit Mr. Spock schon über alles aufgeregt, was man sich vorstellen kann!«

»Falls es die Angelegenheit erleichtert, Mr. Sulu«, sagte Spock in seinen eigenen Kommunikator hinein, »zu dem Zwischenfall kam es auf Sternenbasis eins, nicht zwei. Dr. McCoy hielt meinen Vorschlag, jeden Kegel einzeln zu holen, damit das Spiel etwas schwieriger wird, für eine Zumutung. Aus irgendeinem Grund hat dies Sie irgendwie erheitert. Falls nun unsere Identität bestätigt ist: Wir haben eine dringende Nachricht, die an den *Enterprise*-Computer übermittelt werden muß. Wir waren mit unseren Kommunikatoren nicht in der Lage, Verbindung aufzunehmen.«

»Es liegt wahrscheinlich daran, daß der Computer abgeschaltet ist. Das heißt, wenigstens müßte er es jetzt sein, wenn alles nach Plan gelaufen ist.« Jeglicher Argwohn war aus Sulus Stimme gewichen; nun klang er erleichtert und drängend. »Der Captain vermutet, daß die gesamte Anlage sabotiert wurde.«

»Der Captain hat recht, Mr. Sulu«, warf Spock ein. »Doch wir haben jetzt einen Kode, der es uns eventuell ermöglicht, die Auswirkungen umzukehren, falls wir den Computer wieder einschalten. Wir müssen freilich in der Lage sein, mit der *Enterprise* in Verbindung zu treten, damit der Kode in den Computer eingegeben werden kann.«

Eine überraschte Stille folgte, dann sagte Sulu: »Geben Sie mir den Kode, Mr. Spock. Ich kehre zur *Enterprise* zurück und übermittle ihn dem Captain. Wir haben eine spezielle Kommunikationsleitung aufgebaut.«

»Können Sie nicht von hier aus senden?«

»Das könnte ich zwar, aber ich befürchte, daß jene, die den Computer steuern, uns trotz unserer Vorsichtsmaßnahmen abhören. Falls sie mich hören, wenn ich dem Captain den Kode übermittle, sind sie vielleicht in der Lage, ihn zu stoppen.«

»Mr. Finney«, sagte Spock und drehte sich zu dem Mann um, »ist das möglich?«

Finney schluckte nervös. »Ja, es ist möglich. Wenn der Commander oder Kelgar erfahren, daß der Computer wieder läuft und der Zugriffskode eingegeben werden soll... Es gibt einen Abbruchbefehl, den sie jederzeit senden können, solange der Kode nicht komplett eingegeben wurde. Es gibt keine Möglichkeit, ihn auszuschalten. Zwar hätten sie dann keine Kontrolle mehr über den Computer, aber es würde ihn im Grunde *nutzlos* machen und den gesamten Speicher und alle Programme löschen. – Es sei denn«, fügte er hinzu und wandte den Blick ab, »Kelgar hat auch das geändert.«

»Vielen Dank, Mr. Finney. – Mr. Sulu, sind Sie bereit, den Zugriffskode mitzuschreiben?«

»Ich bin bereit, Commander«, sagte Sulu mit einem nervösen Lachen. »Vielleicht können wir auch diesmal jeden Kegel einzeln holen ...«

21

Commander Montgomery Scott richtete sich aus dem Kabelgewirr auf, das aus der Rückseite der Steuerkonsole hervorquoll, und wischte sich mit dem Handrücken den Schweiß von der Stirn. Mit der andern Hand klopfte er auf den Konsolenrahmen. Da die Lebenserhaltungssysteme ohne den Computer liefen, war die Temperatur zwar überall um drei bis vier Grad gestiegen, doch hier, im Instandhaltungsgang, der hinter den Konsolen um die Brücke herum verlief, waren es mindestens fünfzehn Grad.

»Das müßte reichen, Mädel«, sagte er. »Damit hast du genug Saft, um ein paar tausend Frequenzen abzusuchen – auch ohne Computer.«

»Vielen Dank, Mr. Scott«, erwiderte Uhuras von der zwischen ihnen befindlichen Konsolenmasse gedämpfte Stimme.

»Gute Arbeit, Scotty«, sagte Kirk und blickte durch die Öffnung. Man hatte die Trittplatte neben dem Turbolift entfernt. »Sanderson hat sich gerade übers Interkom gemeldet; er macht gute Fortschritte an den Impulstriebwerksverbindungen.«

»Aye, Captain, aber der Warp-Antrieb wird uns die meiste Zeit kosten.« Scott schüttelte den Kopf, bewegte sich an der Zugangstür entlang und trat auf die eigenartig stille Brücke hinaus. Die Geräusche, die man normalerweise mit der ständigen Computerüberwachung aller Dinge an Bord in Verbindung brachte, fehlten, seit er und ein Dutzend seiner Leute gleichzeitig sämtliche Primär- und Notstromkabel herausgezogen hatten. »Ohne den Computer, um die Antimaterie im Gleichgewicht zu halten ...«

Plötzlich sprangen hundert Lampen und Anzeigeleuchten an. Uhuras Hand zuckte zurück, als hätte sie sich an den Tasten verbrannt, die sie manuell bedient und so eingestellt hatte, damit sie eine Verbindung zum Starfleet-Hauptquartier bekam. Die anderen Besatzungsmitglieder spannten sich an. Ihre Blicke huschten von einer Anzeige zur anderen, und jeder hoffte, irgendeinen Hinweis auf das zu finden, was da geschah.

Scott riß den Kommunikator von seinem Gürtel und fegte in den Zugangskorridor zurück. »Alle Posten sofort melden!«

Als er die Brücke zur Hälfte umrundet hatte und gerade den Gang zur tieferliegenden Ebene nahm, wußte er, wo das Problem lag. »Lieutenant Diaz«, sagte er zu einem der Männer, die er auf sämtlichen Decks postiert hatte, »Mr. Claybourne auf Deck neunzehn meldet sich nicht.«

»Bin schon unterwegs, Commander«, erwiderte eine tiefe Stimme. Scott erreichte kurz darauf Deck drei und eilte weiter nach unten.

Auf der Brücke konnte Kirk dem Aufleuchten der Anzeigen nur hilflos zuschauen. Sein ernstgemeinter Versuch, den Computer abzuschalten, war auch nicht erfolgreicher gewesen als ihr vorheriger Scheinversuch. Nun hatten sie nur noch die Hoffnung, daß Scott und seine Leute die Energieverbindung genau bestimmen konnten, die Carmody allem Anschein nach wieder eingerichtet hatte – um sie ein zweites Mal zu kappen.

»Captain!« Die Stimme von Fähnrich Sparer übertönte alle anderen. »Das Navigationssystem arbeitet wieder. Noch drei Minuten, bis seine Orientierung wiederhergestellt ist. Die Phaserbatterien werden geladen. Keinerlei Reaktion an sämtlichen Kontrollen.«

»Versuchen Sie alles, Fähnrich. Probieren Sie alles und

jedes aus. Wenn wir nicht irgend etwas *Funktionierendes* finden, müssen Spock und McCoy *wirklich* sterben!«

»Captain!« Scotts Stimme, außer Atem und halb vom Echo werfenden Scheppern seiner Stiefel auf den Gangwaystufen übertönt, platzte aus Kirks Kommunikator. »Diaz meldet, daß Claybournes Abschnitt verriegelt ist. Er versucht, mit dem Phaser durch die Tür zu dringen. Wieviel Zeit haben wir noch?«

»Zweieinhalb Minuten Scotty – mit Glück.«

Scotty schaltete ohne ein weiteres Wort ab.

Kurz darauf meldete sich erneut Kirks Kommunikator. »Hier ist Shanti, Captain. Meldung von Lieutenant Sulu. Ich stelle ihn direkt durch.«

Störgeräusche übertönten einen Moment lang alles, dann meldete Shanti sich wieder. »Sprechen Sie, Lieutenant.«

»Captain!« Sulus angespannte Stimme meldete sich sofort. »Keine Zeit für Erklärungen, tun Sie genau, was ich sage und … Verdammt! Dranbleiben, melde mich wieder, wenn ich kann!«

Und er war weg.

»Sulu! Shanti! Was …«

Aus dem Kommunikator kam das Geräusch knirschenden Metalls, und einen Augenblick später erbebte die *Enterprise,* als irgend etwas gegen sie prallte. Doch ohne Sensoren wußte niemand, ob es Materie oder Energie gewesen war.

Als die Fähre in die Reichweite der *Enterprise* kam, wurde Sulu klar, daß Finney richtig vermutet hatte. Ein zweites Schiff, vollgestopft mit klingonischer Technik, schwebte kaum einen Kilometer unter dem Raumschiff. Ein Transporter mit beschränkter Reichweite war gerade aktiv, sein Ziel lag irgendwo im Inneren der sekundären Sektion der *Enterprise.* Irgend jemand, entweder Carmody oder der Klingone Kelgar, ließ sich an Bord beamen, um den Versuch zu machen, den Computer wieder mit Energie zu versorgen, damit irgendein anderer, der auf dem Klingonenschiff zurückgeblieben war, erneut die Kontrolle übernehmen konnte.

Während Sulu zuschaute, wuchs seine Frustration. Die Zeit war einfach zu knapp, um ins Schiff zurückzukehren und dem Captain den Zugriffskode zu nennen. Seine Fähre war inzwischen an ihre Grenzen gelangt, und er hatte keinerlei Möglichkeit, die Impulskraft noch mehr zu steigern. Er hatte keine andere Wahl, er mußte mit Shanti Funkverbindung aufnehmen.

»Shanti«, sagte er, nachdem er den Sender der Fähre aktiviert hatte, »stellen Sie mich zum Captain durch. Keine Zeit für Erklärungen.«

»Mr. Sulu?«

»Ja! Stellen Sie mich sofort durch!«

»Jawohl.«

Sulu bremste mit voller Kraft ab und schaute zu, als die *Enterprise* wuchs und seinen Bildschirm ausfüllte.

Im Lautsprecher knisterten Störgeräusche. Dann: »Verbindung steht, Mr. Sulu!«

»Captain! Keine Zeit für Erklärungen. Tun Sie genau, was ich sage, und ...«

Sulu brach jäh ab, als er auf dem Schirm sah, daß das klingonische Schiff sich schnell neu orientierte. In wenigen Sekunden würden seine Waffen auf ihn gerichtet sein. »Verdammt! Dranbleiben, ich melde mich wieder, wenn ich kann!«

Er hatte, dies war offensichtlich, keine Zeit mehr, um den gesamten Zugriffskode zu senden. Vielleicht hatte er nicht einmal mehr die Zeit, zur *Enterprise* zurückzukehren – er hatte sie ganz bestimmt nicht, wenn er sich ihr zögernd und mit Vorsicht näherte. Sulu schwenkte jäh nach rechts oben und beschleunigte, statt abzubremsen. Das andere Schiff war nun unterhalb vor der *Enterprise*. Wenn er hoch genug kam, konnte es ihm vielleicht gelingen, den letzten Anflug auf einer Linie zu machen, die durch die sekundäre Sektion vor dem anderen Schiff verborgen war. Aber auch dies würde ihm nur ein paar zusätzliche Sekunden verschaffen. Wenn es Scottys Männern allerdings gelungen war, die Torhälften *etwas* weiter zu öffnen …

Aber es war ihnen nicht gelungen. Sulu konnte es auf dem Bildschirm sehen. Shantis Fähre war knapp hinter der Öffnung verankert, und die Öffnung selbst war nur einige Zentimeter breiter als ihr Fahrzeug.

Sulu schwenkte erneut herum und hielt gerade auf die Öffnung zu. Er hatte keine Zeit, Shanti zu warnen, damit sie sich in Bewegung setzte. Er würde hoch reinfliegen müssen, genau über der abgestellten Fähre.

Das Aufblitzen von Phaserbeschuß blendete ihn für einen Moment, aber der Strahl war weit von ihm entfernt, denn das angreifende Schiff wurde gerade von der sekundären Sektion der *Enterprise* verdeckt und machte offenbar keine Bewegung, um die Fähre wieder ins Blickfeld zu bekommen. Doch wenn es gerade versuchte, denjenigen anzupeilen, der auf die *Enterprise* gebeamt worden war, wurde Sulu plötzlich klar, *konnte* es sich auch nicht bewegen – nicht ohne das Risiko einzugehen, die Peilung zu verlieren. Dann mußte man eine neue aufbauen, und wenn diese Leute einen ebenso engen Terminplan hatten wie er …

Sulu konzentrierte sich auf die zunehmend schmaler wirkende, auf ihn zurasende Öffnung, und schaltete das Impulstriebwerk auf volle Kraft um. Er warf den Bug der Fähre um eine Idee nach rechts, dann nach links, und …

Mit einem grauenhaften Kreischen von Metall auf Metall, das viel lauter war als knapp fünfzehn Minuten zuvor, war er durch, und das Impulstriebwerk gab sein Bestes, um die Fähren zu stoppen. Ein furchtbares Krachen ertönte, als die Kufen aufs Deck schlugen und abprallten. Dann ein weiterer, als sie erneut auftrafen. Die Fähre schien sich in diesem beengten Raum noch schneller zu bewegen als im All.

Ein letztes knirschendes Krachen ertönte, als der Bug gegen die Rückwand des Hangardecks knallte. Sulu prallte gegen die Kontrollen. Er hörte sofort, daß die Luft durch irgendein Leck in der Außenhülle ins Freie strömte, aber er machte sich nicht die Mühe, danach zu suchen.

Sulu holte tief Luft, aktivierte den Individualschild an seinem Gürtel, kam auf die Beine und drückte den Lukenöffnungsmechanismus. Der matt leuchtende Schein des Schildes warf einen weichen Dunst über alles, aber er würde ihm die Sekunden schenken, die er brauchte.

Doch die Luke …

Sulu drückte noch einmal auf den Knopf. Die Luke bewegte sich nicht. Verklemmt! Der gesamte Fährenrahmen mußte sich bei dem Aufprall verzogen haben!

Er drückte den Knopf zum dritten Mal, rammte gleichzeitig eine Schulter gegen die Tür und steckte seine ganze drahtige Kraft in diese Bemühung.

Und noch einmal.

Diesmal erzeugte die Luke ein knirschendes Geräusch. Einen Augenblick später übernahm der atmosphärische Druck im Inneren der Fähre den Rest der Arbeit: Die Tür flog buchstäblich halb auf, und das Entweichen der Luft warf Sulu beinahe von den Beinen.

Er riß sich zusammen, glitt eilig durch die schmale Öffnung und rannte zur nächsten Tür an der Hangarrückwand. Wenn Scotty Erfolg bei der manuellen Verriegelung der Tür gehabt hatte, konnte er sie auch von dieser Seite aus öffnen. Doch wenn nicht …

Sulu betätigte den Nothandschalter und packte den Hebel, der neben der Tür aus der Wand ragte. Er drückte ihn, bis er einen schmalen Spalt sah, dann ließ er ihn los und schob die Finger hinein. Er spürte einen Sturzbach nach außen strömender Luft.

Aber die Tür wollte sich nicht bewegen! Selbst unter Einsatz all seiner Kräfte, erhöht durch das Adrenalin, das durch seinen Körper flutete, wollte sie sich nicht bewegen! Er mußte ...

Plötzlich gesellte sich ein zweites Händepaar zu den seinen, das ebenso in das matte Leuchten eines Individualschildes eingehüllt war. Lieutenant Shanti! Er hatte sie gar nicht durch das Hangardeck rennen hören, aber sie war da, die Muskeln ihrer Hände traten hervor, als sie ihm half, und ...

Die Tür ruckte mit einem metallischen Knirschen einige weitere Zentimeter auf.

Während Shanti sich weiterhin bemühte, sie zu öffnen, schob sich Sulu, wobei er seine Uniform beinahe zerriß, bis auf die andere Seite durch.

Als er drinnen war und Luft durch die Öffnung strömte, jagte er zum nächsten Interkom.

22

»Noch eine Minute bis zur Bereitschaft der Systeme, Captain«, meldete Sparer. »Die Kontrollen reagieren noch immer nicht.«

Kirk, dessen Verstand raste, nickte bestätigend. In den letzten zwei Minuten mußten tausend Lösungen durch seinen Geist geschossen sein, aber jede einzelne hing wenigstens *zum Teil* davon ab, daß der Computer wieder unter seiner Kontrolle stand. Die einzige entfernt realistische Chance bestand darin, daß Scotty und Lieutenant Diaz in den verriegelten Teil von Deck neunzehn einbrechen und die Energieverbindung kappen konnten, die allem Anschein nach jemand neu eingerichtet hatte. Jemand, der die ganze Zeit über an Bord gewesen war? Oder jemand, der mit Carmody an Bord gekommen, die ganze Zeit *geblieben war* und darauf gewartet hatte, daß man seine Unterstützung brauchte?

»Wir sind durch die erste Tür«, dröhnte Diaz' Baß durch die Kommunikatoren, »aber wir haben mindestens noch eine vor uns, bevor ...«

»Captain!« platzte Sulus Stimme in die Anspannung auf der Brücke – nicht aus Kirks Kommunikator, sondern aus dem Interkomsystem, das zu den wenigen gehörte, die auch ohne Computer problemlos arbeiteten.

»Sulu?« antwortete Kirk sofort. »Was ...«

»Keine Zeit, Captain«, fiel der Steuermann ihm ins Wort. Seine Stimme war schneidend wie ein Rasiermesser. »Keine Zeit! Geben Sie folgende Sequenz direkt in den Computer ein! Keine Fehler, keine Unterbrechungen! Sind Sie bereit?«

Kirk, der nur für den Bruchteil einer Sekunde zögerte, wirbelte zur wissenschaftlichen Station herum. »Auf geht's, Mr. Pritchard. – Fahren Sie fort, Sulu.«

Sulu fing sofort an und pausierte nur einmal, als Pritchard kurz mit dem ansonsten rasend schnellen Tempo der Anweisung nicht mehr Schritt halten konnte. Auf dem Bildschirm wirkte das sich nähernde Schiff mit jeder vergehenden Sekunde deutlich schutzloser. Sparer überwachte pausenlos die Neujustierung des Navigationssystems, zählte stumm mit und gab die Zahlen an Kirk weiter. Andere Anzeigen besagten, daß die Phaserbatterien voll aufgeladen und auf das sich nähernde Schiff gerichtet waren. Ihnen fehlten nur noch die Peilung und der Feuerbefehl – der kommen würde, wenn die Neujustierung abgeschlossen war.

Kirks Kommunikator erwachte knisternd zum Leben. Eine neue Nachricht. Entweder von Diaz oder Scott. Aber er ignorierte gehetzt das Geräusch und wandte sich von der wissenschaftlichen Station ab. Als er den Anrufer gerade abwimmeln wollte, beendete Sulu die Übertragung.

»Das ist alles«, sagte er, und dann, wobei die Spannung seine Stimme noch schriller werden ließ: »Zeigt es irgendeine Wirkung?«

Ohne die Antwort abzuwarten, sprudelte er weiter: »Den Schild aktivieren! Minimalreichweite! Unter uns liegt ein klingonisches Schiff. Jedenfalls war es noch da, als ich an Bord kam. Es könnte inzwischen näher gekommen sein. Es hat jemanden in die sekundäre Sektion der *Enterprise* gebeamt, und ...«

»Captain!« meldete Sparer plötzlich, dessen Finger über die Steuerkontrollen flogen. »Wir haben die Kontrolle! Der Feuerbefehl ist rückgängig gemacht, der Schild baut sich auf – Schild ist oben, minimale Ausdehnung!«

»Scotty! Mr. Diaz!« schrie Kirk in seinen Kommunikator hinein. »Nicht abschalten! Wir sind wieder im Geschäft!«

Ein erleichtertes Aufatmen kam aus dem winzigen Lautsprecher. »Aye, Captain, haben die Tür gerade aufgekriegt.«

»Gehen Sie jetzt noch nicht rein. Derjenige, der den Computer wieder aktiviert hat, ist vielleicht noch drin und sehr wahrscheinlich gefährlich!«

»Nein, Captain«, meldete nun Pritchard. »Die Sensoren zeigen ein Lebewesen – einen Klingonen – an, der gerade an Bord des Schiffes zurückkehrt ist, das Mr. Sulu erwähnt hat.«

»In Ordnung, Scotty. Schauen Sie mal nach, aber seien Sie trotzdem vorsichtig.«

»Aye, Captain.«

»Klingonisches Schiff zieht sich zurück, Captain«, meldete Sparer. »Mit voller Impulskraft.«

»Verlieren Sie es nicht, Fähnrich! Carmody wird mir eine Menge Fragen beantworten müssen.«

»Aye, aye, Captain. Aktiviere Traktorstrahl.«

»Kann das Schiff mit Warp fliegen, Mr. Pritchard?«

»Unbekannt, Captain, aber ...« Pritchard brach ab, denn nun tauchten neue Informationen auf. »Schiff mit Warpantrieb verläßt gerade Sensorenreichweite hinter Vancadia. Es bewegt sich mit mindestens Warp acht.«

»Ziel?«

»Die nächste Grenze des klingonischen Reiches.«

»Alle erreichbaren Schiffe informieren, Lieutenant Uhura«, sagte Kirk schnell. »Falls es noch im Föderationsgebiet abgefangen werden kann ...«

»Subraumsignal wird aus der Nähe des klingonischen Schiffes abgesandt«, sagte Pritchard. Dann brach er jäh ab, seine Finger jagten fast ebenso flink über die Kontrollen wie die Spocks. »Antimateriegenerator in Carmodys Schiff wurde absichtlich überladen, Captain. Kritischer Moment kann jeden Augenblick erreicht werden.«

Pritchard hatte seine Warnung kaum ausgesprochen, als das fliehende Schiff in einem grellen Blitz verschwand, der den Bildschirm völlig weiß werden ließ.

Als das Bild zurückkehrte, herrschte auf der Brücke Schweigen. Schließlich erblickte man die sich auflösende Partikelwolke, die einst Carmody und sein klingonisches Schiff gewesen war.

»Man könnte fast annehmen«, sagte Kirk grimmig, »daß jemand etwas dagegen hat, daß wir Mr. Carmody erwischen.«

Beim Zischen der Turbolifttür wandte Kirk sich jäh vom Bildschirm und Admiral Bradys verwittertem Gesicht ab. Als Spock forsch die Brücke betrat, konnte er sich ein kurzes Grinsen nicht verkneifen. Dr. McCoy folgte ihm mit finsterer Miene.

»Du hast dir ja mächtig viel Zeit gelassen, uns aus dieser Kiste ...« Dann sah McCoy Bradys Gesicht auf dem Bildschirm und verstummte.

»Ich freue mich *auch*, dich zu sehen, Pille«, sagte Kirk und bekam das Grinsen wieder unter Kontrolle. »Den Admiral kennst du ja.«

»Willkommen daheim, Dr. McCoy und Commander Spock«, sagte Brady und fuhr mit einem Anflug von Entschuldigung in der Stimme hastig fort: »Ich bin mir sicher, daß Sie Verständnis für die Notwendigkeit dieser Verzögerung haben. Captain Kirk wollte absolut sicher sein, daß der Computer sauber ist und niemand Überraschungen in dem Schaltkreis zurückgelassen hat, der das Transportersystem überwacht.«

»Eine logische Vorsichtsmaßnahme, Captain«, erwiderte Spock, während McCoy sprachlos dastand. »Aber lassen Sie sich durch unsere Ankunft nicht von Ihrem Vorhaben abhalten.«

»Natürlich«, sagte Brady, den der Wortwechsel leicht aus dem Konzept gebracht zu haben schien. »Wie schon gesagt, wir haben keine Spur von dem klingonischen Schiff gefunden. Wir nehmen an, es hat den Kurs geändert, sobald es außerhalb der Sensorenreichweite war, und es ist ihm gelungen, sich unseren Nachforschungen zu entziehen.« Er schüttelte den Kopf. »Da nur zwei Schiffe in der Gegend waren, dürfte es ihm nicht schwergefallen sein.«

»Sie hatten ihren Fluchtweg zweifellos gut geplant«, sagte Kirk. Er warf McCoy und Spock einen Blick zu und fuhr fort: »Es sieht so aus, als hätten sie ihre Abreise erst angetreten, als sie absolut sicher waren, daß Carmody versagt hatte. Delkondros und mindestens ein Dutzend anderer, von denen wir nicht genau wissen, ob sie als Menschen getarnte Klingonen waren, sind kurz nach der Vernichtung der Überwachungsschiffe verschwunden. Wir nehmen an, sie wurden evakuiert. Auf jeden Fall ist offensichtlich, daß die Klingonen ebensowenig vorhatten, Carmody eine neue Chance zu geben, wie Carmody Finney eine geben wollte.«

Brady nickte. »Selbst wenn er erfolgreich gewesen wäre – ich wette, Sie hätten einen Weg gefunden, sich seiner zu entledigen. Da er bereit war, die Föderation zu verraten – wie konnten sie ihm da vertrauen, daß er das Reich nicht betrügt?«

»Laut Finney hat Carmody nur für sich allein und für keinen anderen gearbeitet.« McCoy schnaubte. »Er hat sehr gut zu den Klingonen gepaßt. Er war ein eifriger Verfechter ihrer Karriere-durch-Mord-Philosophie und hätte keine Sekunde gezögert, sie selbst anzuwenden.«

»Ob wir es *je* lernen, die Klingonen zu verstehen?« fragte Brady rhetorisch und schüttelte den Kopf. »Oder Menschen wie Carmody, die ihnen ähnlich sind? Wie stehen eigentlich die Chancen, Jim, daß die Klingonen eine Kopie von Finneys Programm mitgenommen haben?«

»Ich würde sagen, Admiral, daß die Möglichkeit durchaus besteht, aber ich bezweifle, daß sie es noch einmal einsetzen werden. Erstens haben sie zweifellos alles abgehört, was bis zu dem Augenblick passierte, in dem sie sich aus dem Staub gemacht haben – weswegen sie wissen, daß wir einen Schutz gegen dieses oder ein ähnliches Programm haben. Aber selbst wenn sie es anwenden, sind wir darauf vorbereitet – nun, da Finney seine Irrtümer eingesehen hat und Starfleet alle Hilfe geben will, die er kann, selbst wenn er die Therapie machen muß, die er braucht.«

Brady nickte langsam. »Die Sicherheit in unseren psychiatrischen Einrichtungen wird diesmal verstärkt werden. Noch etwas, Jim ... Bevor Sie das Chyrellka-System verlassen – sorgen Sie dafür, daß die Wahrheit über die Vorgänge auf beiden Welten verbreitet wird.«

»Dies wird kein Problem sein, Admiral«, sagte Spock. »Als wir auf dem vancadischen Schiff waren und darauf warteten, auf die *Enterprise* gebeamt zu werden, haben Professor Rohgan und Tylmaurek angeboten, mit uns zusammenzuarbeiten. Sie sind davon überzeugt, daß die Völker beider Planeten höchst empfänglich für eine Kooperation sein werden, nun da keine klingonische Einflußnahme mehr besteht.«

»Dessen bin ich mir sicher«, warf McCoy ein. »Als die Leute auf der Fähre erst einmal erfuhren, was passiert war, waren alle bereit, zu vergeben und zu vergessen. Und Professor Rohgan klang, als wolle er in der gleichen Sekunde, in der er Vancadia wieder betritt, auf eine Mitgliedschaft in der Föderation hinarbeiten.«

»Ausgezeichnet, Dr. McCoy. Sie haben ausgezeichnete Arbeit geleistet, meine Herren. Halten Sie uns auf dem laufenden.«

Als Bradys Bild auf dem Schirm verblaßte, wandte Kirk sich zu McCoy und Spock um. »Ihr habt mich in *schreckliche* Angst versetzt«, sagte er mit einer matten Entsprechung des Grinsens, mit dem er sie begrüßt hatte. »Ich würde es wirklich zu schätzen wissen, wenn ihr das *nie wieder* tätet.«

»Wir werden uns bemühen, eine Wiederholung dieses Zwischenfalls zu vermeiden«, sagte Spock feierlich.

»Ich kann auch nicht gerade sagen, daß ich scharf darauf bin, so etwas zu wiederholen«, sagte McCoy. Dann fügte er mit einem Kopfschütteln hinzu: »Aber weißt du, was wirklich *furchteinflößend* ist, Jim? Diese Gangster hatten eine gute Chance, ihre kleine Intrige durchzuziehen. Sie hätten es wahrscheinlich geschafft, wenn sie sich gegenseitig *vertraut* hätten, statt sich bei jeder Gelegenheit einen Dolch in den Rücken zu bohren.«

»Das ist höchst unwahrscheinlich, Doktor«, sagte Spock, ohne von der Anzeige der wissenschaftlichen Station aufzuschauen, an die er sich inzwischen begeben hatte.

»Aus welcher Kristallkugel wissen Sie das, Spock?«

»Dazu ist keine Kristallkugel erforderlich, Doktor – und auch keines der sonstigen Gerätschaften, mit denen Scharlatane arbeiten. Es ist einfache Logik. Es überrascht mich, daß Sie es nicht selbst erkennen.«

»Für Sie ist die Berechnung einer sechsdimensionalen Gleichung im Kopf doch auch nur eine Übung in einfacher Logik, Spock. Wie wär's, wenn Sie es uns armen Durchschnittsmenschen erklären, die schon Probleme haben, nur drei Dimensionen auf die Reihe zu kriegen?«

»Wie Sie wünschen, Doktor«, sagte Spock und wandte sich zu McCoy um. »Es ist eben so, daß Lebewesen, die dazu neigen, anderen Lebewesen zu vertrauen, im allgemeinen weder das Verlangen noch einen Grund haben, solche Intrigen überhaupt zu spinnen.«

McCoy schnaubte. »Und wenn Schweine Flügel hätten, würden sie fliegen.«

Spock hob langsam eine Augenbraue. »Ich nehme an, dies ist einer der menschlichen Aphorismen, Doktor, der besagt, daß Menschen eine Spezies sind, der man nicht vertrauen kann?«

McCoy zuckte die Achseln. Sein Blick flog über Kirk und den Rest der Brückenmannschaft hinweg. »Ich schätze, wir entwickeln uns allmählich, Mr. Spock – jedenfalls hier und da.« Sein Gesichtsausdruck erhellte sich. »Natürlich unter ihrer fachmännischen Leitung.«

»Es ist erfreulich, wenn man erfährt, daß Sie meinen

Beitrag dazu endlich anerkennen, Doktor«, sagte Spock und wandte seine Beachtung wieder den Instrumenten der wissenschaftlichen Station zu.

Kirk suchte das Gesicht des Vulkaniers kurz und erfolglos nach Anzeichen eines Lächelns ab. Dann mußte er selbst lachen. »Gehen Sie auf Warpfaktor drei, Mr. Sulu«, sagte er. »Bringen Sie uns hier raus.«

STAR TREK™

in der Reihe
HEYNE SCIENCE FICTION & FANTASY

STAR TREK: CLASSIC SERIE

Vonda N. McIntyre, Star Trek II: Der Zorn des Khan · 06/3971
Vonda N. McIntyre, Der Entropie-Effekt · 06/3988
Robert E. Vardeman, Das Klingonen-Gambit · 06/4035
Lee Correy, Hort des Lebens · 06/4083
Vonda N. McIntyre, Star Trek III: Auf der Suche nach Mr. Spock · 06/4181
S. M. Murdock, Das Netz der Romulaner · 06/4209
Sonni Cooper, Schwarzes Feuer · 06/4270
Robert E. Vardeman, Meuterei auf der Enterprise · 06/4285
Howard Weinstein, Die Macht der Krone · 06/4342
Sondra Marshak & Myrna Culbreath, Das Prometheus-Projekt · 06/4379
Sondra Marshak & Myrna Culbreath, Tödliches Dreieck · 06/4411
A. C. Crispin, Sohn der Vergangenheit · 06/4431
Diane Duane, Der verwundete Himmel · 06/4458
David Dvorkin, Die Trellisane-Konfrontation · 06/4474
Vonda N. McIntyre, Star Trek IV: Zurück in die Gegenwart · 06/4486
Greg Bear, Corona · 06/4499
John M. Ford, Der letzte Schachzug · 06/4528
Diane Duane, Der Feind – mein Verbündeter · 06/4535
Melinda Snodgrass, Die Tränen der Sänger · 06/4551
Jean Lorrah, Mord an der Vulkan Akademie · 06/4568
Janet Kagan, Uhuras Lied · 06/4605
Laurence Yep, Herr der Schatten · 06/4627
Barbara Hambly, Ishmael · 06/4662
J. M. Dillard, Star Trek V: Am Rande des Universums · 06/4682
Della van Hise, Zeit zu töten · 06/4698
Margaret Wander Bonanno, Geiseln für den Frieden · 06/4724
Majliss Larson, Das Faustpfand der Klingonen · 06/4741
J. M. Dillard, Bewußtseinsschatten · 06/4762
Brad Ferguson, Krise auf Centaurus · 06/4776
Diane Carey, Das Schlachtschiff · 06/4804
J. M. Dillard, Dämonen · 06/4819
Diane Duane, Spocks Welt · 06/4830
Diane Carey, Der Verräter · 06/4848
Gene DeWeese, Zwischen den Fronten · 06/4862
J. M. Dillard, Die verlorenen Jahre · 06/4869

STAR TREK™

Howard Weinstein, Akkalla · 06/4879
Carmen Carter, McCoys Träume · 06/4898
Diane Duane & Peter Norwood, Die Romulaner · 06/4907
John M. Ford, Was kostet dieser Planet? · 06/4922
J. M. Dillard, Blutdurst · 06/4929
Gene Roddenberry, Star Trek (I): Der Film · 06/4942
J. M. Dillard, Star Trek VI: Das unentdeckte Land · 06/4943
David Dvorkin, Die Zeitfalle · 06/4996
Barbara Paul, Das Drei-Minuten-Universum · 06/5005
Judith & Garfield Reeves-Stevens, Das Zentralgehirn · 06/5015
Gene DeWeese, Nexus · 06/5019
D. C. Fontana, Vulkans Ruhm · 06/5043
Judith & Garfield Reeves-Stevens, Die erste Direktive · 06/5051
Michael Jan Friedman, Das Doppelgänger-Komplott · 06/5067
Judy Klass, Der Boacozwischenfall · 06/5086
Julia Ecklar, Kobayashi Maru · 06/5103
Peter Norwood, Angriff auf Dekkanar · 06/5147
Carolyn Clowes, Das Pandora-Prinzip · 06/5167
Diana Duane, Die Befehle des Doktors · 06/5247
V. E. Mitchell, Der unsichtbare Gegner · 06/5248
Dana Kramer-Rolls, Der Prüfstein ihrer Vergangenheit · 06/5273
Michael Jan Friedman, Schatten auf der Sonne · 06/5179
Barbara Hambly, Der Kampf ums nackte Überleben · 06/5334
Brad Ferguson, Eine Flagge voller Sterne · 06/5349
Gene DeWeese, Die Kolonie der Abtrünnigen · 06/5375
Michael Jan Friedman, Späte Rache · 06/5412
Peter David, Der Riß im Kontinuum · 06/5464
Michael Jan Friedman, Gesichter aus Feuer · 06/5465
Peter David/Michael Jan Friedman/Robert Greenberger, Die Enterbten · 06/5466
L. A. Graf, Die Eisfalle · 06/5467

STAR TREK: THE NEXT GENERATION
David Gerrold, Mission Farpoint · 06/4589
Gene DeWeese, Die Friedenswächter · 06/4646
Carmen Carter, Die Kinder von Hamlin · 06/4685
Jean Lorrah, Überlebende · 06/4705
Peter David, Planet der Waffen · 06/4733
Diane Carey, Gespensterschiff · 06/4757
Howard Weinstein, Macht Hunger · 06/4771

STAR TREK™

John Vornholt, Masken · 06/4787
David & Daniel Dvorkin, Die Ehre des Captain · 06/4793
Michael Jan Friedman, Ein Ruf in die Dunkelheit · 06/4814
Peter David, Eine Hölle namens Paradies · 06/4837
Jean Lorrah, Metamorphose · 06/4856
Keith Sharee, Gullivers Flüchtlinge · 06/4889
Carmen Carter u. a., Planet des Untergangs · 06/4899
A. C. Crispin, Die Augen der Betrachter · 06/4914
Howard Weinstein, Im Exil · 06/4937
Michael Jan Friedman, Das verschwundene Juwel · 06/4958
John Vornholt, Kontamination · 06/4986
Mel Gilden, Baldwins Entdeckungen · 06/5024
Peter David, Vendetta · 06/5057
Peter David, Eine Lektion in Liebe · 06/5077
Howard Weinstein, Die Macht der Former · 06/5096
Michael Jan Friedman, Wieder vereint · 06/5142
T. L. Mancour, Spartacus · 06/5158
Bill McCay/Eloise Flood, Ketten der Gewalt · 06/5242
V. E. Mitchell, Die Jarada · 06/5279
John Vornholt, Kriegstrommeln · 06/5312
Laurell K. Hamilton, Nacht über Oriana · 06/5342
David Bischoff, Die Epidemie · 06/5356
Diane Carey, Abstieg · 06/5416
Michael Jan Friedman, Relikte · 06/5419
Michael Jan Friedman, Die Verurteilung · 06/5444
Simon Hawke, Die Beute der Romulaner · 06/5413 (in Vorb.)
Rebecca Neason, Der Kronprinz · 06/5414 (in Vorb.)

STAR TREK: DIE ANFÄNGE
Vonda N. McIntyre, Die erste Mission · 06/4619
Margaret Wander Bonanno, Fremde vom Himmel · 06/4669
Diane Carey, Die letzte Grenze · 06/4714

STAR TREK: DEEP SPACE NINE
J. M. Dillard, Botschafter · 06/5115
Peter David, Die Belagerung · 06/5129
K. W. Jeter, Die Station der Cardassianer · 06/5130
Sandy Schofield, Das große Spiel · 06/5187
Lois Tilton, Verrat · 06/5323
Diane Carey, Die Suche · 06/5432

STAR TREK™

Esther Friesner, Kriegskind · 06/5430
Melissa Scott, Der Pirat · 06/5434 (in Vorb.)
Nathan Archer, Walhalla · 06/5512 (in Vorb.)

STAR TREK: STARFLEET KADETTEN
John Vornholt, Generationen · 06/6501
Peter David, Worfs erstes Abenteuer · 06/6502
Peter David, Mission auf Dantar · 06/6503
Peter David, Überleben · 06/6504
Brad Strickland, Das Sternengespenst · 06/6505
Brad Strickland, In den Wüsten von Bajor · 06/6506
John Peel, Freiheitskämpfer · 06/6507
Mel Gilden & Ted Pedersen, Das Schoßtierchen · 06/6508
John Vornholt, Erobert die Flagge! · 06/6509
V. E. Mitchell, Die Atlantis Station · 06/6510
Michael Jan Friedman, Die verschwundene Besatzung · 06/6511
Michael Jan Friedman, Das Echsenvolk · 06/6512

STAR TREK: VOYAGER
L. A. Graf, Der Beschützer · 06/5401
Peter David, Die Flucht · 06/5402
Nathan Archer, Ragnarök · 06/5403
Susan Wright, Verletzungen · 06/5404 (in Vorb.)
John Betancourt, Der Arbuk-Zwischenfall · 06/5405 (in Vorb.)

DAS STAR TREK-UNIVERSUM, 2 Bde.,
überarbeitete und aktualisierte Neuausgabe!
von *Ralph Sander* · 06/5150

DAS STAR TREK-UNIVERSUM, Ergänzungsband
von *Ralph Sander* · 06/5151

William Shatner/Chris Kreski, Star Trek Erinnerungen · 06/5188
William Shatner/Chris Kreski, Star Trek Erinnerungen: Die Filme · 06/5450

Phil Farrand, Cap'n Beckmessers Führer durch
STAR TREK – DIE NÄCHSTE GENERATION · 06/5199
Phil Farrand, Cap'n Beckmessers Führer durch
STAR TREK – DIE CLASSIC SERIE · 06/5451

Diese Liste ist eine Bibliographie erschienener Titel
KEIN VERZEICHNIS LIEFERBARER BÜCHER!

HEYNE
BÜCHER

Star Trek

Die nächste Generation

Das Raumschiff Enterprise unter dem Kommando von Captain Kirk ist bereits Legende. Knapp ein Jahrhundert später setzt Captain Picard mit einer neuen Crew, einem neuen Schiff und neuen Abenteuern die Tradition fort.

06/5142

Eine Auswahl aus über
25 lieferbaren Bänden:

Peter David
Eine Lektion in Liebe
06/5077

Howard Weinstein
Die Macht der Former
06/5096

T.L. Mancour
Spartacus
06/5158

Bill McCay/Eloise Flood
Ketten der Gewalt
06/5242

V.E. Mitchell
Die Jarada
06/5279

Wilhelm Heyne Verlag
München